작가 소개

KB149922

신진오

『한국공포문학단편선』1, 2, 3권에 「상자」, 「압박」, 「공포인자」를 수록했으며 장편 공포 소설 『무녀굴』을 출간했다. 최근엔 리디북스 '우주라이크소설'에 「무엇이 소년을 이렇게 만들었나」, 「악의」를 발표했다. 현재도 꾸준히 공포소설을 쓰고 있으며 영화 시나리오 작업도 병행하고 있다. 공포소설을 사랑하는 독자에게 더 좋은 작품을 보여드리기 위해 항상 노력 중이다.

전건우

소설가. 2008년 데뷔한 이래 꾸준히 호러와 미스터리 장르의 소설을 써오고 있다. 『밤의 이야기꾼들』, 『소용돌이』, 『고시원 기담』, 『살롱 드 홈즈』, 『마귀』, 『뒤틀린 집』, 『안개 미궁』 등의 장편소설을 발표했다. 그 외에도 여러 권의 단편집과 앤솔로지 작업을 통해 독자들과 만나고 있다.

호러만찬회

Tastes of Horror

호러 만찬회

Tastes of Horror

신진오 전건우

목차

헤이, 마몬스

신진오

1

규한은 오랜만에 형과 단둘이 술자리를 갖게 돼 설렜다.

그는 집에서 가져온 글렌알라키를 형 규남에게 건넸다.

"알라키 15년산? 뭘 이리 비싼 걸 사 왔어."

규한은 형이 안 그런 척하면서 속으론 좋아할 거라고 생각했다. 형은 좀처럼 속내를 드러내지 않는 사람이었다.

"형! 나 돈 좀 벌어! 형이랑 마시는데 싸구려 양주 따위를 마실 수는 없잖아? 하하!"

이렇게 말하고 싶었지만, 규한은 그러지 못했다.

"전에 선물 받았던 건데, 안 먹어서 가져온 거야. 부담 갖지 마."

실은 백화점에서 비싸게 산 양주였다.

규한은 나이 차이가 나는 형이 어려워서 말할 때도 늘 조심하곤 했다. 그래도 형이 싫은 건 아니었다. 오히려 형이 있다는 게 든든하고 좋았다. 그런 형의 존재를 실감했던 것은 부모님이 갑자기 돌아가셨을 때였다. 아버지가 먼저 심근경색으로 돌아가셨고, 어머니는 2년 후에 원인을 알 수

없는 병으로 세상을 떠나셨다. 그때 형이 아니었으면 규한
은 그 힘든 시기를 잘 넘기지 못했을 거라고 지금도 그렇게
믿고 있었다.

"스트레이트? 아니면, 온더록스?"

규남이 술병을 손에 든 채 물었다.

"온더록스로 마실게."

"안주는 간단하게 육포로 할까?"

"어, 그게 좋겠다."

형이 술과 안주를 준비하는 동안 규한은 잠시 집 안을 둘
러봤다. 노총각이 사는 집답게 꾸며 놓은 소품이 거의 없었
다. 있는 거라곤 액자 몇 개와 아버지가 소중히 아꼈던 수
석, 그리고 TV가 전부였다. 화초라도 하나 있으면 이 건조
한 집 안이 조금은 살아날 것 같았지만, 형은 그런 쪽엔 아
예 취미가 없는 사람이었다. 만약 화초가 있었다면 예전에
말라 죽었을 게 분명했다.

규한은 TV 테이블 위에 있던 액자를 집어 들었다. 먼지
가 조금 묻은 액자엔 부모님이 방긋 웃고 있었다. 아버지가
은퇴 후에 어머니와 함께 괌으로 여행을 가서 찍은 사진이
었다. 규한은 왠지 코끝이 찡했다.

쨍! 하고 유리잔에 얼음 부딪히는 소리가 들렸다. 규한은
액자를 내려놓고서 그 옆에 있는 귀엽게 생긴 악마 모양의
장난감으로 눈길을 돌렸다. 동그란 머리엔 두 개의 작은 뿔
이 달렸고, 등엔 박쥐 날개를 단 스테레오 타입의 2등신 피
규어였다. 규한은 의아했다. 왠지 이곳과 어울리지 않는 물
건이었기 때문이다. 마치 고급 레스토랑 메뉴판에 빅맥이
들어 있는 것처럼 상당히 부자연스러운 느낌이었다.

'형이 이런 걸 모으는 취미가 있었나?'

하지만 장난감은 칠이 벗겨지고 흠집이 많아서 수집품이라곤 여겨지지 않았다. 규한은 왠지 모르게 이 의문의 물건에 자꾸만 관심이 쏠렸다. 그는 장난감을 집어 들고 요리조리 살펴봤다. 뒷면을 보자 전원 버튼이 있었고, 그 밑에 전원 케이블을 연결할 수 있는 단자도 있었다. 단순한 피규어가 아니라 전기로 작동하는 물건이었다.

"형? 이거 뭐야? 처음 보는 건데."

규한은 장난감을 든 채 형을 보며 말했다.

규남은 동생을 슬쩍 보더니, 술잔에 술을 따르며 무뚝뚝한 목소리로 말했다.

"내려놔. 그거 이제 구하지도 못하는 거야."

규한은 "아, 그래?"라며 멋쩍은 얼굴로 장난감을 도로 내려놓았다. 괜히 형을 불편하게 한 건 아닌가 싶어 마음이 쓰였다.

잠시 후, 규남이 술잔과 육포를 담은 쟁반을 들고서 거실로 돌아왔다.

거실 테이블을 술상 삼아서 규한은 긴 소파에, 형은 패브릭 의자에 앉아 술을 마셨다.

규한은 넥타이를 느슨하게 풀고서 소파에 등을 기댔다. 사촌 동생 결혼식에 참석하느라 모처럼 제대로 된 정장을 갖춰 입었는데, 이젠 배 나온 아저씨가 돼서 정장이 꽉 끼고 불편했다. 반면, 형은 여전히 슈트 핏이 살아 있었다.

전날 밤에 형이 오랜만에 전화해서는 대뜸 결혼식에 올 거냐고 물었다. 규한이 간다고 하자, 그는 그럼 끝나고 자기 집에서 술이나 한잔하자고 말했다. 밥 한 끼 같이 먹자는 것도 매번 거절만 하던 형이 웬일로 술을 먹자고 하니 규한은 놀랍기도 하고, 기분이 좋기도 했다. 아무래도 자꾸 거절했던 것이 마음에 걸려서 그런가 보다 하고 규한은 생각했다.

"요즘 누구 만나는 사람 있어?"

규한이 물었다.

형은 말없이 고개를 저었다.

"주변에서 소개해 준다든가 그런 것도 없어?"

"있긴 했는데, 잘 안 됐어. 내가 매력이 없나 봐."

"형이 어때서? 잘생겼겠다, 직업도 회계사고. 어디 하나 빠지는 곳이 없는데?"

규남은 무심한 얼굴로 술잔을 입으로 가져갔다.

규한은 술이 들어가니 갑자기 입이 근질근질한지 말이 많아졌다. 그래서 형에 대해 이것저것 물어보며 그의 관심사를 알아내려 했지만, 형은 대부분 고개만 끄덕인다든가 짧게 대답하는 등 무성의한 반응을 보여 그를 금방 지치게 했다.

아직 30분도 지나지 않았는데 형제의 대화거리는 금방 바닥이 나고 말았다. 결국, 말없이 술잔만 기울이는 어색한 분위기가 이어졌다. 규한은 이대론 안 되겠다 싶어 다시 화제를 찾아보기로 했다. 그러다 문득, 아까 봤던 장난감에 또 눈길이 갔다.

역시 어울리지 않는다. 이 집에 어린애가 있는 것도 아닌데, 왜 저런 유치한 장난감을 가지고 있는 것일까? 의문이 자꾸만 꼬리에 꼬리를 물었다. 그런데 그때,

"마몬스 알아?"

규남이 비로소 먼저 화제를 꺼냈다.

하지만 규한에겐 생소한 단어였다.

"마몬스? 그게 뭔데?"

"지금 네가 보고 있잖아."

"저 장난감?"

"아버지가 내 생일 때 사준 AI 장난감이야. 네가 갓난아기였을 때지."

"아! 그래서 저걸 놔둔 거구나."

규한은 그제야 의문이 풀렸다. 형과 저 장난감 사이에 그런 사연이 있는 줄 그는 미처 몰랐다.

규남은 혼자 피식 웃더니 술을 한 모금 입에 머금었다. 그러곤 동생의 얼굴을 빤히 쳐다봤다. 아이였을 때 얼굴이 어딘가 남아 있을지 모르겠다는 생각에 유심히 쳐다봤지만, 보이는 거라곤 인생의 때가 덕지덕지 묻은 40대 아저씨의 얼굴뿐이었다. 그래도 이야기가 끝날 때쯤이면 조금은 그때의 얼굴을 찾을 수 있지 않을까 하는 작은 희망을 품어 봤다.

"아버지가 저걸 사 줬을 때 난 무척 기뻤어. 마치 친구를 얻은 기분이었거든."

"형이 그런 말을 할 줄 몰랐네."

규한은 작게 웃었다.

"그때가 몇 살이었는데?"

"여섯 살? 아니, 일곱 살인가? 아마 그즈음이었을 거야."

"내 기억에 형은 친구가 별로 없었던 것 같은데."

"맞아. 그때나 지금이나 똑같지."

규한이 기억하는 형의 모습은 초등학교 6학년까지였다.

그 후로 형은 기숙사가 있는 대안학교에 들어가 생활을 했고, 부모님과는 주말에만 만날 수 있었다. 형은 그곳에서 고등학교 교육과정을 모두 마치고서 바로 대학교에 입학했다. 재수했던 규한과 달리 형은 우수한 성적으로 명문대에 단번에 합격했다. 돌이켜 보면, 아마도 부모님이 형의 그런 가능성을 보고 대안학교를 보냈던 게 아닐까 하고 그는 생각했다.

문득 옛 기억을 떠올리자 규한은 괜히 기분이 좋아졌다. 그는 슬슬 취기가 오르는 것을 느끼며 자신의 잔에 술을 따랐다.

"어렸을 적에 다른 아이들은 유행하는 장난감을 가지고 놀았는데, 나는 오직 마몬스하고만 놀았어. 그 당시 AI는 성능이 그리 좋지 않았는데도, 마몬스는 어린아이와 어느 정도 대화가 가능한 수준은 됐었지. 게다가 내가 궁금한 것들은 바로 인터넷을 검색해서 찾아주기도 했고 말이야. 아주 똑똑한 놈이었어."

규한은 저도 모르게 웃음을 터트렸다. 형이 장난감에 대해 진지하게 말하는 모습이 왠지 귀여워 보였기 때문이다.

반면, 규남은 굳은 얼굴로 동생을 바라봤다.

"아, 말 끊어서 미안해……. 그래서?"

"마몬스와 이런저런 대화를 나누다가, 한 가지 놀라운 사실을 발견했어."

"그게 뭔데?"

"마몬스는 단순한 AI 장난감이 아니었던 거야. 녀석은 소원을 들어주는 특별한 능력이 있었어."

형은 자못 진지한 투로 말했다.

"하하, 재미있네. 그런 장난도 칠 줄 알고. 물론 학습된 거겠지만."

"내 말 못 들었어? 단순한 AI 장난감이 아니었다니까?"

형이 갑자기 정색하며 말하는 바람에, 규한은 입가에 웃음을 지을 수밖에 없었다.

"아, 진짜?"

그는 형이 기분 나빠하지 않게 적당히 맞장구를 쳐 줬다. 아무래도 형도 취한 모양이었다. 규한은 재빨리 화제를 바꾸려고 했지만, 형은 또다시 마몬스 이야기를 이어갔다. 하는 수 없이 형의 엉뚱한 옛 추억 얘기를 들어 줘야 할 것 같았다.

"내 얘기를 끝까지 들으면, 아마 너도 믿게 될 거야."

규남은 술잔을 흔들었다. 달그락달그락. 얼음끼리 부딪치는 그 소리가 마치 묘하게 규한을 과거로 이끄는 듯했다.

2

"엄마! 엄마! 이것 좀 보세요! 내가 이 큐브 다 풀었어요!"

규남은 모든 면의 색깔이 완벽히 맞는 큐브 퍼즐을 엄마에게 보여 주며 말했다.

하지만 엄마의 반응은 시큰둥했다. 엄마는 "어, 그래. 잘했네."라고 말하면서 시선은 동생에게 뒀다. 동생의 사소한 행동과 미소에도 엄마는 격하게 반응하며 손뼉을 쳐 줬다.

그 모습에 규남은 초조함을 느꼈다.

"이것 보라니까요? 이거 내가 다 맞춘 거예요!"

"그래, 알아. 너 그거 이미 수십 번도 넘게 맞춘 거잖아."

그러면서 은영은 휴대폰으로 규한을 촬영하느라 정신이 없었다. 이걸 찍어서 남편한테 보낼 생각이었기 때문이다.

결국, 규남은 금방 시무룩해져서 큐브를 다시 장난감 바구니 속에 던져 넣었다.

솔직히 동생이 생긴다고 했을 땐 그도 기뻤다. 그것이 엄마의 사랑을 동생과 나눠야 한다는 의미임을 그가 알기 전까진 말이다. 만약 그걸 일찍 알았더라면, 규남은 절대로 동생이 생기는 걸 찬성하지 않았을 것이다.

그날 저녁, 규남은 반짝이는 고깔모자를 쓰고서 식탁 앞에 앉았다.

동생 때문에 기분이 좀 상했지만, 그래도 그는 금방 회복했다. 왜냐하면 오늘은 그가 주인공이기 때문이었다. 오늘만큼은 누가 뭐래도 규남이 이 집에서 가장 많은 사랑을 차지하는 날이었다.

"……생일 축하합니다~ 사랑하는 규남의 생일 축하합니다~."

생일 케이크 앞에서 엄마와 아빠가 손뼉을 치며 노래를 불러 줬다.

규남은 오늘 종일 이 순간만을 기다렸다. 동생이 엄마의 관심을 독차지하고, 자기 장난감을 함부로 만져도 화를 내지 않았던 건 이 행복한 순간을 망치기 싫어서였다.

"규남아, 촛불 꺼야지."

"잠깐만요. 소원부터 빌고."

규남은 잠시 눈을 감고서 소원을 빈 후 촛불을 껐다.

"무슨 소원 빌었어?"

엄마가 물었다.

"다시 어려지게 해 달라고 빌었어요."

"어려지게? 빨리 자라게 해 달라는 게 아니라?"

"응, 다시 어려지고 싶어요."

부모님은 규남의 황당한 소원에 어리둥절해했다.

그러자 규남이 웃으며 설명했다.

"그래야 엄마 아빠가 동생보다 나를 더 사랑해 줄 테니까요."

그의 예상치 못한 답변에 부모님은 큰 소리로 웃어댔다.
엉뚱하지만, 뭔가 어린아이다워서 그들은 기분이 좋았다.

"우리 규남이, 동생한테 관심을 빼앗겨서 어려지고 싶은
거야?"

"네."

"엄마 아빠는 규남이도 많이 사랑해. 그러니까 그런 소원
안 빌어도 돼요. 알았죠?"

규남은 가만히 고개를 끄덕였다.

"자, 선물 열어 봐야지?"

아빠가 선물상자를 내밀며 말했다.

규남은 아까부터 이 시간을 기다렸기에 냉큼 선물상자를
받아서 포장지를 뜯기 시작했다. 이윽고, 상자를 연 규남은
눈이 휘둥그레졌다.

"와! 마몬스다!"

안에는 작고 귀여운 악마 모양의 장난감이 들어 있었다.
그것은 대화가 가능한 AI 장난감이었다. 규남은 며칠 전부
터 마몬스가 갖고 싶다고 노래를 불렀었다. 장난감과 대화
를 한다는 건 상상만 해도 너무 멋지고 설레는 일이 아닐 수
없었다.

"아빠, 이거 켜 봐도 돼요?"

"당연하지. 자, 여기 전원 버튼을 3초 동안 꾹 누르고 있
으면⋯⋯."

잠시 후, 띠리링 하는 소리와 함께 마몬스의 작은 뿔이 반
짝이며 전원이 들어오기 시작했다. 규남은 너무 설레서 가
슴이 두근두근했다.

곧이어 마몬스가 첫 마디를 뗐다.

"안녕, 친구! 내 이름은 마몬스야. 나랑 같이 놀래?"

"좋아!"

규남이 마몬스를 손에 들고 외쳤다.

그런데 그때, 갑자기 동생이 울기 시작했다.

은영은 아기를 달래다가 왠지 상태가 심상치 않음을 느꼈다.

"규한아, 왜 그래? ……어머! 얘 열 좀 봐!"

아기 얼굴을 만져 본 엄마가 깜짝 놀라서 말했다.

"열이 있다고? 어디…… 정말이네?"

"아무래도 안 되겠어. 지금 진료하는 병원 있나 검색 좀 해 봐."

"알았어."

순식간에 부모님의 관심이 규남에게서 규한에게로 옮겨 갔다.

규남은 당황했다. 오늘은 그의 생일이고, 당연히 그가 주인공이 돼야 했다. 그런데 그마저도 동생에게 빼앗겨 버렸다.

그는 빼앗긴 관심을 되찾으려 부모님에게 자기도 아픈 것 같다고 말해 봤지만, 그들은 들은 체도 하지 않았다. 규남은 억울하고 화가 났다. 자신의 생일 파티를 망쳐 버린 동생이 너무 얄밉고 괘씸했다. 동생 따위 없어져 버렸으면 좋겠다고 생각했다.

동생 때문에 졸지에 병원까지 함께 다녀온 규남은 집에 돌아와서는 혼자 방에 틀어박혔다.

그는 우울한 얼굴로 책상 앞에 앉아 마몬스를 바라보고 있었다. 너무 짜증 나고 슬픈데 말할 상대마저 없다는 것이 그를 더 우울하게 했다.

"왜 엄마 아빠는 동생만 좋아하는 거지? 무슨 일만 생기면 무조건 규한이! 규한이! ……동생이 없을 때가 훨씬 좋았는데."

"안녕! 내 이름은 마몬스야. 나랑 같이 놀래?"

갑자기 마몬스가 규남의 말에 반응했다.

설명서에는 "안녕, 마몬스."라고 명령어를 말해야 반응한다고 했는데, 무슨 일인지 대뜸 말했다. 마치 자신의 의지대로 반응한 것처럼 말이다. 규남은 그것이 무섭다기보단 신기하게 느껴졌다.

"너 지금 나한테 말 건 거야? 내가 묻지도 않았는데?"

규남은 기대하는 표정으로 마몬스를 바라봤다.

마몬스는 잠시 말이 없다가, 이윽고 대답했다.

"그야 당연하지. 나는 네 친구니까."

"우와!"

규남은 감탄하며 이 놀라운 사실을 아빠 엄마에게 말하고 싶었다. 그는 마몬스를 들고서 자리에서 일어섰다. 하지만 밖으로 나가려던 그는 다시 자리에 앉았다. 지금은 무슨 말을 해도 동생 때문에 자기 얘길 들어 주지 않을 것 같았기 때문이다. 게다가 그는 문득 이 사실을 비밀로 하고 싶다는 생각이 들었다. 오직 자신만이 마몬스의 비밀을 아는 사람이 되고 싶었다.

"마몬스, 넌 나하고만 친구 하는 거다? 다른 사람이랑 절대 친구 하면 안 돼. 알았지?"

"응, 알았어! 마몬스 친구는 오직 규남이뿐이야!"

규남이 새끼손가락을 내밀며 "약속."이라고 말하자 마몬스도 똑같이 말했다.

"넌 비록 아빠가 사 준 생일 선물이지만, 이젠 내 둘도 없는 친구야, 마몬스."

"내가 생일 선물이야?"

"응. 오늘은 내 생일이거든."

"와! 규남이 생일이구나! 축하해! 정말 좋겠다!"

갑자기 규남의 표정이 어두워졌다.

"근데…… 기분이 별로 안 좋아."

"저런! 규남이 기분이 왜 안 좋을까? 그럴 땐 즐거운 일을 떠올려 봐! 그럼 기분이 나아질 거야!"

"즐거운 일? 음……. 엄마 아빠랑 워터파크 놀러 갔을 때?"

"그래! 그거야! 어때? 기분이 한결 나아지지 않았어?"

"잘 모르겠어."

"거봐! 내가 좋아질 거라고 했지? 무엇이든 마몬스한테 물어봐!"

"바보야! 하나도 좋아지지 않았다고!"

규남은 마몬스가 엉뚱한 소리를 하자 버럭 화를 냈다.

"미안. 마몬스가 잘못했어."

곧바로 마몬스가 슬픈 목소리로 말했다. 규남은 괜히 미안해졌다.

"아냐. 나도 화내서 미안해."

"괜찮아. 우린 친구잖아!"

"고마워."

"와~ 규남이가 고맙다고 했다! 마몬스, 너무 행복해! 행복해서 빵 터져 버릴 것 같아!"

마몬스의 익살스러운 말투에 규남은 웃음이 나왔다. 하지만 곧 아까 일이 떠올라 표정이 시무룩해졌다.

"나 고민이 있어."

"무엇이든 마몬스한테 물어봐!"

"어떻게 하면 엄마가 나를 더 바라봐 줄까? 엄마는 요즘 동생 보느라 나를 잘 봐 주지 않거든. 동생이 태어나기 전엔 안 그랬는데."

"저런! 그것 참 안 됐다."

"무슨 방법이 없을까?"

마몬스는 마치 생각하듯 머리에 달린 빨간 뿔을 반짝거렸다.

그러곤 잠시 후,

"쉿! 이건 비밀인데, 마몬스는 소원을 들어줄 수 있어."

"와! 정말?"

규남이 눈을 빛내며 말했다.

"특별히 너한테만 알려 주는 거야. 규남이는 마몬스 친구니까. 그렇지?"

"응!"

"소원을 빌고 싶을 땐, '내 소원을 들어줘, 마몬스!'라고 말하면 돼. 대신, 소원은 세 번만 들어줄 수 있으니까 신중하게 생각해서 말해야 해. 자, 어서 소원을 빌어 봐!"

규남은 잠시 고민하다가 이윽고 입을 열었다.

"내 소원을 들어줘, 마몬스!"

"무엇이든 말만 해!"

"내 소원은 엄마가 예전처럼 나한테 관심을 주는 거야."

"좋아! 마몬스가 소원을 들어줄게! 수리수리 마하 수리 아브라카다브라! 소원아, 이루어져라! 얍!"

갑자기 마몬스의 눈과 뿔이 붉게 변하더니 몸이 휴대폰 진동모드처럼 부르르 떨렸다. 잠시 후, 마몬스가 입을 열었다.

"너의 소원은 이루어졌어."

3

"콜록! 콜록!"

규남은 물수건을 이마에 얹은 채 침대 위에 누워 있었다.

옆에선 엄마가 걱정스러운 눈빛으로 그를 바라봤다.

"규남아, 많이 아파?"

"네, 아파요."

규남은 목이 부어서 목소리가 잘 나오지 않았다.

은영은 마음이 아팠다.

"그러게 욕조에서 물장난하지 말랬잖아. 감기 걸린다고. 에그, 쯧쯧."

엄마는 부드러운 손길로 규남의 얼굴을 쓰다듬었다.

규남은 그런 엄마의 보살핌이 좋았다. 다시 예전처럼 사랑스러운 눈빛으로 엄마가 바라봐 줘서 너무 기뻤다. 비록 몸은 아팠지만, 엄마의 사랑을 독차지할 수만 있다면 감기 정도는 참을 만했다.

'정말이었어. 마몬스가 소원을 들어준 거야.'

규남은 침대 옆 탁자 위에 놓인 마몬스를 바라보며 미소

지었다. 그는 벌써 다음 소원을 뭐로 할지 행복한 고민에 빠져 있었다.

하지만 소원의 효력은 너무나 짧았다. 감기는 일주일 만에 나았고, 엄마의 관심은 다시 동생에게로 돌아갔기 때문이다. 규남은 소원이 너무 빨리 끝났다며 마몬스에게 불평했다.

그러자 마몬스는,

"그렇다면 어서 다음 소원을 빌어! 마몬스가 뭐든 다 들어줄게!"라고 말했다.

규남은 마몬스의 말대로 소원을 빌려고 했다.

한데 곰곰이 생각해 보니, 두 개밖에 남지 않은 소원을 여기서 낭비하는 건 아무리 봐도 어리석은 짓인 것 같았다. 남은 소원은 아껴 뒀다가 꼭 필요한 순간에 쓰는 게 더 현명해 보였다. 게다가 그는 이번 일을 통해 엄마의 관심을 얻는 게 의외로 쉽다는 것도 알게 됐다.

그래서 그는 소원을 빌지 않고, 엄마에게 가서 또 몸이 안 좋다며 꾀병을 부렸다. 하지만 규남의 어설픈 연기는 금방 들통나 버리고 말았다.

"규남아, 엄마 바쁜 거 안 보여? 너까지 이러면 어떡해? 너라도 엄마를 힘들게 하지 말아야지."

순진하게도 또 성공할 줄 알았던 그는 엄마의 질타에 어깨가 축 처지고 말았다.

이럴 때 가장 큰 위안은 자신이 좋아하는 일을 하는 것이었다. 규남은 채집 세트와 마몬스를 챙겨 아파트 놀이터로 나왔다. 그는 곤충 채집을 좋아해서 틈만 나면 밖에서 곤충들을 잡곤 했다. 화단 나무에서 매미를 잡기도 했고, 땅에 기어 다니는 개미를 잡아서 집을 만들어 키우기도 했다. 다른 아이들은 벌레라며 징그러워했지만, 이상하게도 규남은 전혀 거부감이 들지 않았다. 그래서 그것들을 잡아 표본을 만들고, 하나하나 해체해서 관찰한 후 도감을 만드는 데도 별 어려움이 없었다. 규남은 자신이 만든 도감이 늘어날 때마다 큰 만족감과 희열을 느꼈다. 그러나 안타깝게도 그것들을 엄마에게 자랑할 순 없었다. 엄마는 곤충이라면 기겁을 하기 때문이었다.

하지만 마몬스는 달랐다. 마몬스는 그의 취미를 높이 평가해 줬고, 칭찬도 아끼지 않았다. 게다가 각종 곤충의 특징과 명칭 등을 검색해 알려 주기까지 해서 규남에겐 그야말로 최고의 친구였다.

규남은 방금 잡은 잠자리를 들고 마몬스가 있는 벤치로 돌아왔다. 잠자리를 채집통에 넣은 뒤 마몬스 옆에 앉아 잠시 더위를 식혔다. 얼굴에 부채질하던 그는 문득 조금 전에 있었던 일을 마몬스에게 털어놓았다.

"엄마가 나한테 몹시 실망한 것 같아. 마몬스, 어떻게 하면 엄마를 기쁘게 해 드릴 수 있을까?"

규남의 질문에 마몬스는 다시 작은 뿔을 반짝이기 시작했다.

그러곤 잠시 후, 마몬스가 해결책을 내놓았다.

"엄마는 동생 때문에 힘드신 것 같아. 아기를 돌보는 건 쉬운 일이 아니거든. 그러니까 규한이가 울지 않고 즐거워하면 엄마도 분명 좋아하실 거야."

"아! 그러면 되겠다! 근데 어떻게 하면 동생을 즐겁게 해 줄 수 있지? 난 잘 모르겠어."

"아기는 신기한 것을 좋아해. 그러니까 규남이 네가 잡은 곤충을 보여 줘 봐. 아마 엄청 좋아할 거야!"

"맞아! 그러면 되겠다!"

규남은 신이 나서 곧장 채집 세트와 마몬스를 들고 집으로 향했다.

엄마가 주방에서 일하는 사이, 규남은 몰래 아기방으로 들어갔다. 그러곤 채집 상자에서 잠자리 한 마리를 꺼내 동생에게 보여 줬다. 파르르 날개를 떠는 잠자리 때문에 동생은 조금 놀란 듯 보였지만, 이내 호기심을 보이며 손을 뻗어 웃기까지 했다.

"너도 곤충이 좋은가 보구나?"

규남은 동생이 잠자리를 만질 수 있게 가까이 가져갔다.

그런데 그만 동생이 잠자리를 세게 움켜쥐는 바람에 잠자리가 마구 발버둥 치기 시작했고, 깜짝 놀란 규남이 다시 잡아당기는 순간 잠자리의 몸통이 반으로 잘리고 말았다. 머리와 몸통만 남은 잠자리가 동생의 얼굴 위로 떨어지면서 요란하게 움직였고, 동생은 자지러지게 울기 시작했다. 당황한 규남이 동생을 달래려 했지만, 소용이 없었다. 엄마한테 야단맞을까 봐 급기야 그는 동생의 입을 손으로 틀어막았다.

하필 그때 엄마가 문을 열고 안으로 들어왔다. 엄마는 동생의 입을 막고 있는 규남을 보고서 소스라치게 놀랐다.

"너 뭐 하는 거야! 그만두지 못해!"

은영은 규남을 밀치고서 아기를 살펴보다가 그만 깜짝 놀라 비명을 지르고 말았다. 아기 얼굴 위에 절단된 잠자리가 여전히 살아서 꿈틀대고 있었기 때문이다. 그녀는 잠자리를 손으로 쳐내고서 아기를 안아 들었다. 규한은 코가 빨개지도록 울어대고 있었다.

난처해진 규남은 상황을 설명하려고 했다. 그는 어디까지나 동생을 즐겁게 해 주려고 그랬다는 것을 알리고 싶었다.

하지만 흥분한 은영에게 그런 말은 귀에 들어오지 않았다. 그녀는 아들의 뺨을 때렸다.

규남은 눈물을 글썽였다. 아픈 것보다 서러운 감정이 더 컸다.

"너 미쳤니? 어떻게 동생한테 잠자리를 먹이려 할 수가 있어!"

"아니에요. 그게 아니라……."

"시끄러! 저 벌레 내다 버리고, 당장 네 방에 들어가! 어서!"

하는 수 없이 규남은 잠자리를 주워 들고서 방으로 들어갔다.

그는 방으로 들어오자마자 잠자리를 바닥에 내던진 뒤 화풀이로 마구 밟아댔다. 잠자리는 완전히 뭉개져서 형체도 알아볼 수 없었다. 그래도 분이 안 풀리는지 한동안 씩씩거리다가 그는 책상 위에 엎드려 울기 시작했다. 한동안 울고 나서, 규남은 고개를 들어 마몬스를 바라봤다.

"마몬스!"

"안녕! 내 친구 규남아! 오늘 하루 어땠어?"

"엄마가 날 때렸어."

"저런! 어떤 상황에서도 폭력은 나쁜 거야."

"모른 척하지 마! 네가 시킨 대로 했다가 이렇게 된 거잖아!"

규남은 버럭 화를 냈고, 이번에도 마몬스의 뿔이 반짝였다.

"그건 네가 소원을 안 빌어서 그런 거야. 마몬스에게 소원을 빌어 봐. 뭐든 다 들어줄게!"

규남은 화가 난 얼굴로 마몬스를 보며 말했다.

"내 소원을 들어줘, 마몬스! 다시는 엄마가 날 때리지 못하게 해 줘!"

규남이 소원을 빌고 나자 마몬스가 주문을 외우기 시작했다. 녀석의 눈과 뿔이 붉게 변하더니 이번에도 똑같이 "너의 소원은 이루어졌어."라고 말했다.

소원을 빈 효과는 곧바로 나타났다.

4

규한은 술잔을 들고서 큰 소리로 웃었다. 무슨 황당무계한 소린가 했는데, 의외로 흥미진진한 이야기여서 저도 모르게 빠져들었다. 누구나 어린 시절에 한 번쯤 했을 법한 상상인데, 그걸 형에게서, 그것도 아주 진지한 목소리로 듣고 있자니 웃음이 안 나오고 배길 수가 없었다. 반면, 형은 웃음기 없는 얼굴로 술잔을 기울이고 있었다. 규한은 웃음의 여운이 아직 가시지 않은 얼굴로 형을 바라봤다.

"형이 이렇게 재미있는 사람인 줄 몰랐네."

"그래?"

"솔직히 좀 기분이 좋기도 했어."

"무슨 뜻이야?"

"형은 완벽한 사람이잖아. 내가 지금껏 지켜봤던 형의 이미지는 아주 완벽한 사람이거든. 머리도 좋고, 일도 잘하고, 게다가 잘생기기까지. 진짜 어디 하나 빠지지 않은 완벽한 사람의 표본이랄까. 근데 그런 형이 어렸을 때 나를 질투했다는게 정말 상상이 안 가. 아무리 어렸을 때라지만 말이야."

규남은 피식 웃었다.

"가끔 그런 생각을 할 때가 있어. 형과 나는 피를 나눈 형젠데, 우린 왜 이렇게 다를까 하고. 나는 형을 닮고 싶었는데, 나한테는 그런 능력이 없었거든."

"처음 듣는 얘기네. 네가 그렇게까지 날 생각하는 줄 몰랐다."

규한은 말하고 나니 괜히 멋쩍었다.

"아, 진짜 재미있다. 술도 맛있고."

"그러게. 술이 진짜 맛있네. 한 잔 더 할래?"

"어!"

규남은 동생의 잔에 술을 따랐다.

어느새 글렌알라키를 반이나 비워 버렸다.

"오늘따라 부모님이 그립네. 내가 그 입장이 되니까 알겠더라. 부모라는 게 얼마나 힘든 건지. 요즘 뼈저리게 느끼는 중이야."

"그래서 내가 결혼을 안 하는 거야."

"하하! 그래도 형은 결혼했으면 부모 노릇 잘했을 거야. 나보다 훨씬."

"생각해 본 적이 없어서 잘 모르겠다."

"아냐. 분명 그럴 거야. 형은 알고 보면 속이 따뜻한 사람이니까."

"너 취했구나?"

"그런가? 하하! 취하면 좀 어때? 형 앞인데."

"그래. 마음껏 마셔."

"형! 빨리 얘기해 줘. 그래서 다음은 어떻게 됐어?"

규한은 안달이 난 사람처럼 형에게 재촉했다.

규남은 빙긋 웃고 나서 다시 이야기를 시작했다.

◇◇◇◇◇

마몬스에게 두 번째 소원을 빌고 나서 바로 다음 날, 은영은 손목이 부러지는 사고를 당하고 말았다.

새벽에 아기가 울어서 잠에서 깬 그녀는 아기를 보러 방밖으로 나가려던 참이었다. 문을 열고 밖으로 나가는데, 뭔가가 발밑에 닿았고, 그 순간 디디고 있던 발이 앞으로 쭉 미끄러지면서 크게 넘어지고 말았다. 그 사고로 그녀는 왼쪽 손목이 부러졌다. 순간적으로 바닥을 짚었는데, 그대로 꺾여 버렸기 때문이다.

그녀가 밟았던 것은 규남이 갖고 놀던 RC 자동차였다. 스포츠카를 본뜬 것으로 차체가 낮고 폭이 넓어서 모르고 밟았다간 롤러스케이트를 타듯 미끄러질 위험이 있었다.

아빠는 규남에게 왜 장난감을 치우지 않았느냐고 나무랐다.

하지만 규남은 분명히 장난감 바구니 안에 넣었다면서 억울함을 호소했다.

"그럼 이게 자기 스스로 움직여서 여기까지 왔다는 거야?"

"나도 몰라요."

"규남아, 실수는 누구나 할 수 있어. 인정하고 사과하면 되는 거야. 근데 자꾸 거짓말을 하면 아빠는 너를 용서할 수가 없어."

"내가 안 그랬다니까! 왜 자꾸 나한테만 뭐라고 해!"

규남은 큰 소리로 서럽게 울기 시작했다.

규남이 이 정도로 심하게 우는 걸 본 적이 없는 아빠는 당황해서 더 이상 혼내지 못했다.

보다 못한 엄마가 나서서 그를 달랬다.

"그만 뚝. 엄마는 아들 말 믿으니까 인제 그만 울어. 알았지?"

"진짜 내가 그런 거 아닌데……. 흑흑."

"알았어, 우리 아들. 엄마가 믿을게."

"엄마, 많이 아파요?"

"아냐, 괜찮아."

엄마는 규남을 안아주며 머리를 쓰다듬었다.

그 일이 있고 나서, 엄마는 한동안 집안일을 하기 힘들어했다. 그러자 규남은 시키지도 않았는데 자기가 직접 설거지와 청소, 빨래 개기 같은 일들을 맡아서 했다.

은영은 그런 큰아들을 대견해했고, 매일매일 칭찬을 아끼지 않았다.

"엄마! 설거지 다 했어요!"

"정말? 와! 언제 이 많은 걸 다 했어? 우리 규남이 이제 다 컸네."

"또 시키실 거 있어요?"

"아냐, 괜찮아. 엄마가 할게."

"안 돼요! 엄마 손목 아프잖아요."

"호호, 우리 아들. 엄마가 그렇게 걱정돼?"

"손목 다 나으실 때까진 제가 도와드릴게요."

"아이고, 기특해라."

규남은 집안일이 귀찮긴 했지만, 그래도 엄마에게 칭찬받을 수 있어서 행복했다. 그는 엄마의 손목이 빨리 낫지 않기를 내심 바랐다. 그래야 이 행복을 더 오래 만끽할 수 있으니까.

하지만 그런 행복도 동생이 옹알이를 시작하면서 끝나 버리고 말았다.

엄마는 동생이 벌써 말을 하기 시작했다면서 그 모습을 휴대폰으로 찍어 아빠에게 보여 주며 호들갑을 떨었다. 규남에게는 그냥 옹얼거리는 소리로밖에 들리지 않았는데, 엄마 귀에는 그것이 '엄마, 아빠.'라는 단어로 들리는 모양이었다. 한 번 빼앗긴 관심은 쉽게 돌아오지 않았다. 규남이 아무리 열심히 집안일을 도와도, 동생의 바보 같은 옹알이 한 번이면 부모님의 관심은 모두 그쪽으로 쏠리고 말았다.

규남은 부모님의 사랑을 자꾸만 가로채 가는 동생이 너무 얄밉고 괘씸했다. 날이 갈수록 동생에 대한 그의 질투심은 눈덩이처럼 커져만 갔다. 이젠 무슨 짓을 해도 동생을 절대 이길 수 없다는 비참한 심정까지 들었다. 이대로는 도저히 견딜 수 없을 것 같았다.

"동생이 없었으면 좋겠어."

규남은 책상 앞에 앉아 마몬스를 보며 그렇게 말했다.

"그건 불가능해. 이미 있는 것을 없는 것으로 할 순 없어. 타임머신을 타고 과거로 돌아가서 바꾸지 않는 이상 말이야."

"그럼 어떻게 해? 난 쟤 때문에 정말 죽을 것 같다고! 쟤만 없어지면 엄마 아빠랑 셋이서 행복하게 살 수 있단 말이야!"

"그렇다면 넌 소원을 잘못 말했어."

"뭐? 그게 무슨 말이야?"

"말을 이렇게 바꿔 봐. '동생이 없었으면.'이 아니라, '동생이 없어지면.'이라고 말이야."

"동생이 없어지면……?"

"동생이 없어지면 좋겠어. 이렇게 말해 봐."

"동생이 없어지면 좋겠어."

"내가 도와줄게. 난 너의 친구니까."

"정말?"

"응. 아주 간단해. 넌 그냥 소원을 빌면 돼. 아직 마지막 소원이 남아 있으니까."

규남은 마지막 소원만큼은 아껴 두고 싶었다. 하지만 동생을 이대로 놔두는 건 소원을 다 써 버리는 것보다 더 싫은 일이었다. 결국, 그는 하기로 결심했다.

"마몬스! 내 소원을 들어줘!"

마몬스의 뿔이 또다시 반짝였다.

"내 마지막 소원은…… 동생이……."

규남의 말이 끝나자 곧이어 마몬스가 주문을 외웠다.

그런데 이번엔 분위기가 사뭇 달랐다. 마몬스가 주문을 외우자, 갑자기 방 안의 전등불이 깜빡이기 시작했다. 게다가 책상과 의자는 마치 지진이 난 것처럼 심하게 흔들리기까지 했다. 당황한 규남은 의자 팔걸이를 두 손으로 꽉 움켜쥐며 눈을 질끈 감았다.

곧이어, 마몬스가 주문을 마치자 언제 그랬냐는 듯 방 안은 다시 원 상태로 돌아왔다. 규남은 자신이 꿈을 꾼 게 아닌가 하는 착각이 들었다. 책상 위에 놓인 마몬스의 눈과 뿔이 빨갛게 빛나고 있었다. 그는 홀린 듯이 그것을 뚫어지게 바라봤다.

잠시 후, 장난기 어린 목소리가 흘러나왔다.

"너의 소원은 이루어졌어."

하지만 그 목소리는 마몬스의 스피커가 아닌, 규남의 입을 통해 흘러나오고 있었다.

그는 마치 마몬스를 흉내 내기라도 하듯 입이 찢어질 정도로 과장된 미소를 지었다. 규남은 자신이 왜 그런 행동을 하는지 스스로도 이해할 수 없었다. 마치 마몬스가 자기 몸을 조종하고 있는 것만 같았다.

5

마지막 소원을 빌고 나서 며칠이 지났지만, 동생에게는 아무 일도 일어나지 않았다.

규남은 마몬스에게 왜 소원이 이뤄지지 않은 거냐고 물었지만, 마몬스는 "너의 소원은 이루어졌어."라는 똑같은 말만 되풀이할 뿐이었다.

그뿐만이 아니었다. 그동안 뛰어난 대화 실력을 보여 주던 마몬스가 갑자기 바보가 돼 버렸다. 평소엔 친구처럼 일상적인 대화가 가능했었는데 이제는 무엇을 묻든, "안녕! 내 이름은 마몬스야! 나랑 같이 놀래?", "난 너의 소중한 친구야!", "궁금한 게 있으면 뭐든지 물어봐!" 같은 보통의 AI 장난감처럼 말했다.

규남은 몹시 실망해서 아빠에게 가져가 이유를 물었지만, 아빠는 귀찮은 듯 업데이트를 해 보라는 말만 할 뿐이었다. 하지만 업데이트하든, 전원을 껐다가 다시 켜든, 옛날의 마몬스는 돌아오지 않았다. 그것은 그저 평범한 장난감에 불과했다.

장난감으로 전락해 버린 마몬스는 이제 더 이상 그의 친구가 아니었다. 규남은 마몬스에게 말도 걸지 않았고, 예전처럼 아끼지도 않았다. 결국, 마몬스는 다른 장난감들처럼 바구니 안으로 내던져졌다.

그렇게 얼마 동안 마몬스에 대한 기억을 묻어 두고 있을 때였다.

어느 날, 규남이 자신의 곤충 도감을 만드느라 정신이 팔린 사이, 동생 규한이 규남의 장난감 바구니로 다가갔다. 그러곤 수북이 쌓인 장난감 중에서 가장 위에 있는, 쉽게 손이 닿는 장난감 하나를 꺼냈다. 그게 하필이면 규남이 한때 애지중지하던 마몬스였다.

규한은 마몬스를 이리저리 물고 빨며 가지고 놀다가 그만 마몬스의 가장 약한 부분인 날개를 부러뜨리고 말았다.

그러자, 그때까지 아무 반응이 없던 마몬스가 갑자기 작동하기 시작했다.

"안녕! 내 이름은 마몬스야! 나랑 같이 놀래?"

규남은 갑작스러운 마몬스의 목소리에 깜짝 놀라, 하던 일을 멈추고 거실로 나가 봤다. 그러곤 눈앞에 벌어진 광경에 분노를 금치 못했다.

"야! 뭐 하는 거야!"

그는 재빨리 다가가 동생에게서 마몬스를 빼앗았다.

하지만 이미 벌어진 사태를 되돌릴 수는 없었다. 마몬스의 한쪽 날개는 처참하게 부러졌고, 다시는 예전 모습으로 돌아올 수 없을 듯했다.

규남은 너무 화가 났다. 동생이 자기 물건을 만지는 것도 싫은데, 거기다 망가뜨리기까지 했다. 그것도 자신이 가장 아끼던 친구를.

그런데도 저 바보 같은 녀석은 뭐가 좋은지 바닥을 기며 실실 웃었다. 그 혐오스러운 모습에 규남은 자신이 아는 모든 나쁜 욕을 떠올렸다. 하지만 그렇게 해도 화는 풀리지 않았다. 오히려 마음속의 불길만 더욱더 거세게 타오를 뿐이었다.

"넌 악마야! 너 같은 건 없어져야 해!"

규남은 마몬스를 바닥에 내려놓고서 동생에게 다가가 그를 번쩍 안아 들었다. 동생은 형이 안아주자 아무것도 모른 채 까르르 웃음을 터트렸다. 규남은 그 모습마저도 끔찍하게 싫었다.

그는 동생을 안고서 베란다로 나갔다. 아직 키가 작은 그는 발판으로 쓸 만한 것을 두리번거리며 찾았다. 마침 높이가 딱 맞는 화분이 하나 있었다. 그는 그것을 끌어다가 베란다 창살 앞에 놓았다. 그러곤 화분 안에 가득 차 있는 흙을 밟고서 올라섰다. 창문을 열자 후끈한 바람이 훅 끼쳐 왔다. 그때까지도 동생은 형이 자기와 놀아 주는 줄 알고 해맑게 웃고 있었다.

규남은 동생을 베란다 창문 밖으로 들어 올렸다. 당장이라도 아기를 떨어뜨릴 것 같은 위태로운 모습이었다.

"다시는 우리 집에 오지 마."

규남은 동생을 보며 차갑게 말했다. 아기를 들고 있던 그의 손이 스르르 풀렸다.

"꺄아악!"

순간, 규남의 등 뒤에서 엄마의 날카로운 비명이 들렸다.

잠깐 화장실에 다녀온 사이 벌어진 이 무서운 광경에 그
녀는 얼굴이 하얘지도록 충격을 받았다. 그나마 규남이 아
직 아기를 놓지 않아서 천만다행이었다.

"지금 뭐 하는 짓이야! 당장 그만두지 못해!"

그녀는 달려가서 큰아들을 막으려고 했다.

하지만 규남은 엄마가 다가오자 아기를 떨어뜨리겠다며
위협했다.

"안 돼. 오면 떨어뜨릴 거야!"

"그, 그러지 마. 그러면 안 돼!"

은영은 아들의 협박에 더는 다가가지 못했다.

"알았어. 안 할게. 그러니까 얼른 아기 이리 내. 응?"

"싫어."

"규남아! 너 정말 왜 그래? 너 이런 애 아니잖아!"

은영은 울면서 아들에게 애원했다.

하지만 규남의 마음은 조금도 변하지 않았다.

그녀는 어떻게 해서든 아들의 마음을 돌리려고 애썼다.

"동생이잖아. 하나밖에 없는 네 동생. 지금도 널 보면서
저렇게 웃고 있잖아. 그런 동생을 다치게 하면 안 되잖아.
안 그래?"

"동생 필요 없어! 동생 때문에 엄마도 더 이상 날 사랑하
지 않잖아! 동생 없던 때로 돌아갈래!"

"그게 무슨 소리야. 엄마가 우리 아들을 얼마나 사랑하는데."

"거짓말! 나보다 규한이를 더 사랑하잖아!"

"아니야! 절대 그렇지 않아!"

규남의 팔에 슬슬 힘이 빠지기 시작했다. 그는 이렇게 오
랫동안 살아 있는 걸 들고 있어 본 적이 없었다. 빨리 동생을

놓아 버리고 싶었다.

"우리 규남이 그동안 많이 서운했지? 엄마가 미안해. 그동안 아기 돌보느라 너무 바빠서 규남이에게 신경을 딜 썼어. 앞으론 안 그럴게. 정말이야. 엄마가 약속할게."

엄마가 눈물을 흘리며 진심 어린 눈빛으로 사과하자, 규남도 흔들리기 시작했다. 동생이 나쁜 짓을 한 건 맞지만, 그렇다고 창밖으로 던지는 건 너무 심한 것 같다는 생각이 들었다. 게다가 지금은 팔이 너무 아파서 뭐가 됐든 빨리 이 고통에서 벗어나고 싶었다.

"정말이죠? 약속할 거죠?"

"응! 약속할게! 자, 어서."

엄마가 두 손을 그에게 내밀었다. 규남은 이제 더 이상 버틸 수가 없었다. 얼른 아기를 엄마에게 넘기고 싶었다.

한데 그 순간, 거실에 놓아둔 마몬스와 눈이 마주쳤다.

마몬스의 눈이 붉게 빛나고 있었다. 지금껏 본 적 없는 아주 새빨간 빛으로.

규남은 지금 마몬스가 몹시 화가 나 있는 것을 알 수 있었다. 당연했다. 누구라도 자신의 신체 일부를 남이 부러뜨린다면 화가 나는 건 당연한 일이었다.

"규남아!"

마몬스의 목소리가 그의 귀에 또렷이 들렸다.

"당장 녀석을 떨어뜨려! 날 위해 복수해 줘!"

"미안. 나도 그러고 싶지만……."

"우린 친구잖아! 둘도 없는 친구!"

"맞아. 우린 친구야."

"그럼 어서 내 부탁을 들어줘! 그래야 진짜 친구지!"

규남은 난처했다. 엄마의 부탁을 들어주자니 화가 난 마몬스가 마음에 걸렸고, 그렇다고 마몬스의 부탁을 들어주자니 슬퍼할 엄마가 마음에 걸렸다. 그는 갈등했고, 그럴수록 점점 버티기 힘들어졌다.

"규남아, 너…… 대체 누구랑 말하는 거야?"

은영은 아까부터 혼자 대화하는 아들이 소름 끼쳤다. 아무래도 지금 이 애의 정신에 심각한 문제가 생긴 게 아닐까 하는 의심이 들었다.

규남은 엄마와 마몬스를 번갈아 보며 누구 부탁을 들어줄지 고민했다.

그리고 잠시 후, 그는 비로소 결정을 내렸다.

"미안해요, 엄마."

"뭐?"

엄마의 당황한 표정을 바라보며, 규남은 그대로 손을 놓아 버렸다.

아기는 밑으로 떨어졌고, 엄마는 절규했다.

규남은 어쩔 수 없었다는 얼굴로 엄마를 바라보며 이렇게 말했다.

"그래도 날 사랑해 줄 거죠?"

6

"거짓말하지 마!"

규한은 자기도 모르게 큰 소리로 말했다. 조금 전까지만 해도 흥미진진하게 듣고 있던 그는 어느새 흥분한 듯한 모습으로 바뀌어 있었다. 그도 그럴 것이 형이 자신을 베란다 밖으로 던져 버렸다는 게 도저히 믿어지지 않았기 때문이다.

"그럴 리가 없잖아."

"뭐가?"

형은 아무렇지 않은 듯 말했다.

"날 베란다 밖으로 던졌다니. 그랬으면 지금 내가 여기 앉아 있을 수 있겠어?"

"넌 아기여서 기억 안 나겠지만, 난 똑똑히 기억해. 그때 난 너를 베란다 밖으로 던져 버렸어."

"미친 소리 좀 그만해!"

규한은 화가 났다. 형이 술에 취해 농담하는 것일 수도 있지만, 그걸 고려해도 이 농담은 확실히 선을 넘었다. 무엇보다 그 상황을 묘사하는 형의 차가운 태도와 왠지 모를 이야기 속에 담긴 불쾌한 느낌 때문에 규한은 이게 단순한 장난을 넘어섰다고 느꼈다.

규한이 그렇게 불쾌해하는데도 형의 태도는 조금도 변하지 않았다. 마치 이야기 속의 어린 시절 형처럼 그러했다.

"너 기억 안 나는구나?"

규남이 고개를 삐딱하게 꺾으며 말했다.

"뭐가?"

"당시 우리 집 말이야. 1층이었어. 아파트 1층."

"1층이었다고?"

규한에겐 너무 어렸을 때라 정확한 기억이 나지 않았다. 실제로 그가 그 집에 살았던 기간은 기껏해야 10년 정도였기 때문이다. 하지만 그의 흐릿한 기억에도 그 집은 1층보다는 높았던 것 같았다. 엘리베이터를 탄 기억도 있는 걸 보면 최소 2층 이상이 아니었을까 싶은데, 사실 그것도 정확하진 않았다. 기억이 서로 섞여서 어쩌면 이사 간 집과 헷갈린 것인지도 몰랐다. 그런데도 규한은 형의 말을 부정하고 싶었다. 형이 그런 짓을 했다는 걸 믿고 싶지 않아서였다.

"아파트 1층에서 떨어뜨렸으니 죽지 않은 거지."

"……."

"게다가 네가 떨어진 곳에 회양목 화단이 있었어. 그게 쿠션 역할을 해 준 거지. 그래서 살짝 긁힌 것 말고는 다친 데가 없었던 거야. 아주 운이 좋았지."

규한은 아주 운이 좋았다는 그 말이 여러 가지 의미로 꽤 섬뜩하게 들렸다. 그는 머리가 어지럽고 속이 메스꺼웠다. 그것이 술 때문인지 아니면 형의 이야기 때문인지는 알 수 없었지만, 당장 화장실로 달려가 시원하게 속을 게워 내고 싶었다. 하지만 왜 그런지 거기까지 가는 게 너무 귀찮았다. 이 소파에서 한 발짝도 움직이고 싶지 않았다. 그는 소파와 그대로 한 몸이 된 듯했다.

"그 일이 있고 나서, 나는 3년 동안 소아 정신과를 다니며 치료를 받아야 했어."

"난 왜 그런 사실을 전혀 몰랐지?"

규한은 여전히 부정적인 태도였다. 아직도 형이 자신을 놀리고 있다는 생각을 지울 수가 없었다.

"그건 부모님이 그렇게 시켰기 때문이야. 아마도 우리 형제가 평범하게 지내길 바라셨던 거겠지……. 근데 너 괜찮아?"

규남이 왠지 불편해 보이는 동생을 보며 말했다.

"어, 괜찮아."

"많이 취한 것 같다. 인제 그만 마셔."

"안 그래도 그러려고."

규남은 술잔을 내려놓고 자리에서 일어섰다. 그러곤 TV 테이블로 걸어가서 문제의 그 장난감을 들고 다시 자리로 돌아왔다. 그는 짓궂게도 마몬스를 동생의 테이블 앞에 올려놓았다. 마몬스의 한쪽 날개는 아기였던 규한이 망가뜨린 그대로 부러져 있었다.

규한은 이제 이 장난감을 보자 불쾌함이 밀려왔다. 하지만 형은 그가 그러거나 말거나 상관없이 그가 보는 앞에서 마몬스를 다시 작동시켰다. 마몬스의 뿔이 반짝이며 서서히 깨어나기 시작했다.

"뭐 하는 거야?"

규한이 얼굴을 찌푸리며 말했다.

"너한테 보여 주려고."

"됐어. 저리 치워."

하지만 형은 그의 말을 무시한 채 패브릭 의자에 가만히 앉아 있었다.

형은 마치 규한이 불편해하는 모습을 즐기는 듯 보였다.

잠시 후, 마몬스가 드디어 깊은 잠에서 깨어났다.

"안녕! 내 이름은 마몬스야! 나랑 같이 놀래?"

규한은 본능적으로 그 목소리에 강한 거부감을 느꼈다. 형의 얘기를 들어서 그런지 몰라도 알 수 없는 불길한 기운이 목덜미를 타고 스멀스멀 기어 올라왔다. 그는 왠지 이 AI 장난감이 두려웠다.

"형, 나한테 이 이야기를 한 이유가 뭐야?"

규한은 문득 형이 그 얘기를 꺼낸 의도가 궁금했다. 대체 형이 왜 수십 년이 지난, 규한이 기억조차 못 하는 그런 이야기를 꺼낸 건지 그는 알 수 없었다. 차라리 모르는 편이 훨씬 나았을 법한 이야기를 말이다.

"실은 너한테 말하지 않은 게 하나 있어."

"……?"

"내가 마몬스에게 세 번째 소원을 빌었을 때 말이야. 네가 없어지길 바란다고 소원을 빈 건 너도 알고 있겠지? 근데, 난 거기에 한 가지 단서를 달았거든."

규한은 속이 메스꺼웠지만, 이상하게도 구역질은 나오지 않았다. 단지 그 기분 나쁜 느낌이 계속 이어질 뿐이었다. 마치 지금 이 상황처럼.

아무래도 뭔가 단단히 잘못된 듯했다. 그는 당장 이곳을 나가고 싶었다. 하지만 어떻게 된 건지 몸이 말을 듣지 않았다. 그는 가슴팍이 축축이 젖은 것을 깨달았다. 내려다보니 언제부터였는지 침이 떨어져 그곳을 적시고 있었다. 한데 이상하게도 그는 침을 흘린 것을 전혀 모르고 있었다. 그것을 내려다보고 있는 지금 이 순간에도 입에서 침이 질질 흘러나오는 것을 느낄 수가 없었다. 규한은 시선을 돌려 형을 바라봤다. 형은 그의 상태를 뻔히 알면서도 아무런 조치도 취하지 않았다.

그 순간, 규한은 형의 모습이 아까와는 다르다는 것을 깨달았다. 몸집이 마치 초등학생 정도로 작아 보였다. 환각인가? 그는 눈을 깜빡이며 형을 다시 쳐다봤지만, 눈앞에 보이는 형은 여전히 작아져 있었다. 그러곤 그 모습으로 마몬스를 보며 어린아이처럼 말했다.

"동생이 없어지면 좋겠어. 하지만 지금 말고, 동생이 나를 기억할 정도로 컸을 때 그렇게 해 줘."

규한은 의식이 흐릿해지는 와중에도 형에게 그 이유를 물었다.

"대체 왜……?"

"왜냐고? 그래야 내가 한 짓을 네가 알 거 아냐. 내가 그랬다는 걸 모르면 무슨 재미가 있어? 안 그래?"

"……!"

"사실 그 후로 시간이 많이 지나서 나도 잊고 있었어. 그랬다가 얼마 전에 집 정리를 하면서 마몬스를 발견하게 된 거야. 옛 기억이 새록새록 떠오르더라. 게다가 마침 사촌 동생이 결혼한다기에 이건 운명이라고 생각했지. 끝내지 못한 일을 마무리 지으라는 하늘의 계시랄까. 이젠 너도 어엿한 한 집안의 가장이고, 나름 성공적인 인생을 살고 있잖아. 지금이 바로 내 소원을 이룰 최적의 시기인 거지. 드디어 여물 대로 여문 과일을 따 먹을 수 있게 된 거라고."

규한은 눈을 크게 부릅떴다. 그는 흐릿한 시야로 형의 모습을 볼 수 있었다. 얼굴은 어른이지만, 몸집은 어린아이 같은 기괴한 모습.

'형은 지금껏 이 괴물을 숨기고 살아왔던 것일까?'

규한은 눈을 뜬 채로 서서히 감각이 사라져 가는 것을 느꼈다. 이젠 말은커녕 혀를 움직일 수조차 없었다.

그가 그러는 사이, 어느새 규남은 비닐로 된 비옷을 입고 나타났다. 게다가 얼굴에는 투명 안면 마스크를 썼고, 양손에는 니트릴 장갑까지 끼고 있었다. 그야말로 만반의 준비를 마친 상태였다.

규남은 마치 어렸을 적 곤충 표본을 만들 때처럼 야릇한 설렘을 느꼈다. 동생을 해체할 땐 과연 어떤 기분이 들지 상상만으로도 즐거웠다.

"엄마한테 미리 실험하길 잘했지. 안 그랬으면 엄마처럼 갑자기 죽어 버렸을 거 아냐."

규남은 동생의 풀린 동공을 살펴보며 말했다.

"이 약은 의식이 깨어 있는 상태에서 감각만 마비시켜. 고통은 느끼지 못하겠지만, 아마 못 볼 걸 보게 될 거야."

그는 동생을 향해 방긋 미소를 짓고서 고개를 돌려 마몬스를 바라봤다.

"안녕, 마몬스. 다시 돌아와서 기뻐."

규남은 친구의 귀환을 진심으로 반겼다.

그러자 마몬스도 뿔을 반짝이며 그에게 답했다.

"안녕, 내 이름은 마몬스야! 나랑 같이 놀래?"

얼룩

신진오

1

―――

하나는 배가 고팠다.

아까부터 뱃속의 작은 개구리가 시끄럽게 울어 대고 있었다.

꼬르륵- 꼬르륵-.

은경은 하나만 남겨둔 채 또 집을 나갔다.

"엄마가 먹을 거 구해 올게. 조금만 참고 있어."

"응."

"엄마 없다고 안방 들어가서 막 장난치면 안 돼. 알았지? 그럼 다녀올게. 집 잘 지키고 있어."

하지만 아마 오늘도 은경은 빈손으로 들어올 것이 뻔했다. 벌써 며칠째 똑같은 말만 반복할 뿐 그녀는 돈도, 음식도 구해 오지 못했다. 집세를 내지 못한 게 벌써 수개월이고, 이미 전기와 도시가스는 끊긴 상태였다. 다행히 물은 끊기지 않았는데, 그건 수도 요금을 다른 집들과 공동으로 내기 때문이었다. 그래서 가끔 집주인이 밀린 월세와 수도 요금을 받으러 찾아올 때가 있었다. 그럴 때면 하나는 마치 집에 아무도 없는 것처럼 소리 내지 않고 집주인이 돌아갈 때까지 가만히 기다리곤 했다.

"배 많이 고파?"

제니가 걱정스러운 듯 물었다.

"응."

하나는 슬픈 얼굴로 고개를 끄덕였다.

"얼마나 굶었어? 이틀? 삼일?"

"몰라. 세 보지 않았어."

"큰일이다. 엄마가 오늘은 먹을 걸 가져올까?"

"모르겠어."

하나는 살가죽만 남은 홀쭉한 배를 두 팔로 가렸다.

"제니는 좋겠다. 안 먹어도 되니까."

"그래서 부러워?"

"나처럼 배고플 일도 없잖아."

"배고프다는 거, 많이 아픈 거야?"

"엄청 아파. 누가 손으로 내 뱃속을 쥐어짜는 것 같아."

"와, 진짜 아프겠다."

벽 위로 커다란 바퀴벌레가 기어갔다. 하나는 그것을 물끄러미 바라봤다. 바퀴벌레는 어디든 있었다. 방에도, 화장실에도, 옷에도, 쓰레기에도. 놈들은 항상 분주히 먹을 것을 찾으러 다녔다. 하나는 그들이 부러웠다. 바퀴벌레는 사람이 못 먹는 것도 먹을 수 있으니 얼마나 좋을까? 아이가 마지막으로 먹은 것은 오래된 쿠키 반 조각이었다. 그것도 집 안을 가득 메운 쓰레기 더미 속에서 찾아낸 것이었다. 하나는 그것을 오래도록 씹어먹었다. 이미 쿠키의 맛은 변해서 단맛은 다 사라지고, 대신 골판지 맛이 났다. 그래도 골판지는 먹을 수 없으니 그나마 낫다고 할 수 있었다. 하나는 그 골판지 쿠키가 다시 생각났다. 그거라도 먹을 수 있으면 좋을 텐데 하는 아쉬움이 남았다.

"지금 뭐 먹는 거야?"

제니가 물었다.

"종이."

"염소야? 종이는 왜 먹어? 먹지 마. 뱉어, 빨리."

"먹지 않고 그냥 씹기만 하는 거야. 배고프니까."

"그러지 말고 먹을 걸 찾아보자. 어딘가에 먹을 게 남아 있을 수도 있잖아?"

"……."

"왜? 배고프다며?"

"어제도 그렇게 말해서 찾아봤는데 아무것도 없었잖아."

"그럼 계속 굶을 거야?"

하나는 울상을 지었다.

"알았어. 찾아볼게."

"잘 생각했어."

하나는 방문을 열고 밖으로 나갔다. 나가자마자 거실을 가득 메운 쓰레기들이 눈에 들어왔다. 모두 엄마가 어딘가에서 가져온 것들이었다. 그중에서 쓸 만한 것은 하나도 없었다. 그런데도 엄마는 그것들을 마치 보물처럼 애지중지했다.

하나는 쓰레기를 헤치고 냉장고로 향했다. 그러곤 습관적으로 냉장고 문을 열어 봤다. 깜짝 선물상자처럼 혹시라도 엄마가 먹을 것을 넣어 두지 않았을까 하는 기대를 품고서. 하지만 그런 행복한 일은 일어나지 않았다. 냉장고 안에 있는 거라곤 딱딱하게 굳은 채 비닐에 싸인 된장과 음식물 쓰레기가 든 봉투들, 그리고 누군가 먹다 남긴 두유 하나뿐이었다. 하나는 두유를 먹은 기억이 없기에 어쩌면 엄마가 먹고 넣어 뒀거나, 아니면 그것도 엄마가 가져온 쓰레기 중의 하나일지도 몰랐다. 아무튼 그것은 먹을 수가 없었다. 이미 상할 대로 상해서 시큼하고 역겨운 냄새가 났기 때문이다. 한번은 너무 배가 고파서 코를 막고 그것을 한 모금 마셨다가 며칠을 배가 아파서 고생했었다.

꼬르륵- 꼬르륵-.

보고 있자니 괜히 더 배만 고팠다. 하나는 한숨을 내쉬고서 문을 닫았다. 그러곤 근처에 쌓인 쓰레기 더미를 뒤적이기 시작했다.

"거긴 뒤져 봤자 없을 것 같은데?"

"혹시 모르잖아. 먹다 남은 빵이라도 있을지."

"있어도 그런 건 먹으면 안 돼. 배탈 난다고."

하나는 들은 체도 하지 않고 계속 쓰레기 더미를 뒤졌지만 몇 분도 안 돼 기운이 없어서 금방 포기해 버렸다.

"다른 곳을 찾아보자. 쓰레기 말고."

"어디?"

"음……. 저긴 어때?"

제니가 가리킨 것은 오래된 구형 김치냉장고였다. 상판 뚜껑을 위로 들어서 여는 방식이었는데, 하나는 그것을 한 번도 열어 본 적이 없었다. 그 위에 쓰레기 더미가 있기도 했지만, 그보단 왠지 거기에 가까이 가고 싶지 않은 마음이 더 컸다. 김치냉장고와 맞닿은 벽에는 커다랗고 검은 얼룩이 번져 있었다. 그 얼룩은 곰팡이라고 하기엔 너무 크고 색이 짙었다. 게다가 그 중심부는 축축하게 젖어 있기까지 해서 어린 하나에겐 괜한 공포감을 심어 줬다. 그래서 아무리 배가 고파도 그곳엔 가까이 가지 않았다.

"저긴 싫어. 무섭단 말이야."

"뭐가 무서워. 그냥 김치냉장곤데. 열어 보면 안에 먹을 게 있을지도 몰라. 한번 열어 보자."

하나는 배고픔과 공포 사이에서 잠시 고민하다가 역시나 고개를 가로저었다.

"싫어. 무서워."

"바보. 저 안에 맛있는 게 들어 있을지도 모르는데? 어쩌면 네가 좋아하는 과자가 있을지도 모른다고. 그래도 안 열어 볼 거야?"

"아냐! 없어! 안 들을래!"

하나는 두 손으로 귀를 막았다.

"귀 막아도 소용없어. 내 목소린 그래도 들리니까."

"그럼 네가 열어!"

"난 못 여는 거 알잖아. 할 수 있으면 벌써 했지."

"아아! 안 들린다!"

"에휴, 알았어. 그럼 다른 곳을 찾아보자. 그럼…… 저긴 어때? 싱크대 위 수납장."

하나는 손을 내리고 싱크대를 바라봤다. 이이의 키로는 거기까지 손이 닿지 않을 것 같았다. 그래서 아직 한 번도 시도해 보지 않았다. 제니의 말대로 왠지 저곳엔 먹을 것이 남아 있을 것만 같았다. 하나는 싱크대로 다가갔다. 상단 수납장을 열려면 일단 싱크대 위로 올라가야 할 것 같았다. 아이는 양손으로 싱크대 가장자리를 짚고서 힘껏 뛰어 봤다. 아슬아슬하게 올라갈 뻔했지만, 아깝게 실패하고 말았다.

또다시 점프! 하지만 이번에도 실패. 아이는 계속 깡충깡충 뛰어서 도전했다. 하지만 금방 기운이 빠져서 결국 또 포기할 수밖에 없었다.

"힘들어."

"아깝다. 거의 될 뻔했는데."

"배고파. 엄마 오면 열어 달라고 할까?"

"안 돼."

"왜?"

"엄마는 화를 낼 게 뻔해. 먹을 게 있으면 벌써 줬지 내가 숨겨 놨겠냐고 할 거라고."

"흐응."

"그리고 우리끼리 찾는 게 더 재미있잖아. 안 그래?"

"몰라. 배고파."

"오늘은 여기까지 하자. 아무래도 엄마가 먹을 걸 가져오길 기대하는 수밖에 없을 것 같아."

하나는 기운 없는 얼굴로 고개를 끄덕였다.

엄마가 올 때까지 아이는 제니와 함께 놀았다. 할 수 있는 놀이라곤 끝말잇기와 쓰레기를 가지고 하는 소꿉놀이 정도였지만, 그래도 제니가 있어서 나름 재미있게 놀 수 있었다. 제니는 끝말잇기를 정말 잘해서 하나는 한 번도 그녀를 이겨본 적이 없었다. 아무리 어려운 낱말이 나와도 그녀는 척척 대답했다.

"친구."

"구두."

"두부."

"부자."

"자유."

"유령."

"령? ……령 ……령차?"

"하하하! 그게 뭐야?"

하나도 자기가 말해 놓고 민망한지 깔깔 웃었다.

"유령은 너무 어려워."

"내가 이겼지?"

"치사해."

"그럼 너도 잘하면 되잖아."

"피-. 제니는 너무 잘해! 넌 내 상상 속 친군데 왜 나보다
더 잘하는 거야? 불공평해!"

"하하! 내가 진짜 상상 속 친구라고 생각하는 거야?"

"그럼 아냐?"

"음, 글쎄? 과연 뭘까?"

제니가 장난스러운 미소를 지으며 약을 올렸다.

그러자 하나도 혀를 삐죽 내밀었다.

"끝말잇기도 지겹다. 다음은 뭐 하고 놀까?"

"음, 다음은……. 아!"

갑자기 히나가 배를 끌어안고서 고통을 호소했다.

"괜찮아?"

"배가…… 배가 너무 아파……. 누가 내 뱃속을 쥐어짜는
것 같아."

"배가 고파서 그래. 조금 지나면 괜찮아질 거야."

"아아-."

하나는 바닥에 모로 누워 다리를 웅크린 채 바들바들 떨
었다. 얼굴엔 금세 식은땀이 송골송골 맺혔다. 제니는 그런

하나를 그냥 내버려 둘 수밖에 없었다. 지금은 그 어떤 것도 도움이 되지 못했다. 그저 고통이 사라질 때까지 기다려주는 것 말고는 방법이 없었다.

2
——

조금 있자, 하나를 덮친 통증이 서서히 물러가기 시작했다. 이윽고 아이는 지친 얼굴로 자리에서 일어섰다.

"이제 좀 괜찮아?"

"응……."

"매번 그러는 거 힘들지?"

"죽을 것 같아."

제니는 안쓰러운 얼굴로 하나를 가만히 바라봤다. 그러다 문득 아이에게 한 가지 제안을 했다.

"안방에 들어가 보는 게 어때? 거기라면 먹을 게 있을지도 몰라."

"거긴 안 돼! 엄마가 절대 들어가지 말라고 했단 말이야."

"엄마는 지금 집에 없잖아. 잠깐 들어가도 모르실 거야."

"글쎄 안 된대도! 제니! 나한테 나쁜 짓 시키지 마!"

"그럼 이대로 계속 굶고 있을래? 너 배고프지 않아?"

"……."

"아까처럼 또 배가 아프면 어쩌려고 그래? 이제 굶는 거

싫잖아? 저 안에 어쩌면 맛있는 게 있을지도 모르는데, 이 대로 엄마만 기다리고 있자고?"

"너 정말 나쁜 아이구나! 난 이제 네 말 안 들을 거야!"

하나는 또다시 두 손으로 귀를 막았다.

제니는 아이의 부질 없는 짓을 보며 한숨을 내쉬었다.

"귀 막아도 소용없다고 했잖아."

"아아-. 안 들린다! 안 들려!"

"너 엄마가 왜 저기 들어가지 말라고 했을 것 같아?"

"동해물과 백두산이 마르고 닳도록……."

"궁금하지 않아?"

"하느님이 보우하사 우리나라 만세-."

"엄마가 너 몰래 먹을 걸 숨겨 놓았으면 어쩔 거야? 응?"

"아냐! 그럴 리 없어!"

"너 엄마가 배고프다고 하는 거 본 적 있어?"

하나는 대답하려다가 입을 닫았다.

그러고 보니 엄마는 한 번도 배고프다는 말을 한 적이 없었다. 그러기는커녕 자신처럼 배고파서 괴로워하는 것도 본적이 없었다. 아이는 엄마가 어른이라서 괜찮나 보다 하고 생각했었다. 하지만 다시 생각해 보니 그건 아무래도 이상한 일이었다.

"엄마가 밖에서 먹을 걸 가져왔을 수도 있잖아. 근데 너랑같이 먹기엔 부족해서 혼자만 먹으려고 방 안에 숨겨 놓았다면?"

"엄마는…… 그런 짓 안 해."

"그래서 너보고 방에 들어가지 말라고 한 것일 수도 있잖아. 안 그래?"

"엄마는…….."

"그게 아니면 왜 안방에 들어가지 말라고 했겠어? 이상하지 않아?"

"……."

제니의 말에 하나는 점점 엄마에 대해 의구심을 갖기 시작했다. 무엇보다 이해하기 어려운 건 자신은 이렇게 배가 고픈데도 엄마는 전혀 먹을 것을 챙겨 주지 않는다는 것이었다. 엄마는 매번 음식을 구해 온다는 말만 할 뿐, 정작 가져오는 것은 아무 쓸모도 없는 쓰레기뿐이었다. 그때마다 엄마는 미안하다며 내일은 꼭 구해 오겠다고 약속하곤 했다. 하지만 지금껏 단 한 번도 그 약속을 지킨 적이 없었다.

'정말 엄마가 나 몰래 먹을 걸 숨겨 둔 걸까? 나한테 주기 싫어서?'

하나는 몹시 혼란스러워했고, 제니는 그런 마음을 파고들어 아이를 계속 부추겼다.

"알겠어. 그럼 이렇게 하자. 내 말이 맞았는지 틀렸는지 직접 들어가서 확인해 보는 거야. 어때?"

"……!"

"안에 먹을 게 없으면, 엄마에 대한 네 생각이 맞은 거니까 좋은 거고, 만약 먹을 게 있으면 그걸 먹으면 되니까 좋은 거지. 어느 쪽이든 네가 손해 볼 건 없어."

"그, 그런가?"

"그럼 그럼! 자, 내 말대로 해. 엄마는 절대 모르실 거야. 나만 믿어."

하나의 마음은 이미 한쪽으로 기울었다.

"그러면 아주 잠깐만이다? 확인만 하고 나오는 거다?"

"물론이지!"

하나는 왠지 나쁜 짓을 하는 것 같아 마음이 불편하면서도, 한편으론 먹을 것에 대한 기대감 때문에 은근히 설레기도 했다. 자신의 이런 복잡한 마음을 아이는 어떻게 설명해야 좋을지 알 수 없었다. 하나는 제니와 함께 방을 나와 안방으로 향했다. 안방 문 앞에 서자 갑자기 불안감이 엄습했다. 역시 그만두는 게 좋지 않을까 하는 마음이 문을 여는 것을 주저하게 했다. 그러자 제니가 재촉했다.

"뭐 해? 거기 하루 종일 서 있을 거야?"

하나는 하는 수 없이 문고리를 잡고서 천천히 돌렸다.

그런데 그때, 하나의 귓가에 이상한 소리가 들려왔다.

차르랑- 차르랑- 차르랑-.

아이는 고개를 돌려 주변을 두리번거렸다. 소리는 잠깐 들렸다가 사라졌지만, 하나는 두 귀로 똑똑히 들었다. 결코 이 집에선 날 수 없는 그런 소리였다. 마치 고양이 목에 매단 방울 소리 같았는데, 그 방울 수십 개가 한데 뭉쳐서 내는 소리 같았다.

"방금 무슨 소리 나지 않았어?"

하나는 제니를 보며 말했다.

"무슨 소리? 난 아무 소리도 못 들었는데?"

"이상하다. 분명 방울 소리 같았는데."

"또 네 배에서 난 소리 아냐?"

"아니거든!"

"알았으니까 빨리 문이나 열어."

"쳇."

하나는 기분이 이상했지만, 일단은 하던 일에 집중하기로 했다.

문이 열리자, 조심스레 안을 들여다봤다. 너무 어두워서 아무것도 보이지 않았다. 아이는 안으로 들어가려다가 순간 멈칫했다. 코를 쏘는 역한 악취가 방 안쪽에서 흘러나오고 있었기 때문이다. 무언가가 심하게 썩어 가고 있는 냄새였다. 하지만 그것이 무엇인지는 짐작조차 할 수 없었다.

"아, 코! ……이게 무슨 냄새지?"

"모르겠는데? 일단 불을 켜 보자. 아, 참! 전기 끊겼지? 하나야, 양초와 라이터를 가져 와."

"……알았어."

잠시 후, 아이는 두 손에 양초와 라이터를 들고서 돌아왔다. 하나는 주춤주춤 방 안으로 들어왔다. 안에 고여 있던 냄새가 코를 쏘기 시작했다. 왠지 눈까지 따가운 것 같았다. 이 냄새의 정체가 방 안에 있다고 생각하니 불을 켜는 게 두려워졌다. 그냥 포기하고 밖으로 나가고 싶었다. 그런 아이의 마음을 읽었는지 제니가 빨리 불을 켜라고 재촉했다. 하나는 알았다며 볼멘소리를 했다. 라이터의 부싯돌을 돌렸는데 불꽃만 튈 뿐 불이 붙지 않았다. 아무래도 가스가 바닥난 모양이있다. 그래도 하나는 계속해서 부싯돌을 돌렸다.

그 순간,

끼이이익-.

갑자기 방 안에서 소리가 났다. 이번엔 방울 소리 같은 게 아니었다. 하나는 고개를 돌려 소리가 나는 곳을 바라봤다. 어둠 속 저 끝에 무언가가 있었다. 짙은 어둠 속에서 희미하게 윤곽을 드러낸 것은 하나의 눈에 마치 쓰레기 더미처럼 보였다. 하지만 그쪽에서 소리가 난다는 게 아이를 두렵게 했다.

하나는 다시 라이터를 켰다.

틱- 틱- 틱- 팟!

드디어 라이터가 켜졌다. 하나는 재빨리 양초에 불을 붙였다. 그러곤 고개를 돌려 아까 소리가 난 곳을 바라봤다. 순간, 아이는 몸이 굳어 버렸다.

"……!"

거기에 있던 것은 쓰레기 더미 같은 게 아니었다. 그것은 여자였다. 옷장 앞에 서 있는 어른 여자.

"엄……마?"

하나는 보자마자 여자가 엄마라는 걸 알았다. 비록 머리를 푹 숙이고 있어서 얼굴을 볼 순 없었지만, 그녀가 입은 옷과 자신의 본능적인 직감으로 알 수 있었다. 하지만 아이는 엄마에게 다가갈 수 없었다. 엄마의 모습이 너무나 이상했기 때문이다. 앞으로 푹 꺾여 있는 머리와 가슴에 묻은 검은 얼룩, 그리고 아까부터 움직이지도 않고 부자연스러운 자세로 서 있는 모습이 하나로 하여금 다가갈 수 없게 만들었다.

"엄마가 왜 저기 있지?"

제니가 말했다.

하나는 모르겠다며 고개를 가로저었다.

"그러지 말고 엄마한테 가 봐."

"무, 무서워……."

"엄마가 아픈 건지도 모르잖아. 어서."

하나는 어쩔 수 없이 엄마에게 다가갔다. 흔들리는 촛불 때문에 엄마가 마치 이리저리 움직이는 것처럼 보였다. 가까이 다가간 아이는 그제야 엄마의 모습이 이상해 보인 이유를 알게 됐다. 자세히 보니, 엄마는 서 있는 게 아니라 허공에 떠 있었다. 앞으로 푹 꺾인 목은 빨랫줄로 묶여 있었고, 그 줄은 옷장 안으로 이어져 있었다. 즉, 엄마는 옷장 문 앞에서 목을 맨 것이었다. 하나는 바닥을 내려다봤다. 거기엔 발판으로 사용한 욕실용 간이 의자가 놓여 있었고, 그 주변으로 엄마의 가슴에 묻은 것과 같은 검은 얼룩이 번져 있었다. 그 얼룩은 김치냉장고 옆의 벽에 묻은 것과 매우 비슷해 보였다.

끼이이익-.

하나는 소리에 놀라 고개를 들었다. 그 소리는 엄마가 매달린 옷장 문 경첩에서 나는 소리였다. 엄마의 무게 때문에 경첩 하나가 거의 부러지기 직전이었다. 소리에 놀라 고개를 든 바람에 하나는 엄마의 얼굴을 가까이서 볼 수 있었다. 그 얼굴은 이미 아이가 아는 엄마의 얼굴이 아니었다.

"하나야? 너 괜찮아?"

제니의 말에도 하나는 반응하지 못했다.

아이는 겁먹은 채로 바들바들 떨기만 했다. 다리 사이에선 오줌이 줄줄 흘러나왔다. 제니가 한 번 더 아이의 이름을 부르자, 아이는 그만 정신을 잃은 채 까무러치고 말았다.

3

현관문을 열고 누군가 안으로 들어왔다. 하나는 그 소리를 듣고 잠에서 깼다. 눈을 떠 보니 어느새 자기 방에 누워 있었다. 옆에는 제니가 있었다.

"일어났어?"

제니가 아이를 내려다보며 말했다.

"제니야, 나 꿈꾼 것 같아. 근데 아주 무서운 꿈이었어."

하나가 몸을 일으키며 말했다.

"꿈?"

"엄마 방에 들어갔는데, 거기에 엄마가 이상한 모습으로……."

"그거 꿈 아냐."

제니가 하나의 말을 자르며 말했다. 제니의 표정이 몹시 어두웠다.

"꿈이 아니라고?"

"응, 진짜 있었던 일이야."

하나는 입을 다물었다. 제니도 알고 있으니 꿈이 아닌 게 분명했다. 내심 꿈이길 바랐는데, 현실이었다는 걸 알게 되자 아이는 그때 느꼈던 충격적인 감정이 다시 떠올라 몸서리를 쳤다.

"그보다, 방금 누가 집 안으로 들어왔어."

제니가 목소리를 낮춰 말했다.

"나도 들었어."

"설마 집주인인가?"

제니의 말이 끝나기 무섭게 문이 벌컥 열렸다. 문 앞에 서 있는 사람을 보자 하나는 깜짝 놀랐다.

"엄마?"

"엄마라고?"

"엄마…… 맞지?"

그들 앞에 서 있는 사람은 다름 아닌 은경이었다. 그녀는 아침에 나갔을 때와 똑같은 모습을 하고 있었다. 하나가 안방에서 봤던 그 끔찍한 모습의 흔적은 어디에도 없었다. 은경은 지친 듯한 표정으로 멀뚱히 하나를 내려다봤다. 하나는 지금 이 상황이 몹시 혼란스럽기만 했다.

"엄마 맞냐니? 그게 무슨 말이야?"

"엄마가…… 엄마가…….."

"엄마가 뭐? 무슨 일 있었어?"

하나는 그 말을 어떻게 꺼내야 할지 몰라 무척 난감했다.

그러자 은경이 아이에게 다가왔다. 하나는 본능적으로 뒤로 물러났다. 아직 그녀가 진짜 엄마라는 확신이 들지 않기 때문이다. 은경은 이상한 듯 딸을 바라봤다.

"왜 그래? 엄마잖아."

"무, 무서워."

"뭐가 무섭다고 그래? 너 진짜 이상하다? 낮에 무슨 일 있었던 거야?"

하나는 이번에도 제니를 쳐다봤다. 하지만 제니는 입을 다문 채 아무 말도 하지 않았다. 은경이 더 가까이 다가왔다. 하나는 이제 물러설 곳도 없었다. 은경의 손이 다가오자 그녀는 질끈 눈을 감았다.

"우리 아가, 엄마한테 화났어?"

은경의 부드러운 손이 자신의 뺨을 살살 어루만지자 하나는 조금 전까지 불안했던 마음이 눈 녹듯 스르르 사라지는 것을 느꼈다.

"왜 그렇게 겁을 먹었어? 무서운 꿈이라도 꾼 거야?"

"그게……."

그때 옆에서 제니가 말했다.

"안방에서 본 걸 말해. 어서!"

"싫어."

"엄마도 알아야 한다고! 자신이 죽었다는 걸!"

"우리 엄마 안 죽었어!"

"바보야, 네 눈으로 직접 봤잖아!"

은경은 혼잣말하는 하나를 보며 한숨을 내쉬었다.

"또 그 상상 속 친구랑 대화하는 거야?"

"제니가 자꾸 말을 걸어서……."

"제니가 뭐라고 하는데? 엄마가 죽었대?"

은경이 어이없다는 듯 웃으며 말했다.

"으응."

"엄마 이렇게 멀쩡히 살아 있잖아. 죽긴 왜 죽어."

"……."

그러자 또다시 제니가 입을 열었다.

"그 말 믿지 마. 엄마는 죽었어. 지금 보는 건 귀신이라고."

"귀신……?"

"엄마 보고 귀신이래? 제니가 그랬어?"

"으응."

"나 참……. 하나야, 제니 말 듣지 마. 그 애는 네 상상 속 친구일 뿐이야. 네가 만들어 낸 가짜란 말이야."

하나는 누구 말을 믿어야 할지 몰라 혼란스러웠다. 제니의 말도, 엄마의 말도 전부 맞는 말인 것 같았기 때문이다.

"하나야? 엄마 말 안 들려? 듣지 말래도?"

은경이 손을 뻗어 하나를 만지려 하자, 그녀는 또다시 몸을 움츠리며 피했다.

그러자 은경의 표정이 굳어졌다.

"너 정말 왜 그래?"

"……."

"엄마 나간 사이에 무슨 일 있었지? 그렇지?"

"아, 아냐. 아무 일도 없었어."

"아무 일도 없긴."

은경이 또다시 손을 뻗자, 이번에도 하나는 몸을 움츠리며 손길을 피했다. 안 그래도 딸의 행동이 서운했던 그녀는 하나가 자꾸만 자신을 피하자 슬슬 짜증이 나기 시작했다. 은경은 하나의 어깨를 덥석 잡았다. 그러자 놀란 하나가 비명을 질렀다.

"꺄아악!"

"너 왜 그래?"

"잘못했어요!"

딸의 갑작스러운 반응에 놀란 은경은 뭔가 잘못됐음을 직감했다.

"너 진짜 무슨 일 있었구나? 하나야, 엄마 봐! 엄마 얼굴 보고 솔직하게 말해. 얼른!"

하나가 계속 우물쭈물하자 옆에 있던 제니도 아이를 다그쳤다.

"얘기해! 엄마도 알아야 한다고!"

결국, 하나는 사실대로 말할 수밖에 없었다.

"아까 낮에 안방에 들어갔었어요."

"안방에? 거긴 왜?"

"너무 배고파서 그랬어요. 제니가 거기에 먹을 게 있을지 모른다고 해서. 난 들어가기 싫었는데 자꾸 제니가 시켜서 어쩔 수 없이……."

"제니! 제니! 그놈의 가짜 친구 말을 왜 그렇게 믿는 거야?"

은경이 신경질적으로 말하자 하나는 겁을 먹고 또다시 움츠러들었다.

"그래서? 안방 들어갔는데?"

"안방에서…… 엄마를 봤어요."

"뭐? 그게 무슨 소리야?"

"엄마가 방 안에서…… 죽어 있었어요."

"뭐라고?"

"정말이에요."

은경은 기가 막힌 듯 한숨을 내쉬었다.

하나는 엄마의 눈치만 살피고 있었다.

이윽고, 은경이 입을 열었다.

"하나야, 네가 본 건 진짜가 아니야. 전부 네 상상이라고.

제니처럼 네가 상상해서 만들어 낸 거야. 알겠니?"

"그 말 믿지 마. 엄마는 지금 자신이 죽었다는 사실을 믿지 못하는 거야. 엄마는 분명히 죽었어!"

제니는 계속해서 하나를 설득하려고 했다.

"정 못 믿겠으면 엄마랑 같이 안방에 들어가 보자."

은경의 말에 하나는 기겁하며 고개를 세차게 저었다.

"왜? 무서워서 그래?"

"……."

"뭐가 무섭다는 거야? 저 방 안에 아무것도 없다니까? 자, 어서!"

은경이 손을 잡으려고 하자 하나는 등 뒤로 손을 감추며 싫다고 말했다. 딸아이의 그런 모습은 은경을 더욱 화나게 할 뿐이었다. 그녀는 억지로 하나의 손을 잡고서 끌어당겼다. 하나는 가지 않겠다며 끝까지 버텼다.

"엄마 말 안 들을 거야!"

참다못한 은경이 버럭 소리를 질렀다.

하나는 어쩔 줄을 몰라 하며 벌벌 떨기만 했다.

제니는 그런 하나를 그저 지켜볼 수밖에 없었다.

"가서 확인해 보자니까! 누구 말이 맞는지."

은경이 거칠게 팔을 잡아끌자 하나는 아무 말도 못 한 채 질질 끌려갔다.

4

안방 문 앞에 도착한 하나는 얼굴이 사색이 된 채 숨을 헐떡였다. 그런데도 은경은 끝까지 아이의 팔을 놓아 주지 않았다.

"나 안 갈래……. 흐아앙-."

"뚝 안 그쳐!"

은경이 문고리를 돌려 문을 열었다. 그러자 방 안에 고여 있던 시커먼 어둠이 그들을 맞았다. 은경은 미리 가져온 촛불을 들고 안으로 들어갔다. 하나는 엄마의 손에 이끌려 어쩔 수 없이 또다시 그 안으로 들어가고 말았다.

작은 촛불로는 방 안의 어둠을 완전히 걷어낼 수 없었다. 은경은 촛불을 이리저리 비추어 어린 딸에게 아무것도 없음을 보여주며 안심시키려고 했다.

"거봐. 아무것도 없잖아. 다 네 상상이라니까. 엄마 말이 맞지?"

"으응-."

끼이이익-.

또 그 소리가 들렸다. 하나는 순간 몸이 굳어졌다.

딸아이의 얼굴이 하얗게 질리는 것을 보고 은경은 소리가 나는 곳을 돌아봤다. 촛불이 그곳을 비추자 어둠 속에 숨어 있던 것이 모습을 드러냈다. 은경은 너무 놀라서 하마터면 양초를 떨어뜨릴 뻔했다. 숨을 쉴 수 없을 만큼 충격적인 광경이었다. 눈앞에 한 여자가 옷장 문 앞에 목을 매단 채 축 늘어져 있었다. 그런데 그 여자의 모습이 자신과 너무나 닮아 있었다. 옷이며 머리 모양, 체격까지 완벽하게 똑같았다.

"엄마가 방 안에서…… 죽어 있었어요."

하나가 했던 그 말이 정말 사실일까? 은경은 도저히 지금 이 상황을 받아들일 수가 없었다. 자신은 분명 살아 있는데, 생각하고 느낄 수 있는데, 어떻게 죽었다고 할 수 있단 말인가. 그녀는 혼란과 공포에 휩싸인 채 마지막으로 죽은 여자의 얼굴을 확인하려고 했다. 허리를 숙여 고개를 푹 숙인 여자의 얼굴을 들여다봤다.

그 얼굴을 확인한 순간, 은경은 비명을 지르며 뒤로 물러났다. 그러곤 한 손으로 입을 가린 채 흐느끼기 시작했다.

"으으……. 이럴 순 없어……. 어째서…… 어째서……."

하나는 그런 엄마가 너무도 무서웠다.

"말도 안 돼……. 왜! ……대체 왜! ……빌어먹을!"

"어, 엄마……."

촛불을 든 은경의 손이 떨리자 마치 방 안이 흔들리듯 그림자가 요동치기 시작했다.

불안한 표정으로 엄마를 바라보던 하나는 엄마의 손이 이상한 것을 알아차렸다. 입을 가린 오른손 손등에 검은 얼룩이 생겨 있었다. 그 얼룩은 마치 한지 위에 떨어진 먹물처럼 은경의 팔을 타고 몸 전체로 번지기 시작했다. 은경은 여전히 흐느끼고 있었고, 하나는 겁을 먹은 채 주춤주춤 뒷걸음질을 쳤다.

"아니야. 말도 안 돼. 내가 죽었을 리 없어……. 내가 죽었을 리가……."

"……."

"그치, 하나야?"

"……!"

순간, 하나는 걸음을 멈추고 숨죽인 채 가만히 서 있었다.

은경이 고개를 들어 하나를 바라봤다. 얼룩은 이미 그녀의 얼굴에까지 옮겨갔다. 하나는 엄마의 눈빛이 예사롭지 않다는 걸 알아차렸다. 마치 눈에서 차가운 빛이 흘러나오는 것 같았다.

"하나야."

제니가 옆에서 이름을 불렀지만, 하나는 고개를 돌릴 수 없었다. 아이는 입술을 깨물며 울지 않으려고 애썼다.

"하나……. 대답해. 엄마 괜찮은 거지?"

"으응-."

"근데 너 표정이 왜 그래? 엄마가 무서워?"

하나는 고개를 가로저었다. 그러면서 슬금슬금 뒷걸음질 쳤다.

"어디 가려고? 너 지금 엄마한테서 도망치려는 거야?"

"그, 그게 아니라……."

"이리 와. 어서!"

은경의 얼굴 전체가 이미 검은 얼룩으로 뒤덮여 있었다. 그녀는 손을 뻗어 하나를 잡으려고 했다.

순간, 제니가 소리쳤다.

"뛰어!"

하나는 재빨리 뒤로 돌아 뛰었다. 뒤에서 엄마가 성난 목소리로 외쳤다.

"너 거기 안 서!"

방을 뛰쳐나온 하나는 얼마 안 가 쓰레기 더미에 발이 걸려 넘어지고 말았다. 곧바로 은경이 아이의 옷을 덥석 잡아챘다. 하나는 까무러치듯 비명을 질러댔고, 은경은 그런 딸의 입을 손으로 틀어막았다.

"어딜 도망가! 너 엄마한테 이럴 수 있어? 어!"

은경의 얼굴에서 검은 얼룩이 땀처럼 흘러내리기 시작했다. 검은 물방울이 하나의 얼굴 위로 뚝뚝 떨어졌다.

"엄마 안 죽었어. 이렇게 멀쩡히 살아 있는데 왜 죽었다는 거야? 응? 히히히……."

검은 얼룩에 잠식당한 은경은 이미 제정신이 아니었다. 그녀는 딸아이를 내려다보며 실성한 듯 웃어댔다. 그녀의 얼굴에서 더 많은 얼룩이 줄줄 흘러내렸다. 마치 얼굴이 녹아내리는 것 같았다.

공포에 질린 하나는 자신의 입을 틀어막은 엄마의 손을 힘껏 깨물었다.

"아악!"

은경이 손을 놓자 하나는 재빨리 일어나 자기 방으로 뛰어갔다. 그러곤 곧바로 문을 잠가 버렸다. 잠시 후,

쿵! 쿵! 쿵!

은경이 문을 향해 거칠게 주먹질을 해 댔다.

"문 열어! 어서! 어서 열란 말이야!"

금방이라도 문이 부서질 것처럼 흔들렸다. 하나는 방 한쪽 구석에 웅크리고 앉아 두 손으로 귀를 막은 채 벌벌 떨었다. 은경은 계속해서 문을 열라고 소리쳤다. 몹시 흥분한 그 목소리는 하나가 알던 엄마의 목소리가 아닌 것 같았다.

"제니야! 도와줘! 나 너무 무서워. 엄마가 날 가만 안 둘 거야!"

하나는 제니에게 도움을 청했다.

"미안. 난 도와줄 수 없어."

"그럼 어떡해? 엄마가 저 문을 열고 들어오면 난……."

"내가 할 수 있는 거라곤 그냥 네 옆에 있어 주는 것뿐이야."

사악- 사악- 사악- 사악-.

거칠게 문을 두드리던 소리가 갑자기 문을 긁는 소리로 바뀌었다. 그 소름 돋는 소리에 하나는 울음을 터트렸다.

"열어! 열어! 열어! 열어! 열어!"

은경은 마치 짐승처럼 손톱으로 문을 미친 듯이 긁어댔다. 얼굴이 온통 얼룩으로 뒤덮인 그녀는 그야말로 악귀, 그 자체였다. 그때, 문 안쪽에서 하나의 울음소리가 들려왔다.

"흐아아앙-."

"열어! 열어! 열……!"

이성의 끈을 놓아 버렸던 그녀는 딸아이의 울음소리를 듣자 그제야 정신이 돌아왔는지 손을 멈추고 멍한 표정을 지었다.

"내, 내가 지금 무슨 짓을……. 하나야, 괜찮아? 울지 마, 우리 아가. 엄마가 잘못했어. 엄마가 진짜 잘못했어. 엄마가 잠깐 미쳤었나 봐. 정말 미안해. 정말……."

은경은 자신의 모습이 부끄러웠는지 흐느껴 울기 시작했

다. 그러면서도 계속 하나에게 미안하다는 말을 되풀이했다.

엄마가 다시 정상으로 돌아온 것을 알아차리고 하나는 눈물을 그쳤다. 그러곤 엄마를 부르며 문으로 다가가려고 했다. 그러자 제니가 그 앞을 가로막았다.

"안 돼. 그러지 마."

제니는 차가운 표정으로 고개를 가로저었다.

"지금 엄마는 마음이 병들었어. 언제 다시 돌변해서 널 공격할지 몰라. 그러니까 절대로 이 문을 열어선 안 돼."

하나는 잠시 고민하다가 결국, 제니의 말을 따르기로 했다.

조금 있자, 은경의 기분이 또다시 달라지기 시작했다.

"내가 죽었어? ……내가? ……근데 왜 여기 있는 거야? 죽었는데 왜 아직도 여기 남아 있는 거냐고……. 왜? ……흐흐……. 흐흐흐……. 키키키킥……."

은경의 히스테릭한 웃음소리를 듣자 하나는 또다시 두려움을 느꼈다. 제니의 말이 맞았다. 엄마는 지금 마음의 병을 앓고 있다. 언제 다시 자신에게 달려들지 알 수 없었다. 하나는 다시 구석 자리로 돌아가 무릎을 끌어안은 채 이 지옥 같은 시간이 지나가기만을 숨죽여 기다렸다. 밖에선 여전히 엄마의 웃음소리가 들려 왔다.

5

—

창문을 통해 들어온 햇살이 눈을 간질이자 하나는 잠에서 깼다. 깜빡 잠이 들었는데 벌써 날이 밝은 모양이었다. 하나는 눈을 비비며 제니를 찾았다.

"제니야? 제니야? 어디 있어?"

아무리 불러도 제니가 나타나지 않자 하나는 덜컥 겁이 났다. 지금 이곳에 자기 혼자만 남겨졌다고 생각하니 너무 무서워서 눈물이 날 것 같았다.

"나 여기 있어."

어느새 제니가 아이 옆에 앉아 있었다. 하나는 그제야 안심이 됐다.

"영영 가 버린 줄 알았잖아."

"바보야, 내가 가긴 어딜 가."

제니가 머리를 쓰다듬어 주자 하나는 기분이 좀 나아졌다.

"제니, 넌 내 친구지?"

"당연하지."

"나한테 나쁘게 안 할 거지?"

"내가 왜 그러겠어."

"날 버리지 않을 거지?"

"……."

제니는 잠시 말이 없었다.

하나는 갑자기 불안해졌다.

"왜 대답 안 해?"

"알았어. 그렇게 할게."

"그럼 약속해."

하나가 새끼손가락을 내밀었다. 제니는 아이의 새끼손가락에 고리를 걸고서 엄지로 도장을 찍었다. 마침내 하나의 입가에 미소가 번졌다. 하나를 보며 따라 웃던 제니는 순간, 아이의 이마에 작은 얼룩이 생긴 것을 보고 표정이 굳어졌다. 그 얼룩은 분명 은경의 얼굴을 뒤덮은 검은 얼룩이었다.

"왜 그래? 제니, 화났어?"

심각한 표정을 짓는 제니를 보고 하나가 걱정돼서 물었다.

제니는 얼룩에 대해 말을 하려다가 그만뒀다.

"아냐, 나 화 안 났어."

제니는 싱긋 웃으며 걱정하는 하나를 안심시켰다.

그런데 그때, 갑자기 방 안에서 이상한 소리가 들리기 시작했다. 그것은 마치 작은 벌레들이 뭔가를 파먹는 듯한 기분 나쁜 소리였다. 하나도 그 소리를 듣고는 놀란 얼굴로 주변을 둘러봤다.

"저기 좀 봐!"

제니가 가리킨 벽에 검은 얼룩이 서서히 번져 가고 있었다. 한 군데가 아니었다. 어느새 벽 여기저기서 검은 얼룩이 생겨나고 있었다. 하나는 잔뜩 겁먹은 얼굴로 제니를 바라봤다.

"큰일이야. 얼룩이 집 안 전체로 번지는 것 같아."

"어떡해!"

"아무래도 이 집에서 나가는 게 좋겠어. 여기 더 있다간 너도 엄마처럼 변할지 몰라."

"안 돼! 그건 싫어."

"일단 밖으로 나가자. 여긴 지금 위험해."

하나는 제니와 함께 곧장 방을 나왔다. 하지만 거실 벽에도 이미 검은 얼룩이 생겨나고 있었다. 제니가 하나의 손을 잡고서 현관으로 갔다. 한데, 현관에 다다르자 뜻밖의 상황에 맞닥뜨리고 말았다. 현관문에 처음 보는 걸쇠가 달려 있었고, 거기에 자물쇠가 채워져 있었다.

"누가 대체 여기에 자물쇠를 단 거야!"

"엄마가 그랬나 봐! 어떡해?"

"열쇠를 찾아야 해! 빨리!"

"열쇠가 어디 있는데?"

"몰라! 어딘가 있겠지. 찾아보자!"

"혹시…… 엄마가 가지고 있을까?"

"아! 맞다! 그렇겠네!"

"……."

하지만 하나는 그 방에 다시 들어가고 싶지 않았다. 제니가 먼저 앞장서서 가는데도 아이는 따라가지 않고 우두커니 서 있기만 했다.

"빨리 안 오고 뭐 해!"

"하지만…… 무서운걸……."

"저 얼룩에 잡아 먹히고 싶은 거야?"

"아, 알았어."

하나는 마지못해 제니의 뒤를 따라갔다. 그 사이, 거실은 이미 검은 얼룩에 점령당해 흰 벽을 찾아보기 어려울 정도였다. 얼룩은 이제 벽을 지나서 천장과 바닥, 물건들에까지 뻗어 나가고 있었다. 이대로 가면 하나도 엄마처럼 검은 얼룩에 잡아 먹히는 건 시간문제였다.

제니는 거실을 가로질러 안방으로 향했다. 그때, 그녀의 눈에 뭔가 낯선 것이 들어왔다. 그것은 냉장고에 자석으로 붙여 놓은 작은 메모지였다. 분명 어제까지만 해도 없던 것이었다. 제니는 냉장고로 걸어가서 하나에게 그것을 떼어 내게 했다. 그것은 엄마가 하나에게 쓴 편지였다.

> 사랑하는 우리 딸, 하나
> 하나야, 어제는 많이 놀랐지?
> 엄마가 일부러 그런 게 아니라는 걸 알아줬으면 해.
> 엄마는 지금 마음이 아픈 상태야.
> 그래서 하나에게 그런 몹쓸 짓을 하고 말았어.
> 정말 미안해. 엄마를 너무 미워하지 말아 줄래?
> 문을 잠가 놓은 건 널 지키기 위해서야.
> 열쇠는 엄마손이 닿는 곳에 넣어 뒀으니까 걱정하지 마.
> 모든 일이 다 해결되면 하나가 좋아하는 놀이동산에
> 꼭 데려가 줄게. 약속해.
> 어떤 상황에서도 엄마는 영원히 널 사랑할 거야.

제니는 편지를 다 읽고 나서 하나를 바라봤다. 아이는 입술을 꼭 다문 채 눈물을 글썽이고 있었다. 제니는 그런 하나의 머리를 가만히 어루만져 주었다.

"울지 마. 어서 열쇠를 찾아보자."

"응."

"엄마 손이 닿는 곳에 넣어 뒀다고 했으니까 아마도 제일 높은 곳이겠지?"

주변을 두리번거리던 제니의 시선이 어느 한 곳에서 멈췄다. 그녀는 손가락으로 그곳을 가리켰다.

"이 집에서 열쇠를 넣어둘 만한 가장 높은 곳은 바로 저기야. 싱크대 서랍장! 아마 저 맨 위쪽 서랍장이 아닐까?"

"저기라고? 하지만 손이 안 닿잖아."

"그게 가장 큰 문제지. 음, 뭔가 밟고 올라갈 만한 게 없을까?"

"찾아볼게."

하나는 주변에 널린 쓰레기를 뒤져서 밟고 올라갈 만한 물건을 찾아봤다. 하지만 대부분은 너무 약해서 밟으면 부서지거나 아니면 너무 무거워서 옮길 수 없는 것들뿐이었다.

"안 돼. 이러고 있을 시간이 없어! 검은 얼룩이 벌써 이만큼이나 커졌다고!"

제니가 다급한 목소리로 말했다.

그녀는 잠시 고민하더니, 이윽고 뭔가 떠올랐는지 안방을 가리켰다.

"저 안에 간이 의자가 있어. 그거라면 밟고 올라갈 수 있을 거야!"

"저길 들어가라고?"

하나가 겁먹은 얼굴로 말했다.

"그것 말곤 방법이 없어. 무섭겠지만, 꼭 해야 해! 이젠 시간이 얼마 없어!"

하나는 정말 들어가기 싫었지만, 거실 전체에 퍼진 검은 얼룩을 보자 어쩔 수 없이 안방으로 걸어갔다. 아이는 조심스레 문을 열었다. 방 안엔 커튼이 쳐져 있어서 낮인데도 여전히 어두웠다. 하나는 침을 꿀꺽 삼키고서 엄마의 시체가 있는 옷장으로 다가갔다. 시체는 어제와 똑같이 옷장 문 앞에 매달려 있었다. 아래를 보자 시체의 발밑에 욕실 간이 의자가 놓여 있었다. 아이는 천천히 다가가서 의자를 집으려 손을 뻗었다. 그 순간, 또다시 아이의 귓가에 이상한 소리가 들려 왔다.

차르랑- 차르랑- 차르랑-.

어제 들었던 바로 그 방울 소리였다. 하나는 섬뜩한 기분에 휩싸인 채 자기도 모르게 고개를 들어 시체를 올려다봤다. 어느새 눈을 부릅뜬 은경이 아이를 내려다보고 있었다. 그 소름 돋는 모습에 하나는 그대로 얼어붙고 말았다.

"으으…….'"

"하나야! 의자 가지고 나와! 어서!"

제니가 뒤에서 소리쳤지만, 하나는 움직이지 못했다.

그때 갑자기 은경이 고통스러운 얼굴로 몸부림치기 시작했다. 그 모습에 놀라서 하나는 그만 뒤로 넘어지고 말았다. 줄에 매달린 은경은 두 손으로 목을 옭아맨 빨랫줄을 벗겨 내려 안간힘을 썼다. 두 다리가 허공 위에서 마구 발버둥 치고 있었다.

"커헉……. 커걱……!"

"정신 차려! 엄마는 이미 죽었어! 저건 귀신이야!"

제니의 말에 하나는 그제야 간신히 정신을 차렸다. 아이는 벌벌 떨며 바닥을 기어가 의자에 다시 손을 뻗었다. 그러자 은경도 아이를 잡으려는 듯 손을 마구 휘젓기 시작했다.

"꺄아아악!"

겁먹은 하나가 뒤로 도망가며 비명을 질렀다.

"괜찮아! 엄마는 널 잡을 수 없어."

제니의 말대로 은경은 줄에 매달려 있어서 아무리 손을 휘저어도 하나에겐 닿지 않았다. 하지만 그 모습이 너무 무서운 하나는 가까이 갈 수가 없었다.

"절대 위를 보지 마. 바닥만 보고 기어가서 가져오는 거야! 어서!"

하나는 제니가 시킨 대로 바닥만 보며 기어갔다. 하지만 머리 위에서 움직이는 발과 괴로워하는 신음이 자꾸만 아이를 무섭게 했다. 간신히 의자를 집어 나오려는데, 갑자기 위에서 덜컹하는 소리가 들렸다. 은경이 거칠게 움직이는 바람에 경첩 하나가 떨어져 나가면서 옷장 문이 앞으로 기울어진 것이었다. 소리에 놀란 하나는 비명을 지르며 재빨리 뒤로 물러났다.

"이제 됐어. 의자 가지고 밖으로 나가자."

제니가 말했다.

하나는 도망치듯 밖으로 나와 문을 닫아 버렸다. 안에선 여전히 괴로워하는 엄마의 신음이 들려오고 있었다.

하나는 싱크대 앞에 간이 의자를 내려놓고 거기에 올라섰다. 그러자 충분히 혼자 힘으로도 올라설 수 있을 만한 높이가 됐다. 아이는 싱크대에 양손을 대고서 힘껏 뛰어올랐다. 상체가 위로 쑥 올라가면서 손쉽게 싱크대 위에 올라갈 수 있었다.

"됐다!"

"잘했어! 이제 수납장을 열어!"

하나는 싱크대 위에 올라서서 수납장 문을 열었다. 이제부터가 문제였다. 수납장 안은 모두 세 개의 선반으로 이루어져 있었고, 열쇠는 시선이 닿지 않는 맨 위 선반에 있을 가능성이 컸다. 하지만 거기까진 하나의 손이 미치지 못했다. 가능한 방법은 수납장 선반을 사다리처럼 밟고 올라가는 것뿐인데, 시작부터 난관이었다. 하나의 키로는 맨 아래 선반조차 밟고 올라서기가 쉽지 않았다. 그때 아이의 눈에 전기밥솥이 눈에 들어왔다. 저거라면 가능할 것 같았다. 하나는 밥솥을 끌어다 수납장 아래에 놓았다. 이제 밟고 올라가기만 하면 된다. 한데 막상 하려니까 덜컥 겁이 났다. 아무리 그래도 어린 하나에겐 꽤 위험한 도전이었다. 아이는 선반을 바라보며 망설였다. 그러자 밑에서 제니가 용기를 북돋워 줬다.

"조심해서 올라가면 괜찮을 거야. 별로 높지 않으니까."

"……알았어."

하나는 신중하게 한 발로 밥솥을 밟고서 맨 아래 선반에 반대 발을 올려놓았다. 아이의 다리가 후들후들 떨렸다.

"좋아! 아주 잘하고 있어!"

검은 얼룩은 어느새 수납장까지 다가왔다. 그걸 본 하나는 마음이 급해졌다.

간신히 선반을 밟고 올라서는 데 성공했다. 하나는 고개를 쭉 빼서 맨 위쪽 선반을 올려다봤다. 거기엔 열쇠와 웬 복숭아 통조림 하나가 놓여 있었다. 하나는 너무 기뻐서 자기도 모르게 함박웃음이 나왔다.

"여기 통조림도 있어!"

"정말?"

“응! 내가 가지고 내려갈게.”

“……”

하나는 고사리 같은 손을 뻗어 열쇠를 집은 다음, 복숭아 통조림까지 집으려고 했다. 하지만 통조림이 더 안쪽에 있어서 손이 잘 닿지 않았다. 아이가 팔을 더 쭉 뻗자 자세가 매우 불안정해졌다.

제니는 그 모습을 물끄러미 지켜보고 있었다. 위험하니까 통조림 따위 그냥 내버려 두라고 할 만한데도 그녀는 왠지 아무 말이 없었다.

“아직 멀었어?”

“거의 다 됐어! 조금만 더……. 조금만…… 됐다!”

하나는 한 손으로 통조림을 번쩍 들어 보이며 기뻐했다.

오랜만에 먹을 것을 보자 아이는 마치 세상을 다 가진 것처럼 행복했다. 그 순간 모든 괴로운 현실은 잊어버린 채 아이는 오직 복숭아 통조림을 따서 먹을 생각만으로 가득 차 있었다. 하나는 밑에 있는 제니를 향해 말했다.

“이제 내려갈……. 악!”

하필이면 그때 극심한 허기가 찾아오고 말았다. 하나는 창자가 뒤틀리다 못해 끊어지는 것 같았다. 너무 아파서 숨조차 제대로 쉴 수 없었다. 온몸에 식은땀이 흐르기 시작했다. 아이는 얼굴을 찡그린 채 몹시 괴로워했다.

“제, 제니야, 나 배 아파…….”

“……”

“제니야……. 으으…….”

무슨 일인지 제니는 아무 말이 없었다.

하나는 몸을 부들부들 떨며 온 힘을 다해 아래로 내려가려고 했다. 하지만 다리가 말을 듣지 않았다. 순간, 발을 헛디딘 아이는 그만 균형을 잃고서 싱크대 밑으로 떨어지고 말았다.

쿵!

하나는 바닥에 쓰러진 채 움직이지 못했다. 왠지 아이의 상태가 심상치 않아 보였다. 이윽고 제니가 다가왔다. 어느새 하나의 머리에서 흘러나온 피가 바닥을 적시고 있었다. 운 나쁘게도 하나가 떨어진 곳에 쓰레기 더미가 있었다. 그리고 그 안에 단단하고 뾰족한 물건이 들어 있었다.

하나는 몸을 파르르 떨며 숨을 헐떡였다. 아이는 여전히 복숭아 통조림을 쥐고 있었다. 하나는 점점 흐려지는 눈으로 머리맡에 있는 친구를 올려다봤다.

"추, 추워……."

"……."

제니는 슬픈 눈으로 하나를 내려다봤다. 안타까운 감정이 그녀의 얼굴 위로 고스란히 드러났다.

"제니야……. 나…… 추워……."

"미안해. 도와주지 못해서."

하나의 생명이 꺼져가자 주위를 둘러싼 검은 얼룩이 빠르게 아이를 덮치기 시작했다.

검은 얼룩은 마치 시체를 뜯어먹는 벌레들처럼 하나의 몸을 잔인하게 먹어 치웠다.

어느새 그 작고 여린 몸은 형체를 알아보기 힘들 정도로 변해 버렸고, 오래전에 핀 곰팡이처럼 서서히 이 집의 일부분이 돼 갔다. 제니는 그 처참한 모습을 말없이 지켜보고 있었다.

그런데 갑자기 어디선가 낯선 여자의 목소리가 들려왔다. 그 목소리는 진중하면서도 단호한 어조로 이렇게 말했다.

"물러가!"

그 말 한마디에 검은 얼룩이 순식간에 하나의 몸에서 물러가기 시작했다. 그뿐만이 아니라, 온 집 안을 뒤덮은 얼룩까지 한꺼번에 싹 사라져 버렸다. 집은 다시 원래의 모습을 되찾았다. 하지만 안타깝게도 하나는 이미 숨을 거둔 뒤였다.

제니는 죽은 아이를 잠시 물끄러미 내려다보다가 이윽고 천천히 뒤로 물러나더니 허공 속으로 사라졌다.

에필로그

———

저녁 무렵, 은경이 돌아왔다.

먹을 것도, 돈도 구해 오지 못했지만, 그래도 다시 차디찬 집으로 돌아왔다. 그녀의 손에는 어딘가에서 주워 온 쓰레기가 들려 있었다. 언제부턴가 빈손으로 들어오기 싫었던 그녀는 습관적으로 남의 집 쓰레기를 뒤져 쓸 만한 것을 가져오곤 했다. 하지만 정작 그것들은 전혀 쓸모가 없었다.

은경은 돈이 절실히 필요했지만, 구할 곳이 아무 데도 없었다. 이혼한 남편은 양육비를 주기는커녕 연락조차 되지 않았고, 친척들은 그녀에게 등을 돌린 지 오래였다. 생활비와 아이 병원비를 감당할 수 없었던 은경은 결국 사채에 손을 댔는데, 그것이 결국 그녀가 가난의 늪에서 빠져나올 수 없게 만들었다.

불어난 이자를 갚지 못한 그녀는 사채업자를 피해 이사할 수밖에 없었고, 전입신고조차 하지 못해 기초 생활 수급 대상자도 되지 못했다. 그 누구의 도움도 받을 수 없게 된 은경은 빠르게 고립됐고, 마치 이 세상에 딸과 단둘이 남겨진 것처럼 살아갈 수밖에 없었다.

하지만 그런 상황에서도 은경은 희망의 끈을 놓고 싶지 않았다. 그녀에겐 살아가야 할 유일한 이유인 딸, 하나가 있었다. 그 아이를 위해서라도 어떻게든 살아가고 싶었다. 많은 것을 바라지도 않았다. 단지 그냥 사람답게 사는 것. 그것만이 은경이 바라는 꿈이었다.

"하나야, 엄마 왔어."

집에 왔는데도 어쩐 일인지 하나는 나와 보지 않았다. 아직 자기엔 이른 시간이지만, 배고프다고 칭얼대느니 차라리 잠든 편이 낫겠다는 생각도 들었다. 은경은 쓰레기를 들고 안으로 들어갔다. 곧이어 주방이 딸린 거실로 들어서는 순간, 그녀는 믿을 수 없는 광경을 목격했다.

"아악! 안 돼! 하나야!"

머리에 피를 흘린 채 쓰러져 있는 딸을 본 은경은 소리를 지르며 달려가 아이를 끌어안았다. 하지만 품에 안은 아이는 이미 차갑게 몸이 식어 있었다.

"하나야! 눈떠 봐! 하나야! 엄마야! 엄마 왔어! 우리 딸, 우리 딸 어떡해……."

그녀는 아이를 끌어안고서 목 놓아 울었다. 마치 세상이 전부 끝난 것처럼 그녀는 울고 또 울었다. 목이 쉬고, 눈물이 말라서 나오지 않아도 그녀는 울음을 멈추지 않았다.

"안 돼. 하나야……. 눈떠 봐. 엄마 왔잖아……. 그만 자고 일어나야지."

은경은 너무 말라서 안쓰럽기까지 한 아이를 보며 가슴이 갈가리 찢기는 듯한 고통을 느꼈다.

그렇게 넋이 나간 채 한참을 울던 그녀는 잠시 후, 멍한 표정으로 아이를 들고 일어섰다. 그러곤 천천히 어딘가로 걸어갔다.

"우리 아가……. 얼마나 배고팠을까……. 엄마가 미안해……."

은경은 아이를 든 채 김치냉장고 앞에 섰다. 이윽고, 그녀는 냉장고 문을 열어 그 안에 아이를 조심스레 눕혔다.

"여기서 잠깐만 기다려. 엄마가 금방 데리러 올게. 알았지?"

그녀는 아이를 그대로 놔둔 채 터벅터벅 안방으로 걸어갔다. 희망의 끈이 끊어진 그녀는 죽은 아이와 이어줄 또 다른 끈이 필요했다. 그것으로 아이와 가까워질 수만 있다면, 그녀는 그걸로 충분했다.

◇◇◇◇◇

은경이 방 안으로 들어가는 모습을 뒤에서 제니가 말없이 지켜보고 있었다.

이윽고 제니가 말했다.

"이제 됐어. 다 끝났어."

제니가 돌아서자, 갑자기 거실의 풍경이 확 바뀌었다. 모녀가 살던 그 칙칙하고 쓰레기 가득한 집은 어느새 깨끗하게 꾸며진 평범한 가정집으로 탈바꿈했다.

게다가 제니의 맞은편에는 처음 보는 젊은 여자와 중년의 남자도 함께 있었다. 눈처럼 새하얀 피부와 길고 곧은 생머리가 인상적인 여자는 그 자체만으로도 신비한 분위기를 풍겼다. 그녀 옆에 서 있는 남자는 이 건물의 주인, 최 씨였다.

"다 끝났다네요."

여자는 최 씨를 보지 않고 말했다.

그녀의 목소리는 조금 전 "물러가!"라고 말했던 바로 그 목소리였다.

"정말요? 이제 그럼 그 모녀 귀신은 안 나타나는 겁니까?"

최 씨는 기대에 찬 눈빛으로 여자를 보며 말했다.

"네, 이제 걱정 안 하셔도 됩니다."

"아휴, 고맙습니다. 사 선생님."

그는 여자에게 고개 숙여 감사의 인사를 건넸다. 그가 그렇게 여자를 신뢰하는 이유는, 그녀가 이 방면에서 상당히 유명한 전문가이기 때문이었다. 퇴마사 사묘하. 해마다 여름철만 되면 여러 방송국에서 앞다투어 모셔갈 정도로 그녀는 자타공인 업계 넘버 원이었다. 최 씨도 그녀에게 의뢰하려고 무려 1년이나 기다려야 했을 정도였다. 그런 그녀가 자신 있게 그렇다고 하니 최 씨로선 그저 감사할 따름이었다.

"그 귀신 때문에 세입자들이 얼마나 힘들어하던지. 이럴 줄 알았으면 이 집을 사는 게 아니었는데 말이죠. 에휴, 이게 뭔 생고생인지!"

"건물을 시세보다 싸게 내놓는 데는 다 그만한 이유가 있는 거죠."

그녀가 마치 자신의 탐욕을 꾸짖는 것 같아 최 씨는 괜히 민망해졌다.

"이제 다 해결됐다니 한시름 놓을 수 있겠네요……. 근데 그 모녀 귀신은 대체 왜 그렇게 이 집에 악착같이 붙어 있었던 겁니까?"

"거기엔 좀 가슴 아픈 사연이 있어요. 저도 조사해서 안 사실인데, 15년 전에 이곳에서 두 모녀가 사망한 사건이 있었어요. 혼자 남겨진 딸아이가 사고로 죽자 충격을 받은 엄마도 그만 자살한 사건이었죠."

"아이고, 저런 쯧쯧⋯⋯."

"안타깝게도 모녀는 오랫동안 생활고에 시달렸었대요. 거기다 딸은 갑상선 기능 항진증까지 앓고 있었는데, 변변한 치료조차 받지 못했다더군요. 그 병의 증상 중 하나가 먹어도 먹어도 계속 허기를 느끼는 건데, 사고가 있기 이틀 전부터는 아예 굶었다네요. 아이가 죽기 전에 얼마나 고통스러웠을지 짐작이 가시죠?"

"그런 슬픈 사연이 있는지 몰랐네요. 지금 같은 시대에 아직도 굶주리는 사람이 있다니⋯⋯. 왜 이 집을 떠나지 못했는지 이제 알겠군요."

최 씨는 모녀 귀신 때문에 화를 냈던 것이 왠지 미안했다.

"너무 심한 정신적 충격을 받은 영가들은 자신이 죽었다는 사실조차 잊어버리는 경우가 종종 있어요. 특히 이 모녀처럼 장례조차 치르지 못한 영가들은 더욱 그렇죠."

"그래서 더 못 떠났던 거군요."

"네, 맞아요. 그걸 해결하려면 근본적인 한(恨)을 풀어 줘야 하는데, 그들이 지박령이 된 가장 큰 원인이 딸에게 있어서 제 동자신이 그 아이의 친구가 돼 준 거예요. 엄마는 딸에게 얽매여 있고, 딸은 이 집에 얽매여 있어서 둘 다 기억을 되찾아야만 모녀가 함께 천도할 수 있거든요. 그래서 계속 기억을 떠올릴 수 있도록 동자신이 영가를 인도했던 거죠. 근데 엄마가 점점 악귀가 돼 가고 있어서 마지막엔 정말 위험했어요. 조금만 늦었으면 아마 둘 다 악귀가 됐을 겁니다."

"동자신이라면?"

"제가 모시는 신입니다."

"아, 그렇군요. 아무튼 정말 고생하셨습니다! 말씀만 들어도 얼마나 고생하셨는지 알겠네요. 그럼 저는 사 선생님만 믿고 있겠습니다."

그가 막 나가려는데 무슨 일인지 묘하가 가만히 있었다. 마치 뭔가 할 일이 남은 것처럼.

최 씨가 이상한 듯 그녀를 돌아보며 말했다.

"아직 할 일이 더 남았습니까?"

"그건 아니고요. 죄송한데, 여기 조금만 있다가 가도 될까요? 두 영가를 위해 기도를 드리고 싶어서요."

"아, 알겠습니다. 그럼 그렇게 하시죠. 저는 먼저 가 보겠습니다."

최 씨가 나가고 나서, 묘하는 냉장고로 다가갔다. 냉장고 문엔 아까의 그 메모지가 그대로 붙어 있었다. 그녀는 메모지를 떼어 내 싱크대로 향했다. 그러곤 라이터를 꺼내 메모지에 불을 붙여 싱크대 수조 안으로 던져 넣었다. 은경의 손편지는 사실 하나의 마음을 움직이기 위해 묘하가 직접 쓴 것이었다. 이윽고, 그녀는 왼손에 들고 있던 무령을 세 번 흔들었다.

차르랑- 차르랑- 차르랑-.

그러고 나서 눈을 감고 두 손을 합장해 기도를 올렸다.

잠시 후, 그녀의 뒤에서 제니가 모습을 드러냈다.

묘하는 돌아서서 빙긋 웃어 보였다.

"곤란한 일을 맡겨서 죄송해요. 어린아이와 관련된 일을 싫어하시는 걸 알지만, 모녀의 사정이 너무 딱해서 도와주고 싶었어요.”

“그런 사정 다 봐줬다간 일이 끝도 없을걸?”

“화나셨어요?”

“화 안 났어. 네가 너무 마음이 여려서 충고해 준 것뿐이야.”

“새겨들을게요. 하지만 신령님 덕분에 일이 잘 해결됐잖아요. 분명 모녀도 고마워하고 있을 거예요.”

“흥-.”

그때, 묘하의 귓가에 하나의 웃음소리가 들려왔다. 그녀는 고개를 돌려 소리가 난 현관 쪽을 바라봤다. 거기에 두 모녀가 손을 잡고 서 있었다. 두 사람 다 처음으로 무척 행복해 보이는 미소를 짓고 있었다.

“보세요. 이제 가려나 봐요.”

“나도 알아.”

묘하는 따뜻한 눈빛으로 그들의 가는 길을 지켜봐 줬다.

“엄마랑 놀이동산 갈까? 가서 놀이기구도 타고 맛있는 것도 많이 먹는 거야. 어때?”

“와! 신난다! 우리 엄마 최고!”

“호호, 그렇게 좋아?”

“응!”

“그럼 얼른 가자!”

하나는 엄마의 손을 잡고 현관문을 나서려다가 문득 잊은 게 있는지 걸음을 멈췄다.

“엄마, 나 제니한테 작별 인사해도 돼?”

“그래, 그러렴.”

하나는 고개를 돌려 거실을 바라봤다. 거기엔 퇴마사 묘하와 동자신 제니가 서 있었다. 아까부터 까칠한 표정을 짓고 있던 제니는 하나와 눈이 마주치자 금세 표정이 누그러졌다.

하나는 제니를 향해 웃으며 손을 흔들었다.

"안녕, 그동안 고마웠어!"

그 모습에 제니도 흐뭇한 미소를 지었다. 그녀는 하나를 향해 손을 흔들며 말했다.

"잘 가, 내 꼬마 친구."

딩동 챌린지

신진오

1

인스타그램에서 또 다른 챌린지가 유행하기 시작했다.

해율은 보라의 챌린지 댄스 동영상을 보며 웃고 있었다. 모 유명 아이돌의 춤을 따라 한 것인데, 보라는 그 춤을 아주 능숙하게 췄다. 아마도 인스타에 올리려고 여러 번 연습을 한 모양이었다. 해율도 그 챌린지 영상을 몇 번씩 반복해서 보며 따라 해 봤지만, 거울 속에 비친 자기 모습은 어딘지 어색하고 우스꽝스럽기만 했다. 해율은 보라의 표정이라도 따라 해 보려고 했지만, 그것마저도 쉽지 않았다. 결국, 10분 만에 포기하고서 침대에 벌러덩 누웠다.

"후우-. 역시 인싸는 아무나 되는 게 아니구나."

SNS도 활발히 하는 보라는 반에서도 꽤 인기가 많아 종종 개인 브이로그도 찍어서 유튜브에 올리곤 했는데, 조회수도 상당했다.

해율은 친구들이 있는 단톡방에 글을 남겼다.

해율

보라야, 방금 챌린지 영상 봤어ㅎㅎㅎ
춤 진짜 잘 추더라

숫자가 하나 지워졌지만, 대답이 없었다.
해율은 괜히 올렸나 싶은 생각이 들었다.
몇 분 후, 보라가 대답했다.

보라

ㅋㅋㅋㅋ 그렇게 말해 줘서 고마워!

해율은 뭔가 대화를 이어 나가고 싶었지만, 마땅한 말이
떠오르지 않았다.
그러는 사이, 영비와 규영도 단톡방에 글을 올렸다.

영비

나도 봤어, 보라야ㅋㅋ
너 오디션 볼 생각 없냐?
우리 회사에서 이번에 새 연습생
뽑는다더라ㅋㅋ

규영

그래, 함 도전해 봐ㅋ
혹시 알아?
영비처럼 아이돌이 될지

보라

뭐래? ㅋㅋㅋㅋ
됐거든?
내 주제에 무슨ㅋㅋㅋㅋ

규영

춤선이 살아있던데, 왜ㅋ
넌 영비만큼 얼굴이 예쁜 건 아니니까
춤으로 눌러 버리라고ㅋ

보라

넌 좀 꺼져 ㅋㅋㅋㅋ

영비

내가 춤 못 춘다는 거냐?!

규영

솔직히 춤은 좀 아니지

영비

아오, 저 새끼를 그냥! ㅋㅋ

해율은 세 사람의 대화를 보기만 할 뿐, 선뜻 대화에 끼지 못했다. 솔직히 그녀는 친구들 사이에서 자기만 겉돈다고 느꼈다. 그녀는 중학교 때부터 친구였던 영비 덕분에 보라, 규영과도 자연스레 친해졌었다. 그래서인지 두 친구 모두 영비와 성향이 비슷했다. 영비는 대형 아이돌 기획사에 연습생으로 뽑힐 정도로 미모와 재능을 갖춘 핵인싸였고, 보라와 규영 역시 반에서 알아주는 인싸들이었다. 반면, 해율은 특별한 게 하나도 없는, 그냥 평범한 여고생이었다. 그녀는 친구들의 인싸력이 부러워서 어떻게든 따라 해 보려고 노력했지만, 그럴수록 왠지 몸에 맞지 않는 옷을 입은 것처럼 어색하기만 했고, 오히려 자존감만 더 떨어질 뿐이었다. 그래서 언제부턴가 그녀는 종종 친구들 사이에서 눈치를 보곤 했다. 그녀 자신도 그러고 싶지 않았지만, 무리에서 자신만 소외되는 것이 두려워서 어쩔 수가 없었다.

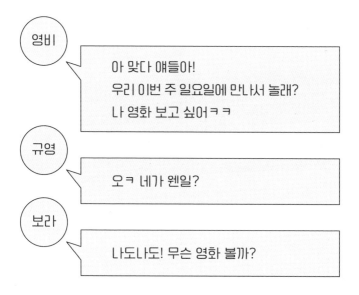

영비의 갑작스러운 제안을 보라와 규영은 두말할 것 없이 찬성했다. 해율은 잠깐 고민하다가 뒤늦게 자기도 가겠다며 글을 남겼다. 약속 장소와 시간은 영비가 정한 대로 따랐다.

해율은 그나마 가장 최근에 산 티셔츠와 청바지로 매칭을 해 본 뒤 그걸 입고 나가기로 했다. 친구들끼리 오랜만에 만나서 노는 건데도 그녀는 왠지 신이 나지 않았다. 그렇다고 또 가기 싫은 것도 아니었다. 가고는 싶지만, 막상 만나면 부담되는, 정말이지 자신도 이해하기 어려운 이상하고 복잡한 기분이었다.

2

해율과 친구들은 영화관을 나와 근처 햄버거 가게로 향했다.

각자 햄버거를 먹으며 영화 얘기로 떠들고 있을 때, 영비가 다른 이야기를 꺼냈다.

"너네 딩동 챌린지 알아?"

"딩동 챌린지?"

"아! 나 그거 들어 봤어!"

보라가 음료수를 냉큼 삼키고서 말했다.

하지만 해율은 처음 들어보는 챌린지였다. 규영도 잘 모르는 눈치였다.

"그건 또 뭔 챌린지야? 요즘은 자고 일어나면 챌린지가 하나씩 생기는 것 같아."

규영이 웃으며 말했다.

"해율이랑 규영이는 잘 모르니까 내가 설명해 줄게. 이 챌린지를 하려면 먼저 '딩동'이라는 어플을 깔아야 해. 이 동영상도 딩동에 올라온 것들이야. 딩동을 깔았으면, 이제 챌린지에 도전할 사람들을 모아야지. 그냥 어플이 정해주는 대로 모르는 사람들하고 랜덤으로 해도 되는데, 친구끼리 할 경우엔 친구 등록을 해서 하면 돼. 챌린지는 3명 이상만 모이면 할 수 있어."

"아! 어플이 따로 있었구나?"

규영이 말했다.

"응, 맞아. 같이할 사람이 정해지면, 그때부터 딩동 챌린지를 시작하는 거야. 챌린지는 모두 세 가지 과제로 이루어져 있고, 그중에 한 가지를 골라서 하는 거야. 첫 번째 사람은 본인이 하고 싶은 걸로 하면 되고, 그다음부터는 전 도전자가 정하는 걸로 하는 거지. 첫 번째 미션은 건물 옥상에 올라가서 가장자리를 걷는 건데, 이때 높이는 최소 5층 건물 이상이어야 하고, 가장자리는 한 면만 걸으면 돼."

"와! 미쳤다! 그걸 한다고?"

규영이 말했다.

"왜? 겁나?"

"아니! 존나 재미있을 것 같아서!"

"칫! 센 척하긴!"

보라가 비웃자 규영이 자기는 고소공포증 따위 없다면서 웬만한 놀이기구나 번지 점프는 시시하다고 강한 자신감을 드러냈다.

영비는 하던 말을 이어갔다.

"두 번째는 눈을 가린 채 스무 바퀴를 돈 후 4차선 이상의 도로 건너기. 이때 중간에 눈을 뜨면 실패! 마지막으로 세 번째는 물속에서 2분 동안 숨 참기. 이건 얼굴만 담가도 인정! 어때? 해 볼 만하지 않아?"

"첫 번째 것만 빼면 나머진 해 볼 만하지."

보라가 말했다.

"두 번째도 좀 위험하지 않아? 아무리 그래도 그 상태로 도로를 건너는 건 좀……."

해율이 걱정스러운 얼굴로 말하자 영비가 웃었다.

"괜찮아. 어차피 파란 불일 때 횡단보도에서 하면 되니까."

"그 정도면 껌이네! 난 서른 바퀴 돌고도 하겠다!"

이번에도 규영이 자신 있게 말했다.

"뭐, 그렇다면야……."

"해율이 넌 그럼 세 번째가 제일 낫다는 거지?"

"아니. 난 아마 1분도 못 참을걸?"

해율은 말하고 나서 눈치를 살폈다. 괜히 그런 말을 꺼내서 좋았던 분위기에 찬물을 끼얹은 건 아닌가 해서였다. 그녀는 곧바로 분위기를 살리는 말을 꺼냈다.

"그래도 재미있을 것 같긴 해. 다 같이 한다면."

"맞아, 다 같이 하면 진짜 재미있을 거야!"

영비가 곧바로 맞장구를 쳤다.

"근데 이거 우승하면 소원 들어준다는 얘기도 있지 않아?"

보라가 말했다.

"정말?"

"무슨 소원? 그냥 아무거나 다?"

이런 얘길 처음 듣는 해율과 규영은 당연히 관심이 그쪽으로 쏠릴 수밖에 없었다.

"아, 그거? 그냥 장난이겠지. 설마 그런 게 진짜 있을 리 없잖아."

영비가 웃으며 말했다.

규영은 곧바로 휴대폰으로 '딩동 챌린지 소원'을 검색해 봤다. 그러자 관련 정보들이 뜨기 시작했다. 그는 누군가 올린 글을 읽었다.

"딩동 챌린지란, 딩동이라는 숏폼 동영상 플랫폼에서 유행하는 놀이로, 지목된 사람은 반드시 챌린지에 도전해야 한다. 챌린지는 모두 세 개이며 도전 횟수는 무제한이다. 단, 지목된 후 6시간 안에 성공해야 한다. 성공하면 다음 도전자와 챌린지 종류를 선택할 수 있다."

"와, 되게 구체적이다."

해율이 말했다.

"최종 우승자에겐 소원 하나를 들어준다. 소원은 어떤 것이든 상관없다. 하지만 챌린지에 실패하면 특별한 벌칙을 받게 된다. 또한, 다른 도전자의 챌린지를 직접적으로 방해해도 실패로 간주하여 벌칙을 받게 된다. 이 특별한 벌칙이 무엇인지는 알려진 바가 없다……라고 괴담 같은 이야기가 떠돈다고 한다. 와! 이거 장난 아닌데? 야, 하자! 존나 재미있겠다!"

규영이 갑자기 신이 나서 말했다.

먼저 말을 꺼낸 영비는 말할 것도 없었고, 보라마저 같이 해 보자며 분위기를 띄웠다.

하지만 해율은 쉽게 말을 꺼내지 못했다. 솔직히 하고 싶지 않았지만, 여기서 안 한다고 했다가는 분위기를 망쳐 버릴 것 같아서 어떤 말도 섣불리 꺼낼 수 없었다. 그녀는 이 챌린지가 마음에 들지 않았다. 첫 번째 미션부터 완전 정신 나간 짓이라는 생각이 들었는데, 소원까지 들어준다는 허무맹랑한 얘기를 들으니 더욱 하고 싶지 않았다. 반면, 다른 아이들은 마치 뭔가에 홀린 듯 이 챌린지에 관심을 보이는 것을 넘어서, 거의 광적으로 빠져드는 모습이었다. 해율은 괜히 나쁜 일에 휘말리는 것 같은 안 좋은 예감이 들었다.

"넌 왜 말이 없어? 하기 싫어?"

보라가 해율을 보며 말했다.

"아, 난⋯⋯."

"같이 하자! 너 빠지면 세 명밖에 안 돼. 그럼 재미없잖아."

규영의 말에 해율은 난처한 표정을 지었다.

"괜찮아. 억지로 할 필요 없어. 그냥 셋이서 해도 돼."

영비가 말했다.

해율은 왠지 기분이 상했다. 물론 영비는 그녀를 생각해서 한 말이겠지만, 해율에게는 콤플렉스를 건드리는 말이었다. 게다가 그 말을 영비에게서 들으니 더욱 가만히 있을 수가 없었다. 결국, 그녀는 마음을 바꿨다.

"아냐, 나도 할게."

"오, 박해율!"

"역시 의리녀!"

보라와 규영이 그녀를 치켜세웠다.

해율은 괜히 우쭐해졌다.

"괜찮겠어? 괜히 무리하는 거 아냐?"

영비가 말했다.

"괜찮아. 나도 해 보고 싶어서 그래."

해율이 웃으며 말했다.

"좋았어! 그럼 바로 시작하자고!"

"규영이가 제일 신났네. 하하."

"알았어. 그럼 다들 '딩동' 어플 깔고 친구 추가해."

영비가 말했다.

잠시 후, 그들은 친구 추가까지 모두 마쳤다.

"내가 먼저 말을 꺼냈으니까 시작은 내가 해야겠지? 음, 도전은 뭐로 할까?"

"그냥 1번 해. 영비, 넌 강한 아이잖아."

규영이 놀리듯 말했다.

"나 고소공포증 있다고!"

"그래, 1번은 웬만하면 빼자."

"아쉽네. 1번이 개꿀잼인데."

"우리 그 개꿀잼은 규영이에게 양보하자. 다들 알았지? 규영이 지목하는 애는 무조건 1번이다?"

"야, 잠깐 잠깐! 왜 그런 식으로 몰아가는데?"

"왜? 무서워서 그래? 너 상남자 아니었어?"

"상남자 맞는데……. 그래도 챌린지는 공평해야 하니까."

"상남자가 왜 이렇게 말이 길어."

"난 그럼 2번으로 할게."

영비가 말했다.

"다음 사람으로 누굴 지목할 거야?"

"그건 그때 봐서."

"올~ 긴장감을 주겠다 이거지?"

"미리 말하는데, 내가 규영이 너 지목하면 무조건 1번이야. 그러니까 마음의 준비를 해 두라고."

"야! 너 진짜! 알았어. 내가 잘못했다! 나 그냥 상남자 안 할게!"

"하하하!"

"챌린지는 언제 할 거야?"

해율이 물었다.

"바로 지금."

"지금?"

"응. 소화도 시킬 겸 좋잖아?"

해율과 친구들은 햄버거 가게를 나와 적당한 장소를 찾으러 떠났다. 그들은 가는 길에 다이소에 들러 눈가리개를 사는 것도 잊지 않았다. 혹시라도 영비가 중간에 실눈을 뜰까봐 규영과 보라가 생각해 낸 아이디어였다. 영비는 자기를 뭐로 보냐며 따졌지만, 결국엔 순순히 응했다.

적당한 장소를 찾던 그들은 차량 통행이 비교적 한적한 왕복 6차선 건널목에서 챌린지를 하기로 했다. 규영이 영비의 휴대폰으로 촬영을 맡았다. 들떠 있는 다른 아이들과 달리 해율은 아까부터 긴장한 모습이었다. 혹시라도 챌린지 도중에 일이 잘못되면 어떻게 하나 하는 걱정이 앞섰다. 하지만 인제 와서 말을 바꿀 수도 없는 노릇이었다. 해율은 제발 아무 일 없이 무사히 챌린지가 끝나기를 바랄 뿐이었다.

규영이 챌린지 시작에 앞서 영비에게 말했다.

"차량 신호등이 노란색으로 바뀌면 제자리 돌기를 하는 거야. 그래야 시간을 벌 수 있으니까. 시간은 충분하니까 너무 서두르지만 않으면 성공할 수 있을 거야."

"흥! 내가 여기 20초 안에 통과하고 만다. 잘 봐 두라고."

"똑바로 가기나 하셔."

"혹시 실패할 것 같으면 곧바로 안대 벗고 뛰어가. 알았지?"

해율이 걱정스러운 얼굴로 말했다.

하지만 영비는 절대 그럴 일 없을 거라며 자신감을 드러냈다.

잠시 후, 차량 신호등이 황색 신호로 바뀌었다.

규영이 시작이라고 외치자마자, 영비는 눈가리개를 한 채 제자리에서 스무 바퀴를 돌기 시작했다.

"……열여덟……. 열아홉……. 스물! 출발!"

영비는 한 발짝 떼자마자 바로 넘어졌다. 아이들은 미친 듯이 웃어댔다. 방심하고 있던 해율도 웃음이 터지고 말았다.

"영비야, 힘내!"

"빨리 일어나! 빨리!"

영비는 일어나서 걷기 시작했다. 하지만 자꾸 엉뚱한 방 향으로 걸어가서 아이들이 소리로 방향을 알려 줘야 했다. 그녀가 제대로 건널목을 걷기 시작한 건 보행자 신호가 10 초나 지났을 때였다. 영비는 아직 3분의 1도 건너지 못한 상태였다. 그런데도 규영과 보라는 뭐가 재미있는지 연방 깔깔대며 웃기 바빴다.

해율은 마치 만취한 사람처럼 이리저리 비틀거리며 걸어 가는 영비를 보자 불안감이 엄습했다. 하지만 그러기도 잠 깐. 영비는 다리에 힘이 풀렸는지 얼마 가지 못하고 또다시 넘어지고 말았다. 시간은 계속해서 흘러갔고, 영비는 제대 로 서지도 못한 채 이번엔 도로 쪽을 향해 걷기 시작했다.

"야, 거기 아냐! 왼쪽! 왼쪽으로 틀라고!"

"저 바보! 어디 가는 거야? 혼자 잘난 척은 다 하더니!"

보라와 규영도 어느새 웃음기가 사라진 채 진지하게 영비 를 향해 소리쳤다.

"안 되겠어. 가서 데려와야 할 것 같아!"

해율이 두 사람을 보며 말했다.

"너 영비 성격 몰라서 그래? 지금 챌린지 망쳤다간 엄청

화낼 게 뻔하다고.”

보라가 말했다.

“그래도 그렇지. 저러다 사고라도 나면 어쩌려고 그래?”

“조금만 더 지켜보자. 이제 절반쯤 갔으니까.”

해율은 지금 당장 챌린지를 중단시키고 싶었지만, 차마 그럴 용기가 없었다. 그녀는 결국 보라의 말대로 조금만 더 지켜보기로 했다. 보행자 신호는 끝을 향해 다가가고 있었다. 신호등의 줄어드는 숫자는 해율의 심장을 조였다.

영비는 간신히 제대로 된 방향을 찾아 걸어갔지만, 이미 시간을 다 허비한 뒤였다. 이윽고 신호등은 적색으로 바뀌었고, 차들은 서서히 출발할 준비를 하기 시작했다. 하지만 건널목에 아직 영비가 있어서 대부분의 차는 그대로 차선에서 대기하고 있었다. 그녀 때문에 화가 난 운전자들이 경적을 울려댔다. 그런데도 영비는 아랑곳하지 않고 챌린지를 계속해 나갔다.

“영비야! 인제 그만해! 안대 벗어! 빨간불이라고!”

해율은 그녀를 향해 크게 소리쳤다.

하지만 경적에 묻힌 건지, 아니면 듣고도 못 들은 척하는 건지, 영비는 고집스럽게 안대를 벗지 않고 건널목을 나아갔다.

그때, 오토바이 한 대가 경적을 울리며 빠르게 다가오더니 영비 앞을 아슬아슬하게 스쳐 지나갔다. 그걸 본 아이들은 심장이 덜컥 내려앉는 기분이었다.

하지만 거기서 끝이 아니었다. 오토바이를 시작으로 대기 중이던 다른 차들도 한 대씩 출발하기 시작했다. 어느새, 영비는 지나가는 차들 사이에 갇혀 버리고 말았다. 그러자 보라와 규영도 겁이 났는지 영비에게 포기하라고 소리쳤다.

"야! 그만해! 그러다 죽는다고!"

"영비야! 어서 안대 벗어!"

영비도 소리를 들었는지 안대를 쓴 채 뒤를 돌아봤다.

아이들은 그녀가 드디어 포기하려나 보다 하고 생각했다.

하지만 영비의 생각은 달랐다. 그녀는 잠깐 가만히 서 있다가, 갑자기 느닷없이 건널목 끝을 향해 뛰기 시작했다. 너무나 순식간에 일어난 일이라 아이들은 그냥 넋을 놓고 쳐다보기만 했다. 영비는 5m 정도 되는 거리를 단숨에 뛰어갔고, 다행히 별일 없이 무사히 건넜다.

"와! 저런 미친!"

"대박!"

규영과 보라는 환호하듯 소리쳤다.

반면, 해율은 다리에 힘이 풀려 그 자리에 주저앉고 말았다.

잠시 후, 신호가 다시 바뀌자 해율과 아이들도 건널목을 건너 영비가 있는 곳으로 갔다.

"너 진짜 대단하다! 간땡이가 두 개인 거 아냐?"

"와하하! 진짜 끝내줬어! 마치 영화의 한 장면 같았다고!"

"나 챌린지 하는 거 잘 찍었지?"

영비는 친구들을 보자마자 영상 걱정부터 했다.

해율은 그런 그녀를 보며 혀를 내둘렀다.

"잘 찍었어. 자, 봐 봐."

규영이 휴대폰으로 찍은 동영상을 보여 줬다. 아이들은 그 동영상을 보며 또다시 영비의 대담함에 감탄했다.

"오케이! 그럼 첫 번째 챌린지 성공!"

영비가 브이 자를 그리며 활짝 웃었다.

규영과 보라가 손뼉을 쳐 줬지만, 해율은 차마 그럴 수가 없었다. 그녀는 아직도 심장이 두근거렸다.

"다음 도전자는 누구로 할 거야?"

보라가 물었다.

"음……. 누구로 할까?"

"그냥 나라고 말해. 이미 마음의 준비도 끝냈다고."

규영이 포기한 듯 말했다.

하지만 영비는 대답하지 않고 의미심장한 미소를 지어 보였다.

"규영아, 휴대폰으로 나 좀 찍어 줘. 다음 도전자 지목할 테니까."

"칫, 알았어."

영비는 휴대폰 카메라를 보며 마치 아이돌처럼 능숙하게 표정을 바꾸었다.

"다음 도전자는…… 두구두구두구…… 짠! 보라입니다!"

"뭐야? 나라고?!"

"뻔히 예상되는 건 재미없으니까. 아무튼, 다음 도전자는 보라고, 챌린지는 3번! 물속에서 2분 동안 숨 참기!"

"아, 망했다. 나 숨 잘 못 참는데."

"그럼 1번으로 바꿔 줘?"

"아, 아냐! 그냥 3번 할게!"

보라가 손사래를 치며 말했다.

"3번은 위험한 것도 없으니까 쉽게 해낼 거야."

"난 숨 참기 1분도 어렵다고. 근데 어떻게 2분을 참아, 어휴."

"보라, 파이팅!"

규영이 놀리듯 말했다.

　그렇게 딩동 챌린지의 첫 번째 도전이 끝났다. 약간의 해프닝이 있었지만, 해율이 우려했던 사고는 일어나지 않았다. 오히려 그런 해프닝이 친구들에겐 짜릿한 자극이 되어 챌린지에 대한 재미를 상승시켰다. 반면, 해율은 여전히 마음이 불편했다. 하지만 친구들에게 그런 마음을 내비칠 순 없었다. 그녀는 친구들과 헤어져 집으로 가는 동안에도 챌린지 걱정을 했다. 사실 포기하고 싶었지만, 오늘 영비가 어떻게 했는지 봤기에 그런 말을 꺼내는 것은 너무나 부담스러운 일이었다. 결국, 하는 수밖에 없어 보였다.

　'일단 한다고 하고서 일부러 실패하자. 굳이 성공하려고 위험을 감수할 필요는 없으니까. 실패한다고 해서 무슨 큰일이 일어나는 것도 아니고.'

　그녀는 챌린지를 하기도 전에 이미 실패를 염두에 두고 있었다. 챌린지를 실패했을 때 받는 특별한 벌칙 따윈 아예 생각조차 하지 않았다. 그리고 그것은 다른 친구들도 마찬가지였다. 해율은 딩동 챌린지가 불러올 엄청난 파장을 알지 못한 채 집으로 향했다.

3

―

그날 밤, 보라는 해율의 전화를 받았다. 평소에 자주 통화하는 사이는 아니었지만, 그래도 해율은 수다를 떨기에 나쁜 상대는 아니어서 10분 정도 이런저런 잡담을 나누었다. 해율은 그냥 전화했다고 했지만, 보라는 그녀가 영비 일로 신경이 쓰여서 전화했다는 걸 바로 알았다. 정확히는 영비가 한 챌린지가 마음에 걸린 것일 터였다.

역시나 해율은 처음엔 다른 이야기를 하다가 결국 챌린지 이야기를 꺼냈다.

"근데 그 딩동 챌린지 있잖아. 그거 좀 위험한 것 같지 않아?"

"스릴이 있어야 재미있지. 누구나 다 따라 할 수 있는 챌린지는 이제 좀 식상하잖아. 안 그래?"

보라는 해율이 무슨 생각으로 그런 말을 꺼냈는지 알고서 일부러 그렇게 말한 후 속으로 웃었다.

"그렇긴 한데……. 그래도 아까 낮에 영비가 했던 행동은 좀 그랬어. 그러다 차에 치이면 어쩔 뻔했어. 차들도 전부 빵빵거리고, 정말……."

"엄청 짜릿했지! 난 그게 영화보다 더 재미있더라."

보라는 해율의 말을 자르며 말했다. 사실 그녀는 바른말만 해대는 해율이 슬슬 지겨워지려던 참이었다. 해율은 착하긴 한데, 그 착함이 지나쳐서 별로 매력이 없었다. 그래서 몇 마디 나누다 보면 금방 지루해져서 나중엔 무슨 얘길 했는지 잘 기억도 나지 않았다. 영비 친구여서 같이 놀긴 했지만, 해율은 영비가 아니었으면 반에서 그냥 아싸로 남을 애였다. 아마 그랬으면 지금 이 시간에 이렇게 통화하고 있지도 않을 거라고 보라는 생각했다.

"해율이 넌 재미없었어?"

"나는……. 글쎄, 잘 모르겠다."

"앗! 잠깐! 지금 몇 시지?"

"응? 왜?"

"딩동 챌린지! 그거 6시간 안에 해야 한다고 했잖아!"

"맞아. 그랬지."

"깜빡하고 있었네. 나 챌린지 해서 올려야 해. 이만 끊자."

"으, 응."

보라는 전화를 끊고서 시계를 봤다. 오후 9시였다. 지목을 받은 게 몇 시인지 기억나지 않아서 영비의 챌린지 동영상을 다시 확인했다. 동영상이 업로드된 시간은 오후 5시였다. 하지만 이건 영비가 동영상을 업로드한 시간이지, 자신을 지목한 시간은 아니었다. 그녀는 영비에게 전화를 걸어서 정확한 시간을 물어볼까 하다가 관뒀다. 어차피 영비도 잘 모를 것 같았고, 그럴 시간에 차라리 챌린지를 하는 게 낫겠다 싶었다. 그녀는 곧장 화장실로 갔다.

"2분이라고 했지? 일단 타이머부터 맞추고……. 근데

이게 될까?"

보라는 휴대폰 카메라에 자기 모습이 찍히도록 세면대에 올려놓은 뒤 타이머의 시작 버튼을 누름과 동시에 세면대 물속에 얼굴을 집어넣었다.

"……푸핫! 숨 막혀. 얼마나 됐지?"

그녀는 타이머를 확인했지만, 시간은 이제 30초밖에 지나지 않았다.

"미친! 이래선 어림도 없잖아! 좋아, 다시!"

보라는 계속해서 숨 참기에 도전했다. 몇 번 할수록 시간이 조금씩 늘어나긴 했지만, 2분 근처에는 미치지 못했다.

"아오! 힘들어! 내가 이걸 왜 하고 있어야 하는 거야, 젠장!"

말은 그렇게 했지만, 영비만큼 승부욕이 강한 보라는 그 후로도 계속 도전했다. 어느새 열 번째 도전에 실패한 그녀는 손으로 얼굴에 묻은 물기를 훔치며 깊은 한숨을 내쉬었다.

"아씨, 조금만 더 하면 될 것 같은데."

그녀는 휴대폰 시계를 들여다봤다. 9시 15분이었다.

"좋아! 30분 안에 꼭 성공한다!"

보라는 또다시 도전하기 위해 휴대폰의 동영상 녹화 버튼을 누르고 나서 타이머를 다시 리셋했다. 휴대폰을 세면대 위에 올려놓고서 다시 도전하려는 그때, 갑자기 눈앞이 캄캄해졌다. 화장실 불이 꺼진 것이다.

"아! 뭐야! ……나 화장실 안에 있다고!"

보라는 문을 열고 밖으로 나갔다. "엄마!"라고 하고서 거실을 봤는데, 거기엔 아무도 없었다.

"방에 들어가셨나?"

그녀는 왠지 기분이 이상했지만, 곧 별일 아니라 여기며 다시 화장실 불을 켜고서 문을 닫았다.

"이번엔 반드시 성공한다!"

다시 세팅하고서, 그녀는 막 도전을 시작하려고 했다.

그런데 이번에도 화장실 불이 꺼졌다.

"아오! 진짜! 엄마!"

그녀는 엄마가 그랬을 거라고 무심코 생각했지만, 아무리 그래도 엄마가 다시 돌아와서 불을 또 끄는 건 어쩐지 이상한 일이었다.

'혹시…… 아까 불을 끈 것도 엄마가 아닌 게 아닐까?'

갑자기 그런 의문이 들자, 보라는 알 수 없는 섬뜩한 기분을 느꼈다. 그녀는 곧바로 문으로 다가가 손잡이를 잡아당겼다. 빨리 여기서 나가고 싶었다. 한데, 무슨 일인지 화장실 문이 열리지 않았다. 마치 잠긴 것처럼 손잡이가 꼼짝도 하지 않았다.

"이게 왜 이러지? 아씨! 진짜! 엄마! 엄마! 나 화장실에 갇혔어!"

보라는 문을 쾅쾅 두드리며 소리쳤다. 하지만 아무리 불러도 엄마는 방 안에서 나와 보지 않았다. 혹시 주무시는 게 아닐까 싶어 더 크게 소리쳤지만, 소용없었다. 이 정도 소리면 옆집까지 들릴 정도인데 어째서 엄마는 나와 보지 않는지 도저히 이해할 수가 없었다. 보라는 이 불가해한 상황에 덜컥 겁이 났다.

딩동~!

갑작스러운 알림 소리에 보라는 심장이 멎을 정도로 깜짝 놀랐다.

"아씨! 뭐야! 개놀랐잖아!"

그 소리는 딩동 어플의 알림 소리였다.

보라는 그제야 휴대폰이 있다는 걸 알고서 안심했다. 너무 당황한 나머지 그 생각을 하지 못했었다. 그녀는 엄마에게 전화를 걸려고 휴대폰을 집어 들었다. 휴대폰 화면에는 딩동 어플 알림 메시지가 떠 있었다.

[영비 님이 공유한 동영상을 지금 확인하세요!]

"지금 그럴 때가 아니라고!"

보라는 홈 버튼을 눌러서 창을 닫으려고 했다. 하지만 어찌 된 일인지 홈 버튼이 먹히지 않았다. 그녀는 짜증을 내며 몇 번이나 홈 버튼을 연타했지만, 소용이 없었다.

"하필 이럴 때! 미치겠네, 정말!"

보라는 하는 수 없이 일단 메시지 확인 버튼을 눌렀다. 그러자 곧바로 화면이 딩동 어플로 넘어가면서 동영상이 재생되기 시작했다.

"뭐야, 이거?"

그것은 영비가 다음 도전자를 지목하는 영상이었다.

"다음 도전자는…… 두구두구두구…… 짠! 보라입니다!"

"뭐야? 나라고?!"

"뻔히 예상되는 건 재미없으니까. 아무튼, 다음 도전자는 보라고, 챌린지는 3번! 물속에서 2분 동안 숨 참기!"

"아, 망했다. 나 숨 잘 못 참는데."

영상은 거기서 멈췄다. 보라는 이해가 가지 않았다.

"이걸 나한테 왜 보낸 거지?"

그런데 그때, 멈췄던 영상이 다시 움직이기 시작했다. 하지만 그건 그녀가 아는 영상의 뒷부분이 아니었다. 영상 속 영비는 말없이 무표정한 얼굴로 카메라만 응시하고 있었다. 한데 그녀의 얼굴이 점점 변하기 시작했다. 얼굴색이 잿빛으로 변하더니 입이 서서히 벌어지면서 웃는 모습으로 바뀌었다. 하지만 그건 단순한 웃음이 아니었다. 그녀의 입꼬리는 계속 올라갔고, 급기야 칼로 그은 것처럼 죽 찢어지면서 마침내 입꼬리가 귀에 닿았다. 그리고 곧이어 소름 돋는 웃음소리가 흘러나왔다.

"키키키키키키키키키키키-."

보라는 놀라서 휴대폰을 끄려고 했지만, 이번에도 버튼은 먹히지 않았다. 그녀는 던지다시피 휴대폰을 세면대 위에 올려놓고서 몸서리를 쳤다. 기괴한 웃음소리는 끊임없이 흘러나왔고, 그녀는 겁먹은 얼굴로 휴대폰을 바라봤다. 그것은 한 번도 겪어본 적 없는 불쾌하고 섬뜩한 경험이었다. 그 영상을 보는 순간, 그녀는 자신이 휴대폰으로 보는 게 아닌, 마치 그 장소에서 직접 보는 듯한 오싹한 착각에 빠졌었다. 그렇기에 이것이 단순한 장난 따위가 아니라는 것을 그녀는 본능적으로 알 수 있었다.

그리고 그 순간, 그녀의 머릿속에는 오직 한 가지 생각만이 떠올랐다.

챌린지에 실패하면 특별한 벌칙을 받게 된다.

그런 괴담 같은 이야기를 누가 믿겠는가. 아마 다른 친구들도 모두 자신과 같을 거라고 그녀는 생각했다. 그런데 어쩌면 그게 진짜였는지도 모른다. 보라는 그 무서운 생각을 떨쳐 버릴 수가 없었다.

'괴담이 진짜라면…… 나는 어떻게 되는 거지?'

스으윽-.

갑자기 목뒤에서 섬뜩한 감촉이 느껴졌다. 보라는 몸이 굳어 버렸다. 마음 같아선 비명을 지르며 펄쩍 뛰고 싶었지만, 감히 그럴 수가 없었다. 마치 자신을 내리누르는 듯한 이 압도적인 공포 앞에선 그런 작은 반항조차도 허용되지 않았다. 그녀는 고개를 돌리지도 못한 채 거울에 비친 자기 모습을 쳐다봤다. 어둠 속에서 빛나는 휴대폰 화면이 희미하게나마 세면대 거울을 비춰 주고 있었다.

거울 속엔 얼어붙은 자신이 하얗게 질린 얼굴로 서 있었다. 그리고 그 뒤로 불쑥 올라온 손 하나가 보였다. 썩어 문드러진 듯한 그 손은 보라의 목덜미를 타고 서서히 머리 위로 올라왔다. 그 차갑고 축축한 손이 살에 닿을 때마다 그녀는 심장이 오그라드는 듯했다. 흐느적대는 뱀처럼 머리 위로 올라온 손은 마침내 다섯 손가락을 쫙 펴서 그녀의 머리를 살포시 움켜쥐었다. 보라는 이가 딱딱 부딪힐 정도로 떨고 있었다.

"제, 제발…… . 살려 주…… ."

보라는 눈물을 흘리며 떨리는 목소리로 간신히 말했다.

순간, 흉측한 손이 그녀의 머리를 물속으로 처박아 버렸다. 그녀는 팔을 휘저으며 어떻게든 빠져나오려고 안간힘을 썼지만, 그것은 헛된 저항일 뿐이었다. 보라는 어느새 물속에서 2분을 버티고 있었다. 하지만 2분이 지나면서 차츰 그녀의 움직임은 잦아들기 시작했다. 단단히 막아놓은 수문이 압력을 이기지 못하고 열린 것처럼 그녀의 코와 입으로 물이 밀려오기 시작했다. 한 번 들어오기 시작한 물은 거침없이 기도를 지나 폐로 나아갔다. 사실 정확히는 물이 밀려온

게 아니라, 그녀가 흡입한 것이었다. 이러면 안 된다는 것을 알면서도 견디지 못하고, 반사적으로 호흡을 해 버리고 말았다. 폐에 물이 도달하자, 마치 불에 타는 듯한 화끈거리는 통증이 가슴에서 느껴졌다. 그녀는 기침하듯 물을 뱉어냈지만, 곧바로 다시 물을 들이마실 수밖에 없었다. 이번엔 더 많은 양의 물이 폐로 들이쳤다. 그녀의 몸이 크게 움찔했다. 어느 정도 시간이 지나자 보라는 숨 쉬는 것조차 잊게 됐다. 숨을 쉬지 않는데도 더 이상 고통스럽지 않았다. 대신, 이상할 정도로 몸이 나른했다.

이윽고, 그녀의 머리를 잡고 있던 흉측한 손이 스르르 풀리더니 어딘가로 사라졌다. 동시에 보라는 바람 빠진 풍선 인형처럼 바닥으로 픽 쓰러졌다.

잠시 후, "딩동~!" 하는 소리와 함께 휴대폰 화면에 메시지가 나타났다.

[직접 찍은 동영상을 친구와 공유해 보세요!]

화면에 뜬 메시지의 확인 버튼이 저절로 터치되더니, 곧이어 화면이 꺼졌다.

화장실 안은 한 줌의 빛도 소리도 없는 암흑공간처럼 어둠 속에 파묻혔고, 보라의 챌린지도 그렇게 끝이 났다.

4

―

방과 후, 반장을 포함한 스무 명 정도의 학생들이 보라가 있는 장례식장을 찾았다. 거기엔 해율과 영비, 규영도 있었다. 장례식장에 오긴 했지만, 세 사람은 여전히 보라의 죽음을 받아들이기 힘들어했다. 마치 지금 보라가 고약한 장난을 치고 있는 것만 같았다. 그래서 그들이 장례식장 안에 들어서면 갑자기 보라가 뒤에서 확 튀어나와 "놀랐지!" 하며 까르르 웃을 것만 같았다. 하지만 그런 그들의 바람은 보라의 영정사진 앞에서 속절없이 무너지고 말았다. 교복을 입고서 활짝 웃고 있는 보라의 사진은 마치 인스타에 올린 사진처럼 귀여워 보였다.

친구들은 함께 묵념하는 동안에도 울음을 그치지 못했다. 그들은 보라에게 마지막 작별 인사를 건네고서, 그녀의 부모님과도 인사를 나눴다. 아저씨는 와 줘서 고맙다며 그들을 향해 진심 어린 감사를 전했다. 아저씨도 충격이 심한 듯 보였지만, 그 옆에 있는 아주머니에 비하면 그나마 나은 편이었다. 그녀는 어딘가 정신이 나간 듯한 모습이어서 해율은 보고 있기가 무척 힘들었다.

인사를 마치고 가려는데, 갑자기 아주머니가 그들을 향해 말했다.

"혹시 너희 중에 해율이라는 아이도 있니?"

일순간, 반 아이들의 시선이 모두 해율에게로 쏠렸다. 그녀는 갑작스러운 상황에 당황해서 말까지 더듬었다.

"저, 전데요?"

"네가 해율이구나."

조금 전까지 넋 나간 표정을 짓던 아주머니의 얼굴이 순간 변하는 것을 보고 해율은 왠지 모를 두려움을 느꼈다.

"미안한데, 잠깐 아줌마랑 얘기 좀 할 수 있을까?"

해율은 이유를 묻고 싶었지만, 지금은 일단 알겠다고 대답하는 게 나을 것 같아서 그냥 그렇게 했다. 그녀는 친구들의 시선을 무시한 채 아주머니를 따라 방으로 갔다.

방 안으로 들어오자 아주머니가 눈시울을 붉히며 슬픔에 잠긴 목소리로 말했다.

"다른 게 아니라, 아줌마가 우리 딸 휴대폰을 확인하다가 통화 목록을 봤어. 근데 마지막으로 통화한 게 해율이 바로 너여서, 혹시 너라면 뭔가 알지 않을까 하고……."

그렇게 말문을 연 아주머니는 자기 딸이 화장실에서 익사했다는 사실을 그녀에게 털어놨다.

해율은 너무 충격적인 얘기라 머릿속이 새하얘졌다.

"어떻게 그런 일이……."

그때의 고통스러운 기억이 떠올랐는지 아주머니는 감정을 억누르지 못한 채 소리 내서 울기 시작했다. 해율도 어쩔 줄을 몰라 하며 함께 울었다. 잠시 후, 마음이 좀 진정된 아주머니가 떨리는 목소리로 이어서 말했다.

"나도 이유를 전혀 모르겠어. 경찰도 이게 자살인지 사고 사인지 불분명하다고 하더라. 그래서 말인데, 혹시 우리 보라한테 무슨 고민 같은 게 있었니?"

"고민이요? 평소에 그런 얘기를 한 적이 없어서 잘 모르 겠어요."

"사소한 거라도 괜찮아. 어제 통화했을 때 나눈 얘기 라도……."

"그냥 별 얘기 아니었어요. 친구들이랑 같이 놀았던 거랑 딩동 챌린지 얘기를……."

그 말을 하는 순간, 해율은 섬뜩한 전율을 느꼈다. 동시에 그녀의 머릿속에서 서로 상관없어 보이는 것들이 갑자기 연 결되더니 저절로 짜 맞춰지기 시작했다.

그날 밤, 보라는 통화를 끝내기 전에 딩동 챌린지를 하러 간다고 했었다. 6시간 안에 성공해야 해서 급하게 갔었다. 그녀의 도전 과제는 물속에서 2분간 숨 참기. 그런데 아주 머니 말에 의하면, 보라는 세면대에 받아둔 물에 머리를 집 어넣어 익사했다고 한다. 자살도, 사고사도 모두 말이 안 되 는 상황이었다.

그렇다면 혹시 보라의 죽음이 딩동 챌린지와 연관이 있는 건 아닐까?

해율은 문득 규영이 했던 말을 떠올렸다.

'챌린지에 실패하면 특별한 벌칙을 받는다고 했었어. 설 마 그것과 연관이…….'

말도 안 되는 생각인 줄 알면서도, 그녀는 왠지 모르게 오 싹한 기분을 느꼈다.

"해율아?"

"아! 네?"

해율이 잠시 멍하니 있자, 아주머니는 그녀를 이상한 듯 쳐다봤다.

"혹시 뭐 생각나는 게 있니?"

"아, 아뇨. 죄송해요."

"그래? ……근데 방금 말한 그 딩동 챌린지라는 게 뭐야? 네가 그 말을 하다가 멈췄잖니."

"그냥 애들 사이에서 유행하는 놀이에요. 아이돌 춤을 따라 하거나 하는 건데, 그걸 동영상으로 찍어서 공유하는 거예요."

"……."

말은 하지 않았지만, 아주머니는 뭔가 석연찮은 듯 보였다.

해율은 지금 아주머니에게 그런 말을 하는 건 위험하다고 판단해서 일부러 자세한 얘기를 하지 않았다. 보라의 죽음과 딩동 챌린지 사이의 인과관계가 확실히 밝혀지지도 않았을뿐더러, 괜히 얘기했다가 오해를 살 수도 있었기 때문이다. 확실하게 알기 전까진 입을 다물고 있는 게 나을 것 같았다.

"죄송해요. 별 도움이 못 돼서. 혹시 나중에 생각나면 꼭 말씀드릴게요."

"응, 그래. 고맙다."

해율이 얘기를 마치고 나왔을 때, 함께 온 반 친구들은 이미 떠난 뒤였다. 하지만 영비와 규영은 남아서 그녀를 기다려 줬다.

"무슨 얘기 했어?"

"널 왜 보자고 한 거야?"

두 사람은 궁금해하는 얼굴로 해율에게 물었다.

"할 얘기가 있어. 근데 여기서 안 돼. 아무도 없는 곳으로 가자."

해율은 두 사람을 데리고 사람이 없는 주차장 쪽으로 걸어갔다.

"왜? 무슨 심각한 일이라도 있었던 거야?"

규영이 궁금해서 미치겠다는 얼굴로 물었다.

"이건 너희만 알고 있어야 해. 절대 다른 사람한테 말하면 안 돼. 알았지?"

"무슨 일인데?"

해율은 두 사람에게 보라의 죽음에 관한 얘기를 꺼냈다. 덧붙여 그것이 어쩌면 딩동 챌린지와 연관이 있을지도 모른다고 했다. 두 사람은 큰 충격을 받았다.

"말도 안 돼! 그럼 보라가 챌린지를 하다가 죽었다는 소리야?"

규영이 흥분해서 말했다.

"나도 그게 어이없는 말이라는 거 알아. 하지만 그렇다고 가정을 해 보면 보라가 갑자기 죽은 이유가 납득이……."

"그만해!"

갑자기 영비가 버럭 소리를 질렀다.

해율은 깜짝 놀라서 그녀를 쳐다봤다.

"너 미쳤어? 무슨 말도 안 되는 소리를 하는 거야? 보라가 죽은 게 너한테는 흥밋거리밖에 안 되는 거야?"

"그게 아니고, 나는 진실을……."

"됐어! 다신 그 얘기 꺼내지도 마. 불쾌하니까!"

해율은 입을 다물었다. 생각해 보니, 영비 앞에서 그 얘기를 꺼낸 건 실수였다. 챌린지를 하자고 먼저 제안한 게 그녀였고, 보라를 다음 도전자로 지목한 것도 그녀였다. 그러니 지금 그 얘기를 듣는 영비의 심정이 오죽하겠는가. 해율은 자신의 생각이 짧았음을 인정했다.

"미안해. 괜히 이상한 소리를 해서."

해율의 사과에도 영비는 마음이 풀리지 않는 듯했다.

딩동~!

그때, 누군가의 휴대폰에서 딩동 어플의 알림 소리가 울렸다.

"아이 씨, 하필 이럴 때……."

규영은 짜증을 내며 휴대폰을 확인했다.

그런데, 휴대폰을 보는 그의 표정이 갑자기 굳어졌다.

"얘들아, 이것 좀 봐. 나한테 이런 게 왔어."

규영의 목소리가 가늘게 떨렸다. 해율과 영비는 그가 보여 주는 휴대폰 화면을 바라봤다.

거기엔 이런 메시지가 떠 있었다.

[보라 님이 공유한 동영상을 지금 확인하세요!]

순간, 분위기가 차갑게 얼어붙었다.

세 사람은 아무 말 없이 서로의 얼굴만 쳐다봤다.

5

"잘못…… 온 거겠지?"

규영이 조심스럽게 입을 열었다.

친구의 장례식장에서 그 친구가 보낸 메시지를 받다니. 이보다 더 소름 돋는 일이 있을까?

세 사람은 알 수 없는 두려움을 느꼈다.

"확인해 봐."

영비가 말했다.

규영은 왠지 불길한 기분이 들었지만, 그냥 오류이겠거니 싶어 확인 버튼을 눌렀다.

그러자 딩동 어플이 곧바로 영상을 불러왔다. 화면은 대체로 어두웠는데, 카메라 앞에 서 있는 보라의 모습만큼은 확인할 수 있을 정도로 약간의 빛은 존재했다. 그래서인지 보라의 모습이 어딘지 귀신처럼 보였다.

"이거 보라 맞지?"

영비가 떨리는 목소리로 물었다.

해율이 그런 것 같다고 대답했다.

보라는 무표정한 얼굴로 잠시 말없이 카메라를 바라보다가, 영상이 5초 정도 지나자 입을 열었다.

"다음 도전자는 장규영. 도전 과제는 1번입니다."

보라는 영혼 없는 목소리로 그렇게 말했고, 영상은 거기서 끝이 났다.

해율과 영비는 동시에 규영을 쳐다봤다. 그는 당혹스러움을 감추지 못했다.

"말도 안 돼. 이걸 보라가 어떻게······."

"혹시 예약 업로드 기능으로 보라가 살아 있을 때 보낸 게 아닐까?"

해율은 겁먹은 규영에게 그렇게 말했다.

하지만 영비가 어두운 표정으로 고개를 가로저었다.

"딩동 어플엔 예약 업로드 기능이 없어."

순간, 짧은 침묵이 흘렀다.

해율은 지금 이 자리에 죽은 보라가 와 있을 것 같다는 무서운 상상을 하고 말았다.

먼저 침묵을 깬 건 규영이었다. 그의 얼굴이 잔뜩 굳어 있었다.

"그럼 지금 이걸 보라가 보내기라도 했단 소리야?"

"얘들아, 아까 내가 한 얘기······. 아무래도 맞는 것 같아."

해율이 말했다.

이번엔 영비도 화를 내지 못했다. 그녀도 규영만큼이나 두려워하는 게 똑똑히 보였다.

규영은 계속해서 "말도 안 돼."라는 말만 중얼거렸다. 마치 프로그램 오류가 난 게임 속 NPC를 보는 것 같았다.

"영비가 보라를 지목했던 게, 정확히는 기억 안 나지만,

대충 3시쯤이었던 것 같아."

비로소 정신을 차린 규영이 말했다.

"챌린지의 규칙에 따르면, 지목된 사람은 6시간 안에 성공해야 한다는 거잖아."

"나랑 전날 통화했을 때가 9시쯤이었어. 보라는 통화하다 말고 챌린지 해야 한다며 급하게 끊었고."

"그렇다면 보라는 시간 내에 성공 못 했을 거라는 거네."

"아마도."

"난 그래도 못 믿겠어. 그런 말도 안 되는 얘기를 어떻게 믿으라는 거야."

영비는 여전히 현실을 부정하고 있었다.

해율은 그녀의 심정이 이해는 됐지만, 규영을 위해서라도 그 말에 동조할 수는 없었다.

반면, 규영은 챌린지의 규칙을 믿는 모습이었다. 아무래도 자신이 지목된 이상 현실을 부정하기는 어려울 터였다. 해율은 자신이 규영이라도 마찬가지일 거라 생각했다.

"보라의 영상이 온 시간이 6시 40분이야. 6시간 후니까, 그럼 밤 12시 40분까지 도전을 마치기만 하면 괜찮을 거라는 거잖아."

"그치. 근데…… 할 수 있겠어?"

"맞다. 1번이었지? 하아-. 하필이면……."

규영은 깊은 한숨을 내쉬었다. 한밤중에, 그것도 5층 이상 높이의 건물 옥상에 올라가 가장자리를 걸으라니. 웬만한 강심장이 아니고서야 해내기 어려운 과제였다. 그는 전에 허세 부린 것을 뼈저리게 후회했다.

"얘들아, 도와줘."

"응?"

"나 혼자선 도저히 못 할 것 같아. 같이 가 주라. 응?"

해율과 영비는 선뜻 대답하지 못했다.

이게 진짜라면 더 이상 관여하고 싶지 않은 게 솔직한 심정이었다. 하지만 그렇다고 나 몰라라 할 수는 없는 노릇이었다. 챌린지를 함께 하기로 한 이상, 그들도 이미 이 잔인한 게임에 참여한 거나 마찬가지였다. 해율은 무엇보다 규영이 잘못되기라도 한다면 자신을 용서하지 못할 것 같았다. 결국, 그녀가 먼저 도와주겠다고 나섰다.

"고마워, 해율아! 역시 의리녀! ……근데 영비 넌?"

영비는 곤란한 표정으로 입을 다물고 있었다.

규영은 서운한 얼굴로 그녀를 바라봤다.

"난 좀 이따가 회사 가 봐야 해. 아무래도 늦게까지 연습할 것 같아서……. 미안."

"야! 지금 연습이 더 중요해? 친구 목숨이 왔다 갔다 하는데?"

규영이 어이가 없다는 투로 말했다.

"오늘만 안 가면 안 돼?"

해율도 영비가 같이 가 주길 바랐다.

하지만 그녀는 단호했다.

"미안하다고 했잖아. 그리고 난 이런 말도 안 되는 일에 끼고 싶지 않아. 나는 그냥 재미로 하자는 거였지, 목숨을 내놓고 하자는 게 아니었어. 이건 그냥 미친 짓이라고!"

"네가 어떻게 그런 말을 할 수 있어? 누구 때문에 이런 일이 생긴 건데!"

"그게 내 탓이라고?"

"그럼 아냐?"

"그만해, 둘 다. 여기 장례식장인 거 잊었어?"

해율의 말에 그제야 두 사람은 목소리를 낮췄다.

"칫! 자기는 이미 챌린지 끝내서 괜찮다, 이거지?"

"뭐?"

"됐어. 나도 네 도움 따윈 필요 없어."

"왜들 그래, 정말! 이럴 때일수록 서로……."

갑자기 영비가 울음을 터트렸다.

해율은 그녀를 달래 주려 했지만, 영비는 그대로 돌아서서 가 버렸다.

"왜 그랬어? 영비도 마음이 심란해서 저러는 거잖아."

해율이 규영을 보며 말했다.

"됐어! 꺼지라고 해. 의리 없는 년. 자기 좋을 때만 친구지!"

해율은 규영의 마음을 이해하지만, 그래도 힘들어하는 친구에게 꼭 그렇게까지 말해야 했을까 하는 아쉬움이 남았다. 어제까지만 해도 누구보다 친한 관계였던 그들이 어쩌다 하루 만에 이렇게 돼 버린 건지, 그녀는 보라의 죽음만큼이나 지금 이 상황이 무척 버거웠다.

"챌린지, 지금 바로 할 거야?"

해율이 물었다.

"그, 글쎄."

"아무래도 지금 당장은 좀 그렇지?"

"응."

"그럼 장소는 어디로 할까?"

"우리 그러지 말고, 일단 각자 집으로 가자. 집에 안 들어가면 부모님이 걱정하실 거야. 챌린지 종료 시각이 12시

40분이니까, 우린 두 시간 전에 만나자. 웬만하면 사람들이 없는 시간에 하는 게 좋을 것 같거든. 근데 넌 그 시간에 나올 수 있겠어?"

"좀 힘들겠지만, 어떻게든 해 볼게."

"고마워, 해율아. 진짜 고마워!"

"고맙긴. 아마 너였어도 똑같이 했을 거야."

"물론이지!"

하지만 해율은 정말 그럴까? 하는 의구심이 들었다. 세 사람은 정말 친한 관계였지만, 해율은 왠지 겉도는 관계였기에 과연 그들이 자신에게도 똑같이 의리를 지킬지 확신할 수가 없었다. 게다가 영비가 저렇게 가 버린 걸 보면서, 그녀는 그들 사이의 우정에 대해 의문을 품게 됐다.

"넌 정말 좋은 친구야."

규영이 진심 어린 눈빛으로 그렇게 말했다.

하지만 해율은 씁쓸한 미소를 지을 수밖에 없었다.

6

약속 장소엔 규영이 먼저 나와 있었다.

다소 초조한 모습의 그는 멀리서 걸어오는 해율을 향해 손을 들어 인사했다.

늦은 시간에 단둘이 만나다 보니 둘은 서로를 조금 어색해했다.

"뭐라고 말하고 나온 거야?"

규영이 어색함을 풀려고 먼저 말을 꺼냈다.

"말 안 하고 몰래 나왔어. 아무리 생각해도 적당한 방법이 떠오르지 않아서."

"그랬구나. 실은 나도 그래."

"준비는 된 거야?"

"어, 뭐⋯⋯."

"챌린지 할 장소는 정했어?"

"아니, 아직. 너 오면 같이 찾아보려고 했지. 시간은 넉넉하니까 천천히 걸으면서 찾다 보면 금방 찾지 않을까?"

"그래⋯⋯. 근데 우리 조금만 있다가 가자."

"응? 왜?"

"그게……."

규영은 이상한 듯 해율을 쳐다봤다.

"혹시 누구 기다려?"

"어? 아……."

그때, 마침 저쪽에서 걸어오는 누군가를 보며 해율이 소리쳤다.

"영비야! 여기야!"

영비가 모자를 눌러 쓴 채 천천히 그들이 있는 곳으로 걸어오고 있었다.

"뭐야? 쟤가 여긴 어떻게……?"

"내가 혹시 마음이 바뀌면 오라고 카톡 보냈거든."

"아……."

규영은 영비를 보자 표정 관리가 어려운 듯 고개를 숙였다.

"와 줘서 고마워."

해율이 말하자 영비는 쑥스러운 듯 시선을 피했다. 둘이 있을 때보다 훨씬 더 어색한 상황이 되고 말았지만, 해율은 영비가 와 줘서 무척 다행이라고 생각했다.

세 사람은 적당한 장소를 찾기 위해 동네를 걷기 시작했다. 주변엔 5층 이상의 빌라와 상가 건물들이 많아서 일단 옥상 문이 열린 곳이면 어디든 가능해 보였다. 몇 군데 괜찮아 보이는 건물에 들어가서 규영에게 어떤지 물었다. 하지만 그는 그럴 때마다 난간이 미끄럽다든지 보기와 달리 너무 높다는 등의 이유로 거절하곤 했다. 해율은 인내심을 가지고 계속 찾으러 다녔지만, 영비는 점점 얼굴에 짜증을 드러냈다.

그렇게 그들은 한 시간 반 만에 드디어 장소를 정했다.

그곳은 5층 높이의 어느 상가 건물이었다. 옥상으로 올라오자 바람도 거의 불지 않았고, 주변도 무척 조용했다. 무엇보다 좁은 철제 난간이 아닌 1m 높이의 콘크리트 벽으로 둘러쳐져 있어서 걷기에도 부담이 덜했다. 물론 그렇다고 쉽다는 얘긴 결코 아니었다. 어쨌거나 그곳은 높이가 20m나 되는 건물 옥상이었기 때문이다.

규영은 도전하기에 앞서 충분히 몸을 풀었다. 시간은 넉넉히 20분이나 남아서 급하게 서두를 필요는 없었다. 옥상 가장자리는 가장 짧은 면이 대략 8~9m 정도였다. 그것도 나쁘지 않았다. 다만, 한 가지 마음에 걸리는 건 난간벽의 폭이었다. 벽의 폭이 딱 한 뼘 정도여서 성인 한 명이 올라서기엔 좁아 보였다. 규영은 체격이 큰 편이라 아마 올라서면 더 좁게 느낄 것 같았다. 하지만 그것도 철제 난간에 비하면 감지덕지해서 그는 더 이상 불평하지 않기로 했다.

"촬영은 해율이 네가 할래?"

영비가 불쑥 물었다.

"응."

폰을 꺼내던 해율은 문득 의문이 들어 영비를 바라봤다.

"갑자기 생각났는데, 이거 대체 누가 보고 판단하는 거지? 챌린지가 성공했는지 실패했는지 말이야."

어쩌면 당연한데도, 그들은 그 부분에 대해선 미처 생각을 못 했다.

"그러고 보니 그러네. 누군가 실시간으로 우릴 지켜봐야 챌린지의 성공 여부를 알 테니까."

규영은 말하고 나서 괜히 주변을 두리번거렸다.

"맞아. 이 챌린지를 관리하는 누군가가 분명 존재할 거야. 그걸 뭐라고 불러야 할지 잘 모르겠지만."

"귀신 같은 건가? 아니면, 외계인? 절대자?"

"잘 모르니까 일단 '관리자'라고 부르자."

"관리자? 왠지 어울리네."

"그렇다면 혹시 그 관리자가 보라를…… 죽인 걸까?"

일순 침묵이 흘렀다.

해율은 보라가 혼자서 익사했을 리 없다는 생각에 한 말이었지만, 아무래도 괜한 말을 꺼낸 것 같아 후회됐다.

"난 잘 모르겠다. 별로 생각하고 싶지도 않고."

영비가 침묵을 깨고 말했다.

"아무튼 할 거면 빨리 해 버리는 게 좋을 것 같아."

"응, 그래."

이윽고, 규영이 난간벽 쪽으로 다가갔다. 그는 올라가기 전에 문득 두 사람을 돌아보며 말했다.

"근데 말이야. 만약 내가 성공하고 해율이 널 지목 안 하면 챌린지는 끝나는 건가?"

"글쎄. 잘 모르지만, 그렇지 않을까?"

"제발 그랬으면 좋겠다. 이제 챌린지라면 지긋지긋하거든."

드디어 규영이 난간벽 위로 올라갔다. 해율과 영비는 긴장한 얼굴로 그를 올려다봤다. 시간은 이제 15분 정도 남은 상황이었다.

"영비 넌 남은 시간을 확인해 줘."

"알았어."

해율은 자신의 휴대폰으로 규영의 모습을 촬영하기 시작했다. 규영은 벽 위로 올라가긴 했지만 불안한지 아직 일어서진 못했다.

규영은 무심코 아래를 내려다봤다. 20m라곤 하지만, 그에겐 까마득한 높이였다. 저 밑으로 떨어졌다간 다리 하나 부러지는 정도로 끝나지 않을 게 분명했다. 운이 좋으면 불구가 되거나 아니면 죽을 수도 있었다. 규영은 마치 죽음이 자신의 발밑에서 손짓하고 있는 것만 같았다.

"파이팅! 긴장하지 말고 천천히 해."

해율의 응원에도 규영은 여전히 긴장한 표정으로 앉아 있기만 했다.

그 사이 3분이 지났지만, 그는 나아갈 생각을 하지 않았다.

영비는 답답한 듯 시계만 봤고, 해율은 어떻게든 그가 용기를 낼 수 있도록 응원을 계속했다.

"괜찮아. 시간 아직 충분해. 차분하게, 알았지?"

"저기 근데, 이거 앉은 상태로 조금씩 이동하면 안 되나?"

규영은 말하고 나서 조금 창피한 듯 쑥스러운 표정을 지었다.

"아마 안 될걸? 챌린지 영상에 나온 사람들 모두 서서 걸어갔거든. 규칙에도 걸으라고 되어 있었고."

"아……."

"영비 말이 맞는 것 같아. 그렇게 쉬우면 챌린지를 하는 의미가 없을 테니까."

규영은 크게 심호흡을 한 번 하고서 결심이 섰는지 드디어 자리에서 일어섰다.

"좋아, 간다."

"파이팅! 장규영!"

"난 할 수 있다. 난 할 수 있다. 이까짓 거 별것 아니야."

규영은 자신감 있게 말한 것과 달리 아주 조금씩 이동하기 시작했다. 그마저도 발을 아예 바닥에 붙인 상태로 움직이는 거라 보는 이로 하여금 답답함과 위태로움을 동시에 느끼게 했다. 고작 30cm를 이동하는데도 1분이 넘게 걸렸다.

"와, 실화냐? 굼벵이도 저거보단 빠르겠다."

영비가 어이없다는 얼굴로 말했다.

해율은 그녀에게 눈치를 주며 응원을 계속했다.

"그래, 잘하고 있어! 그런 식으로 천천히!"

"후우-. 후우-. 후우-."

규영은 움직임에 비해 호흡이 무척 거칠었다. 사실 쪽팔려서 말은 안 했지만, 그는 고소공포증이 무척 심한 편이었다.

"자, 잠깐, 쉬자."

규영은 다리가 풀렸는지 그 자리에 주저앉아 버렸다. 1m도 움직이지 않았는데, 걸린 시간은 무려 3분 40초나 됐다. 해율은 쉬면 안 된다는 말을 차마 꺼낼 수가 없었다.

"쉬긴 뭘 쉬어! 이러다간 시간 내에 성공 못 한다고!"

영비가 답답한 듯 소리쳤다.

해율도 이번엔 규영의 편을 들어줄 수가 없었다.

"조금만 쉰다고! 아직 시간 충분하다며!"

"시간이야 충분하지. 근데 네가 너무 느리잖아. 그 속도로 갔다간 아마 날 새기 전에도 못 끝낼걸?"

"규영아, 조금만 더 속도를 내 봐."

"그게 말처럼 쉬운 줄 알아? 니들이 여기 올라와 보라고! 누군 빨리 안 가고 싶어서 안 가는 줄 알아?"

규영이 화난 목소리로 말했다.

"알았어. 알았으니까 그만 쉬고 가라. 이제 7분밖에 안 남앉어."

"야, 넌 믿지도 않는다면서 웬 설레발이야?"

규영이 투덜대며 영비에게 말했다.

"답답해서 그런다. 답답해서. 됐냐?"

"쳇!"

규영은 하는 수 없이 자리에서 일어섰다. 그는 크게 심호흡을 한 후에 또다시 굼벵이 보법으로 전진하기 시작했다.

해율도 이젠 슬슬 긴장됐다. 아직 3분의 1도 못 간 상태에서 시간은 빠르게 흘러가고 있었다. 어느새 그녀의 손은 땀으로 젖어 있었다.

규영은 자기도 답답했는지 아까보단 좀 더 속도를 내 봤지만, 그래도 시간 내에 도착하기에는 턱없이 부족했다.

"이제 2분밖에 안 남았어!"

영비가 소리쳤다. 어느새 시간이 벌써 그렇게 되고 말았다.

하지만 규영은 아직 절반밖에 건너지 못한 상태였다.

해율은 초조해지기 시작했다.

7

규영은 여전히 속도를 내지 못했다. 거기다 조금 전부터 건물 사이로 바람까지 불어와 그를 더욱 불안하게 했다.

"규영아! 할 수 있어! 겁먹지 마!"

"이대론 시간 내에 절대 못 건너! 눈 딱 감고 한 번에 빠른 걸음으로 가라고!"

"그게 쉬웠으면 벌써 그렇게 했지!"

"하! 미친!"

영비는 포기한 채 시계만 바라봤다.

이제 남은 시간은 1분이었다.

규영은 자기도 모르게 또다시 밑을 내려다봤고, 순간, 눈앞이 아찔해졌다. 그 짧은 순간에 그는 자신이 떨어지는 상상을 하고 말았다.

"안 돼! 밑에 보지 마!"

해율이 소리쳤다.

"30초 남았어!"

영비도 이젠 마음이 급해졌다.

규영은 이를 악문 채 고개를 들었다. 죽음의 공포와 맞서 싸우지 않고서는 이 챌린지를 성공할 수가 없었다. 어떻게든 결단을 내려야만 했다.

"에이 씨! 모르겠다!"

규영은 양팔을 옆으로 벌린 채 빠른 걸음으로 앞만 보며 성큼성큼 걸어갔다. 그의 놀라운 변화에 해율과 영비는 깜짝 놀랐다.

"잘한다! 계속 그렇게 가!"

"씨발, 이까짓 거! 내가 겁낼 줄 알아!"

한 번 공포를 이겨내자, 더 이상은 두렵지 않았다. 규영은 언제 그랬냐는 듯 자신감 있게 끝을 향해 나아갔다.

"할 수 있다! 할 수 있어!"

"다 왔어! 조금만 힘내!"

이제 성공이 눈앞에 있었다.

몇 걸음만 가면 챌린지를 끝낼 수 있었다.

♬♪♩~

그때, 규영의 휴대폰으로 전화가 걸려 왔다.

빠르게 걷던 그는 바지 뒷주머니에서 울리는 노랫소리와 진동 때문에 순간 당황하고 말았다. 불쑥, 잊고 있던 공포가 그를 찾아왔다. 그리고 그 순간, 기다렸다는 듯 죽음이 그의 발목을 붙잡았다.

"아, 씨……!"

규영은 어떻게든 무너지는 균형을 잡으려고 안간힘을 썼다. 하지만 그 노력은 오히려 더 큰 불균형을 만들어 낼 뿐이었다.

해율은 그가 시야에서 사라지는 것을 망연히 지켜볼 수밖에 없었다. 너무나 순식간에 벌어진 일이라 비명을 지를 새도 없었다. 그냥 문자 그대로 "허억." 하는 바람 빠지는 소리 밖에 나오지 않았다.

"규영아……."

해율은 머릿속이 하얘지는 것을 느꼈다. 마치 뇌가 기능을 멈춘 것만 같았다.

다시 정신이 돌아오기까지 불과 몇 초밖에 걸리지 않았지만, 해율은 그 사이 몇십 분이 지난 것처럼 느껴졌다.

영비는 충격을 받았는지 아무 말이 없었다.

해율은 벽 쪽으로 걸어갔다.

"아, 아직 몰라."

"뭐?"

"규영이…… 괜찮을지도 모른다고."

"……!"

해율은 그렇게 믿고 싶었다. 어쩌면 규영이 떨어질 때 상가 간판을 붙잡았을지도 모른다고, 어쩌면 가득 쌓인 쓰레기 더미 위로 떨어져서 크게 다치지 않았을지 모른다고, 어쩌면 다리 정도 부러지고 간신히 목숨만은 건졌을지도 모른다고, 그녀는 계속해서 머릿속으로 기적 같은 일들을 떠올렸다.

해율은 난간벽 밖으로 머리를 내밀어 밑을 내려다봤다. 가로등 불빛 아래에 규영이 엎드려 있었다. 그녀는 그 1초도 안 되는 짧은 순간에 모든 판단을 끝마쳤다.

규영은 이미 죽었다. 머리가 부서진 채로.

해율은 뒷걸음질 치며 손으로 입을 틀어막았다.

그 모습만으로도 영비는 그녀가 무엇을 봤는지 알 수 있었다.

"우웩-!"

해율은 허리를 구부린 채 바닥에 토했다. 토하고 나니 정신이 조금 맑아지긴 했지만, 뒤이어 서서히 밀려오는 공포로 또다시 생각이 마비되고 말았다.

그때, 영비가 그녀에게 다가왔다.

"해율아, 어떡해……. 어떡하냐고!"

그녀는 흥분한 목소리로 해율을 다그쳤다.

"나, 나도 모르겠어."

"인제 와서 모른다고 하면 어떡해!"

"……."

"날 불러낸 건 너잖아!"

"미, 미안. 나도 이렇게 될 줄은……."

"아이, 씨발. 진짜!"

영비는 울상을 지은 채 짜증 섞인 투로 말했다.

해율은 이대로 있으면 안 되겠다고 생각했다. 지금 당장 이 상황을 해결하지 않으면 더 큰 파국으로 치닫게 되리라는 걸 그녀는 알고 있었다.

해율은 휴대폰을 들어 통화 버튼을 눌렀다.

"지금 어디다 전화 거는 거야?"

영비가 놀라서 그녀를 쳐다보며 말했다.

"신고하려고. 우리가 수습할 수 있는 일이 아니잖아."

"자, 잠깐만!"

영비는 급하게 그녀의 통화를 가로막았다.

"왜 그래?"

"전화해서 뭐라고 하게? 우리끼리 챌린지 하다가 친구가 떨어져 죽었다고 하려고?"

"⋯⋯."

"그랬다간 우리 인생도 같이 끝장나는 거야!"

"아냐. 그렇지 않아. 내가 경찰한테 다 설명할게. 그럼 이해해 줄지도⋯⋯."

"너 바보야? 어른들이 우리 말을 믿을 것 같아? 어떻게든 규영이의 죽음을 우리랑 엮으려고 할 게 뻔하잖아!"

"그럼 어떻게 해? 이대로 도망치자고?"

"⋯⋯."

"난 절대 그렇게 못 해. 게다가 우리가 직접 떠민 것도 아니잖아."

"넌 괜찮을지 모르지만, 난 아냐. 난 아이돌 연습생이란 말이야. 이 사건이 알려지면, 내 인생은 그대로 끝이야. 데뷔 따윈 꿈도 못 꾼다고!"

"그럼⋯⋯ 어떻게 하자고?"

영비는 대답하지 못했다. 대신, 눈빛으로 친구에게 도와 달라고 말했다.

해율은 잠시 고민하다가 입을 열었다.

"그럼 넌 가. 내가 남아서 경찰한테 설명할게."

"그래도⋯⋯ 돼?"

"응. 널 불러낸 건 나니까, 내가 책임져야지. 네 얘긴 안 할 테니까 걱정하지 마. 나랑 규영이 둘이 했다고 할게."

영비는 내심 바라던 바였으나 막상 가려니 쉽게 발이 떨어지지 않았다.

그러자 해율이 어서 가라며 그녀의 등을 떠밀었다.

"빨리 가. 어서!"

"미안해."

영비는 잠시 주저하다가, 결국 먼저 옥상을 내려갔다.

해율은 신고하려다가 문득 생각이 나서 자신이 찍은 동영상을 확인했다.

영상 속에 영비의 모습은 찍히지 않았지만, 중간에 목소리가 들어가 있었다. 경찰은 그것을 근거로 한 명이 더 있었다는 걸 알아챌 것이 분명했다. 일단은 그것부터 없애야 했다. 해율은 동영상 편집기를 이용해서 음성 제거 버전을 새로 만든 후 원본을 삭제했다. 동영상을 아예 삭제하는 게 최선이었지만, 그랬다간 자신이 억울한 누명을 쓸지도 몰라서 증거인 동영상만은 남겨 둬야 했다.

그녀는 동영상 작업을 끝낸 후 119에 전화를 걸었다. 경찰과 소방대원이 오기 전까지 그녀는 잠시 옥상에서 기다리기로 했다. 지금은 규영의 시신과 마주할 자신이 없었다.

8

그날 낮에, 해율은 학교에 가지 않은 대신 경찰서에서 조사를 받았다.

그들은 해율이 말한 챌린지의 규칙에 대해선 믿지 않았지만, 규영이 챌린지를 하다가 실수로 발을 헛디뎌 죽은 것만은 인정하는 분위기였다. 그 장면이 고스란히 동영상에 담겨 있었기에 의심의 여지가 없었다.

하지만 그렇다고 해서 모든 게 해율의 생각대로 된 건 아니었다. 담당 형사는 역시나 동영상에 음성이 제거된 것을 문제 삼았다. 해율은 어떻게든 의심을 피해 가려고 노력했지만, 베테랑 형사의 눈에는 그녀가 거짓말하는 게 훤히 보였다.

형사는 한숨을 내쉬고서 해율을 바라봤다.

"일단 네 휴대폰은 증거물로 압수할 거야. 국과수에서 디지털포렌식 작업을 거치면 삭제된 원본을 복구할 수 있을 거다. 네 말이 사실인지는 그때 가서 보자꾸나."

해율은 숨이 턱 막혔다. 자신의 잔머리로는 여기까지가

한계라는 걸 깨달았다. 애초에 고등학생이 경찰을 속일 수 있다고 생각한 것부터가 어리석은 생각이었다.

그녀는 조사를 마치고 집으로 돌아왔다. 부모님은 딸이 이런 큰일에 휘말리자 충격을 금치 못했다. 그들은 당분간 딸에게 근신 처분을 내렸고, 해율은 군소리 없이 받아들였다. 집에 있는 동안 그녀는 몇 번이나 노트북으로 영비에게 메시지를 보내려다가 그만뒀다. 경찰한테 한 거짓말이 아무래도 들통난 것 같다고 얘기하는 게 두려웠기 때문이다. 하지만 그런 건 휴대폰이 없는 것에 비하면 문젯거리도 아니었다.

"이번이 내 차례인데 어쩌지? 휴대폰을 빼앗겨서 동영상이 와도 확인할 수가 없잖아!"

딩동 어플은 PC 버전이 없어서 노트북으로 확인할 수도 없었다. 결국, 해율은 아무것도 하지 못한 채 시간만 계속 흘려보냈다.

얼마 후, 그녀는 화들짝 놀라며 침대 위에서 눈을 떴다.

"헉! 몇 시지?"

잠깐 눈을 붙인다는 게 그만 푹 자 버리고 말았다. 전날 한숨도 못 잔 탓에 피로가 무척 심했는데, 그나마 푹 자고 일어나서 그런지 컨디션은 조금 나아졌다. 하지만 이런 상황에서 낮잠을 길게 잤다는 게 그녀는 몹시 못마땅했다.

해율은 짜증을 내며 침대에서 일어나 노트북이 있는 책상으로 걸어갔다. 지금은 그거라도 봐야 답답함을 조금이나마 해소할 수 있을 것 같았다. 절전모드 상태의 노트북을 켜자, 작업 표시줄 위에 메일이 한 통 왔다는 알림이 떴다. 그녀는 무심코 메일함을 클릭했다.

✉️ 규영 　　　　　　(제목 없음)

받은 메일함에 보낸 사람의 이름을 확인한 순간, 그녀는 등골이 오싹해졌다. 설마 이런 식으로 자신에게 알릴 거라 곤 예상하지 못했기 때문이다. 해율은 이로써 두 가지를 확실히 알 수 있었다. 한 번 지목당한 사람은 어떤 식으로든 메시지를 받게 되며, 그렇다는 건 챌린지에 참여한 사람은 누구도 빠져나갈 수 없다는 뜻이었다.

그녀는 한참을 망설이다가 마침내 메일 제목을 클릭했다. 거기엔 내용은 없었고, 동영상 첨부파일만 들어 있었다. 해율은 첨부된 동영상을 내려받고서 그것을 재생했다. 시작된 영상에서는 규영이 어두운 표정으로 카메라를 바라보고 있었다. 장소는 역시 옥상이었다. 잠시 후, 규영이 카메라를 보며 말했다.

"다음 도전자는 박해율. 도전 과제는 3번입니다."

규영의 감정 없는 목소리는 마치 그가 귀신임을 말해 주는 것 같아 해율은 꺼림칙했다.

"3번이면 물속에서 숨 참기인데……. 잠깐! 근데 이 메일 언제 온 거지?"

해율은 왠지 불길함을 느끼며 메일이 온 시간을 확인해 봤다.

아니나 다를까,

"12시라고? 안 돼!"

하필 그녀가 막 잠이 들었을 때 메일이 왔다. 지금이 오후 4시 30분이므로, 앞으로 남은 시간은 1시간 30분이었다. 해율은 갑자기 식은땀이 나기 시작했다. 지금껏 가장 오랫동안 숨을 참았던 기록이 고작 30초였기 때문이었다. 그것도 하고 나서 머리가 심하게 어지러웠는데, 챌린지에선 그보다 1분 30초를 더 참아야 한다. 해율은 시작하기도 전에 절망감을 느꼈다.

"어떡해! 어떡하지! 내가 무슨 수로 물속에서 2분을 버티냐고!"

해율은 안절부절못하며 방 안을 이리저리 돌아다니다가 끝내 영비에게 도움을 청하기로 결심하고서 그녀에게 메시지를 보냈다. 잠시 후, 메시지를 본 영비도 몹시 놀란 반응을 보였다. 그녀는 마침 수업이 끝난 터라 곧장 너희 집으로 가겠다고 했다. 해율은 그제야 조금 안심이 됐다. 부모님은 모두 일을 하러 나가서 그녀가 와도 문제 될 건 없었다. 해율은 영비가 올 때까지 그냥 기다리고 있을 수만은 없었다. 조금이라도 기록을 늘려야겠다고 생각한 그녀는 곧바로 화장실로 가서 숨 참기를 도전했다.

결과는 생각보다 더 형편없었다. 첫 시도는 20초였고, 계속해서 시도했지만, 30초대 초반을 왔다 갔다 할 뿐이었다. 게다가 하면 할수록 더 빨리 지쳐서 어쩔 수 없이 휴식 시간을 길게 가질 수밖에 없었다. 영비가 집에 온 건 그로부터 30분이 지난 후였다. 해율은 그녀가 마치 구세주처럼 느껴졌다.

"와 줘서 고마워."

"당연한 건데, 뭘. 어때? 시도는 좀 해 봤어?"

"응, 근데 잘 안돼. 간신히 30초를 넘기는 게 다야."

"어휴, 맙소사. 그러게 평소에 운동 좀 하지 그랬어."

"이런 일이 생길 줄 알았나."

"하긴."

"어떡하지? 이제 1시간 정도밖에 남지 않았는데, 그때까지 할 수 있을까?"

"무슨 소리야! 어떻게든 해야지! 내가 숨 참는 법을 알려 줄 테니까 그대로 따라 해."

"알았어!"

그들은 곧바로 도전을 시작했다. 영비는 자신의 휴대폰으로 해율의 도전을 촬영했다. 몇 번의 연습으로 익숙해진 건지, 아니면 영비가 가르쳐 준 방법이 통했는지, 해율은 이제 50초대까진 그럭저럭 해낼 수 있었다. 하지만 또다시 정체기가 오면서 기록은 계속 제자리걸음이었다.

"푸핫! 하아-. 하아-. 죽을 것 같아."

해율이 급하게 고개를 쳐들며 말했다.

"52초. 조금만 더 참아 보지 그랬어. 못해도 1분은 넘겨야 한다고."

"너무 괴로운 걸 어떡해."

"조금만 쉬었다가 다시 하자."

영비가 오고 나서 벌써 열한 번째 시도였다. 그녀가 오기 전에 했던 것까지 더하면 총 서른 번째 도전이었다. 해율은 무척 지쳐 있었다. 한 번 도전하고 나면 머리가 너무 어지러워서 몸이 휘청일 정도였다. 왠지 도전할 때마다 뇌세포의 숫자가 급격히 줄어드는 기분마저 들었다. 하지만 포기란 곧 죽음이기에 그녀는 싫어도 계속할 수밖에 없었다.

"근데, 나 한 가지 말할 게 있어."

해율이 좌변기에 앉아 쉬면서 영비에게 말했다.

"뭔데?"

"딩동 챌린지에서 우승하면 소원을 하나 들어준다는 거 말이야. 처음엔 그냥 괴담 같은 거라 생각해서 잊고 있었는데, 지금 생각해 보니까 그것도 진짜가 아닐까 싶어."

"그런가? 음, 그럴 수 있겠다. 실패하면 벌칙을 받는다는 것도 진짜니까."

"······."

"근데 갑자기 왜? 빌고 싶은 소원이라도 생겼어?"

"아니. 그냥 갑자기 생각나서 말해 본 거야. 근데, 만약 진짜로 소원을 들어준다면, 난······."

해율은 보라와 규영을 다시 살려 달라고 빌겠다는 말을 하려다가 그만뒀다. 왠지 그런 말을 해 버리면 눈물이 날 것 같아서였다.

"왜 말을 하다 말아?"

"아니야. 신경 쓰지 마."

해율은 한숨을 내쉰 후 자리에서 일어섰다.

"시간 없다. 다시 시작하자."

또다시 숨 참기 도전이 시작됐다. 해율은 이를 악물고 도전에 임했다. 혹시 어쩌면 그런 소원도 들어줄지 모른다는 막연한 기대감이 생기니 갑자기 마음가짐이 달라졌다. 생각해 보면, 지금껏 챌린지의 관리자는 잔인할 정도로 철저하게 규칙을 적용했다. 그러니 보상에 대한 약속도 당연히 지켜야 한다는 게 그녀의 생각이었다. 물론 어디까지나 그녀의 생각이었지만, 가능성이 아예 없는 것도 아니었다.

"푸핫!"

해율은 세면대에서 고개를 들고 영비를 쳐다봤다.

"얼마나 됐어?"

"1분 20초!"

영비가 깜짝 놀라며 말했다.

"정말?"

"갑자기 무슨 일이야? 아까랑 완전 다르잖아?"

"좋았어! 조금만 더 하면 될 것 같아."

해율은 자신감에 찬 얼굴로 말했다. 친구들을 다시 살려 내고 싶다는 강한 의지가 육체의 한계를 넘어설 수 있게 도와줬다.

"1분 48초!"

영비가 흥분해서 소리쳤다.

"하아- 하아-. 아깝다."

"거의 다 왔어. 조금만 더 하면 성공할 것 같아!"

해율은 완전히 기진맥진해서 쓰러지기 일보 직전이었다.

"남은 시간은?"

"14분 정도야."

"벌써?"

"이러다 쓰러지겠다. 조금만 쉬었다가 해. 이제 거의 다 왔으니까."

"아냐. 지금 페이스를 계속 유지하고 싶어. 진짜 될 듯 될 듯 안 되네. 딱 한고비만 넘으면 될 것 같은데."

해율의 말처럼 딱 한고비가 문제였다. 그 벽을 넘는 것이 죽을 만큼 힘들었다. 게다가 이미 체력도 바닥난 상태라 정신력으로 언제까지 버틸 수 있을지 알 수 없었다. 해율은 마지막 남은 힘을 모두 짜내서 앞으로 다섯 번 안에 성공하겠다고 다짐했다.

"1분 50초! 와, 아깝다!"

영비가 안타까워하며 말했다.

"1분 47초! 거봐! 좀 쉬자니까."

……

"1분 53초! 잘했어!"

……

"1분 55초! 아! 거의 다 됐는데!"

해율은 바닥에 주저앉아 거친 숨을 몰아쉬었다. 이제는 눈앞이 흐릿하기까지 했다. 정말 이러다가 죽을 것만 같았다.

"해율아, 괜찮아?"

"시간 얼마나 남았어?"

"3분 20초."

"그럼 쉬는 시간 30초를 빼면 2분 50초. 기회는 단 한 번이네."

"마지막이니까 좀 더 쉬어. 너 지금 상태로 하면 백 프로 실패야!"

"알았어. 그럼 2분 10초 남겨두고 시작하자."

"좋아."

"고마워, 영비야. 네가 와 줘서 큰 힘이 됐어."

"감사 인사는 성공하고 나서 해."

"응! 그럴게. 왠지 이번엔 할 수 있을 것 같아."

"어휴, 내가 다 떨리네."

"한 가지 부탁이 있어. 나 만약에 이번에도 못 참을 것 같으면 네가 내 머리를 손으로 눌러 줘. 못 올라오게."

"알았어!"

드디어 마지막 도전이 시작됐다. 해율은 무조건 해내고

말겠다는 각오로 세면대 물속에 머리를 집어넣었다. 조금 더 쉬었던 덕분인지 시작부터 여유로웠다. 그녀가 숨 참기 도전을 하면서 한 가지 깨달은 사실은, 이 순간만큼은 시간이 무척 더디게 간다는 것이었다.

"1분 지났어!"

옆에서 영비가 하는 말이 들렸다.

1초씩 시간이 흐를 때마다 폐는 점점 비명을 지르기 시작했다. 몸이 공기를 달라고 시위를 하는지 자꾸만 목구멍이 들썩였다.

'얼마나 지났지? 40초? 아니, 30초? 모르겠어. 괴로워!'

해율은 급하게 손을 휘저어 영비에게 자기 머리를 눌러 달라고 부탁했다.

곧바로 영비가 손을 집어넣어 그녀의 머리를 눌렀다. 이젠 정말로 한계였다. 더는 버틸 수 없을 것 같았다. 하지만 아직 성공했다는 영비의 신호가 없었다. 해율은 도저히 안 되겠는지 손을 휘저었다. 이대로 가다간 물속에서 호흡해 버릴 것만 같았다.

잠시 후,

"푸하핫!"

드디어 해율이 물 밖으로 고개를 들었다. 마지막 순간에 영비가 그녀의 머리채를 잡아 물 밖으로 끄집어냈다. 해율은 곧바로 쓰러지듯 바닥에 주저앉아 폐가 터질 정도로 숨을 몰아쉬었다.

성공이다. 이번엔 분명 해냈다. 해율은 기절할 것 같은 상황에서도 이번 도전이 성공했음을 직감했다. 모두 영비 덕분이었다. 그녀가 머리를 눌러 주지 않았다면, 이번에도 분명 실패했을 터였다. 해율은 천천히 고개를 들어 영비를 바라봤다.

"성공한 거지?"

"……."

그런데 영비의 표정이 이상했다. 당연히 기뻐할 줄 알았는데, 어째서인지 그녀는 말이 없었다. 순간, 해율은 등골이 오싹해졌다.

9

'실패한 건가? 내가 너무 일찍 나왔나?'

해율은 불안한 눈빛으로 영비의 대답을 기다렸다.

"아, 실수했다."

그런데, 영비의 입에서 뜻밖의 말이 튀어나왔다.

해율은 어리둥절했다.

"2분에 맞춰서 스톱워치를 누른다는 게 그만, 너무 딱 맞춰서 누르고 말았네."

"뭐? 그게 무슨 말이야?"

영비는 스톱워치로 사용한 자신의 휴대폰 화면을 보여 줬다. 거기엔 1분 58초에서 시간이 멈춰 있었다. 그것은 해율의 실제 기록이었다.

즉, 이번에도 실패했다.

하지만 해율은 이해할 수 없었다. 2초 정도면 억지로라도 버틸 수 있었는데, 어째서 영비는 미리 자신을 끄집어낸 것일까? 게다가 실수라니? 2분에 맞춰서 스톱워치를 누른다는 건 또 무슨 말인가? 그녀는 모든 게 의문스럽고, 혼란스러웠다.

"그게 대체 무슨 소리냐고!"

영비는 피식 웃더니 하는 수 없다는 듯 그녀에게 따라오라고 한 뒤 먼저 화장실 밖으로 나갔다. 해율은 영문도 모른 채 그녀를 따라 거실로 갔다.

거실에선 영비가 팔짱을 낀 채 서서 해율을 바라보고 있었다. 한데, 그 표정이 왠지 모르게 섬뜩해서 해율은 다가가기가 겁났다. 그녀는 적당한 거리를 둔 채 영비를 보며 말했다.

"무슨 일인지 설명 좀 해 봐."

"네가 성공하면 챌린지가 다시 나한테 넘어온단 말이야."

"그게…… 무슨 말이야?"

"남은 둘 중 한 명이 탈락할 때까지 챌린지는 끝나지 않아. 마지막 한 명이 남아서 성공해야 소원을 들어주거든."

"……!"

해율은 충격으로 잠시 할 말을 잃었다.

여전히 머릿속이 멍해서 지금 일어나고 있는 일이 마치 꿈처럼 느껴졌다.

"설마 진짜로 해낼 줄은 몰랐지. 그 짧은 시간에 말이야. 그냥 적당히 맞춰 주다가 결국 아쉽게 실패했다는 식으로 끝내려고 했거든. 근데 반전을 만들 줄이야. 너도 참 대단하다. 내가 막판에 얼마나 떨렸는지 알아?"

"그게…… 그런 뜻이었어?"

"나도 이렇게 돼서 유감이야. 네가 끝까지 몰랐으면 했는데."

영비는 말하고서 씁쓸한 미소를 지었다.

해율은 그제야 그동안 영비가 보여 줬던 행동이 이해되기 시작했다. 갑자기 딩동 챌린지 얘기를 꺼낸 것도, 끝까지 혼자만 챌린지의 규칙을 믿지 않았던 것도, 갑자기 마음이 바뀌어 규영의 챌린지를 보러 온 것도, 실은 다 계획이었다.

"처음부터 이럴 생각이었던 거구나. 그치?"

"응."

"대체 왜! 그깟 소원 따위가 뭐라고 친구들을……!"

영비는 그 말에 깊은 한숨을 내쉬었다.

"꿈이 없는 사람이 꿈을 좇는 사람의 심정을 어떻게 이해하겠니."

"아이돌이 되고 싶어서 그랬다고?"

"처음 소원을 빌 때 잘못 빌었지, 뭐야. 그때는 오직 오디션에 합격하고 싶은 마음뿐이었거든. 막상 합격하고 나니까 후회되더라. 그냥 최고의 아이돌이 되게 해 달라고 빌걸, 하고. 그래서 한 번 더 하기로 한 거야."

"이번이 두 번째라고? 우릴 완전히 속였구나!"

"속인 건 아니지. 그냥 얘길 안 했을 뿐."

"아이돌이 하고 싶으면 네가 노력해서 하면 되잖아!"

"그보다 더 쉬운 길이 있는데, 굳이 왜? 너라도 쉬운 길이 있으면 그걸 택하지 않겠어?"

"친구들을 제물로 삼아서 내 꿈을 이루겠다고? 난 죽어도 그렇게 못해."

"제물이라니. 말이 심하네. 내가 너희한테 억지로 시켰니? 너희가 좋아서 한 거 아냐. 기억 안 나? 난 너한테 하기 싫으면 빠지라고 했었어. 근데 네가 굳이 하겠다고 나서서 끼워 준 것뿐이잖아. 안 그래?"

해율은 그녀의 뻔뻔함에 경악을 금치 못했다.

"보라와 규영이, 걔들이 다 실패할 거란 걸 어떻게 안 거야?"

"그걸 내가 어떻게 아니. 보라는 그냥 평소에 생각 없이 사는 애니까 아마도 실패하지 않을까 하고 생각한 거지. 너도 숨 참기 해 봐서 알잖아. 얼마나 힘든지."

순간, 해율은 번뜩 떠오르는 것이 있었다.

"그때 그 전화! 네가 한 거 맞지? 규영이가 실수하게 만들려고."

"그게 그렇게 잘 먹힐 줄은 몰랐지. 쫄보 새끼. 그때는 진짜 짜증 나서 확 밀어 버리고 싶더라."

해율은 영비가 물속에서 자신의 머리를 끄집어낸 것을 떠올렸다. 그때도 그녀가 왜 그렇게 세게 잡아당기나 싶었다. 한데 인제 보니, 영비가 마음이 급해져서 그랬던 것임을 해율은 비로소 이해했다.

"난 그런 줄도 모르고 너한테 도와달라고 했으니, 스스로 무덤을 판 꼴이었네."

"너무 그러지 마. 나도 마음이 불편하단 말이야."

"난 그래도 널 친구라고 생각했는데."

"미안하게 됐다."

해율은 손을 들어 영비의 뺨을 후려치려고 했다.

그런데 그 순간, 갑자기 거실 분위기가 심상치 않았다. 그녀는 빠르게 주변을 둘러봤다. 뭔가 이상했다. 분명 아무것도 바뀐 것이 없는데, 이상하게도 거실이 달라 보였다. 그녀는 갑작스러운 이 낯선 분위기에 모골이 송연해지도록 두려움을 느꼈다.

뭔가가 다가오고 있다.

그게 정확히 뭔지는 몰라도,

확실한 것은

누군가를 데려가려 한다는 것이다.

그때, 영비가 해율에게서 한걸음 뒤로 물러섰다. 해율은 그녀의 표정이 굳어진 것을 보고 본능적으로 '그것'이 바로 등 뒤에 와 있음을 직감했다. 도망치기엔 이미 늦었다. 아니, 애초에 도망치는 건 불가능한지도 몰랐다.

해율은 통나무처럼 뻣뻣하게 서 있었다. 순간, 그녀의 어깨 위로 흉측한 손이 기어 올라왔다. 그녀는 마치 거대한 거미가 어깨 위에 앉은 것 같은 섬뜩한 기분을 느꼈다. 이윽고, 그녀의 등 뒤에서 뭔가가 몸을 일으켰다. 해율은 자신에게 드리워지는 그림자의 크기로 미루어 그것이 얼마나 거대한지를 가늠할 수 있었다.

그것이 해율의 뒤에서 허리를 숙여 그녀를 내려다봤다. 그녀의 눈에 제일 먼저 썩어 문드러진 피부와 지푸라기 같은 머리카락이 들어왔다. 눈 한쪽엔 고양이 눈처럼 생긴 눈동자가 두 개씩 박혀 있었고, 큼지막한 입 안에는 삐뚤빼뚤 자라난 종유석 같은 이빨이 빼곡히 들어차 있었다. 마치 악몽 속에서 튀어나온 듯한 그 흉측한 모습에 해율은 숨이 멎을 듯한 공포를 느꼈다.

"ㄱㅇㅇㅇ……."

그것은 침을 질질 흘리며 해율을 이리저리 살피기 시작했다. 마치 잡아가기 전에 그녀가 맞는지 확인하는 것 같았다. 해율은 이 불가해한 존재가 자신이 이름 붙인 '관리자'라는 걸 바로 알 수 있었다. 그렇다면 그에게 잡혀간 사람은 과연 어떻게 되는 걸까? 해율은 그 생각을 하자 오금이 저릴 정도로 무서워졌다. 그렇게 되니 차라리 챌린지를 하다가 죽는 편이 낫겠다는 생각마저 들었다.

관리자가 두려운 건 영비도 마찬가지였다. 그녀는 빨리

그가 해율을 데리고 눈앞에서 사라져 주기만을 바랐다.

'미안, 해율아. 난 이게 꼭 필요했어. 너희가 준 기회로 반드시 최고의 아이돌이 될게.'

영비는 그렇게 다짐하고서 해율에게 작별을 고하려고 했다.

그런데,

"어······?"

갑자기 관리자가 해율한테서 물러나더니 영비를 향해 다가오기 시작했다.

영비는 당혹스러운 얼굴로 그를 올려다봤다.

"왜 나한테 오는데? 내가 아니라 저쪽이라고!"

하지만 관리자는 그 말을 무시한 채 영비에게 다가가 그녀의 목을 콱 움켜쥐었다. 그러곤 그녀의 머리가 천장에 닿을 정도로 그녀를 번쩍 들어 올렸다. 영비는 허공에 매달린 채 버둥거리며 켁켁 숨을 내뱉었다.

"너······ 규칙······ 어겼다······."

관리자의 입에서 마치 쇠를 긁는 듯 소리가 흘러나왔다.

두 소녀는 그의 말을 듣고도 무슨 상황인지 이해하지 못했다. 어째서 챌린지에 실패한 해율이 아닌 영비를 택한 것인지, 갑자기 규칙을 어겼다는 건 또 무슨 말인지, 도저히 감이 잡히지 않았다. 그런데 그때,

"아······!"

해율은 문득 기억 하나를 떠올렸다.

그것은 처음 규영이 인터넷에 올라온 챌린지 규칙을 읽어 줄 때 했던 말이었다.

"또한, 다른 도전자의 챌린지를 직접적으로 방해해도 실패로 간주하여 벌칙을 받게 된다······."

해율은 그때 그 말을 생각 없이 흘려들었는데, 이 순간에야 비로소 이해됐다.

"네가 내 챌린지를 방해했잖아. 너만 아니었으면 성공할 수 있었는데, 네가 날 잡아당기는 바람에 실패한 거잖아. 그래서 관리자가 화난 거야."

"……!"

영비는 그제야 자신이 엄청난 실수를 저질렀다는 걸 깨달았다. 해율이 성공할까 봐 겁이 나서 한 행동이 자신을 나락으로 떨어뜨릴 줄은 꿈에도 몰랐다. 이럴 줄 알았으면 차라리 찾아오지 않는 건데, 그랬다면 해율은 스스로 자포자기해서 챌린지를 망쳤을 텐데, 하는 아쉬움이 밀려왔다.

하지만 이 모든 건 그녀의 욕심과 자만이 불러온 비극이라는 사실을 그녀는 마지막 순간까지 깨닫지 못했다.

관리자가 몸을 돌려 해율을 바라봤다. 그녀는 혹시라도 그가 마음을 바꿔 자신을 데려갈까 봐 덜컥 겁이 났다. 하지만 그의 입에서 흘러나온 말은 그녀의 예상과 전혀 달랐다.

"우승자……. 소원을 빌라……."

"내가? 내가 우승자라고?"

"어서……."

해율은 조금 어리둥절했지만, 이내 망설임 없이 소원을 말했다.

"보라와 규영이. 죽은 두 친구를 다시 돌려주세요."

"그ㅇㅇㅇ……."

관리자의 입에서 또 그 끔찍한 소리가 흘러나왔다.

해율은 자신이 너무 무리한 소원을 빌어서 그가 화난 것 같다고 생각했다. 아니나 다를까, 관리자가 손을 뻗어 해율의 얼굴을 움켜쥐었다. 거대한 손이 그녀의 얼굴을 완전히 감싸 쥐었다. 해율은 두려움에 몸이 떨려왔다.

　그 순간, 관리자의 손 안에서 엄청난 빛이 뿜어져 나왔고, 해율은 그 빛이 몸 안으로 흘러들어오는 것을 느끼며 결국, 정신을 잃고 말았다.

10

"넌 왜 말이 없어? 하기 싫어?"

보라가 해율을 보며 말했다.

해율은 그제야 정신이 번뜩 들었다.

"어? ……어?"

그녀는 어리둥절한 표정으로 친구들을 쳐다봤다. 바로 앞
에 보라와 규영이 나란히 앉아 있었다. 게다가 그곳은 그들
이 딩동 챌린지를 시작하기로 했을 때 있었던 햄버거 가게
였다. 해율은 혹시 꿈을 꾸는 게 아닌가 하는 의심이 들어
자기 입술을 깨물어 봤다. 너무 세게 깨물어서 입술이 얼얼
할 정도로 아팠다. 꿈이 아니었다. 정말로 소원이 이뤄졌다.
해율은 감정이 벅차올라 자기도 모르게 눈물을 흘렸다.

"야! 너 왜 울어?"

"해율아? 괜찮아?"

두 사람은 깜짝 놀라서 물었다.

"미안……. 갑자기 나도 모르게……."

"야, 왜 애를 울리고 그래?"

"내가 언제!"

"하여튼 너는, 쯧쯧!"

보라와 규영이 다투는 모습을 보자 그녀는 비로소 마음이 놓였다.

해율은 아무래도 자기가 빈 소원이 모든 것을 원래대로 되돌린 모양이라고 생각했다.

"미안. 나 때문에 싸우지 마. 그냥 갑자기 기분이 좋아서 그랬어."

"그냥 보라 때문이라고 솔직하게 말해도 돼."

"야! 너 진짜!"

"하하······. 아, 근데 왜 너희밖에 없어?"

"응? 그게 무슨 소리야? 누구 또 올 사람이 있나?"

"영비 말이야. 화장실 간 거야?"

두 사람은 대체 무슨 생뚱맞은 소릴 하냐는 듯 그녀를 쳐다봤다.

"뭐야, 갑자기 무섭게 왜 그래?"

"응?"

"영비라니? 걔가 누군데?"

"뭐야, 니들 지금 장난······. 아!"

해율은 그들의 표정을 보고서 오싹 소름이 돋았다. 정말로 영비에 대해서 모르는 듯했다. 그런 이름조차 처음 들어 본다는 반응이었다. 해율은 곧바로 자신의 휴대폰을 들어 메신저를 확인했다. 친구 항목에 영비라는 이름은 보이지 않았다. 또한 통화 목록에도, 연락처에도 영비의 이름이 지워져 있었다.

그녀는 그제야 깨달았다. 지금 이 세계에 권영비라는 존재가 완전히 사라졌음을. 아니, 사라진 게 아니다. 영비는 애초에 존재하지 않았다. 해율은 관리자가 정말로 엄격한 존재라는 걸 다시 한번 느꼈다. 만약 자신이 끌려갔다면, 영비처럼 자신도 이 세계에서 완전히 지워졌을 터였다. 그건 어쩌면 죽음보다 더 무서운 일일 수도 있었다.

"영비가 누군데?"

보라가 심각한 얼굴로 그녀를 보며 말했다.

"네 등 뒤에 있는 애 말이야."

해율이 손으로 보라의 뒤쪽을 가리키며 말했다.

보라는 비명을 지르며 냉큼 돌아봤지만, 거기엔 아무도 없었다. 그녀는 소름 돋은 얼굴로 장난치지 말라고 소리쳤다.

"미안. 장난 좀 쳐봤어."

"해율이, 너 설마 이걸 위해서 좀 전에 눈물까지 흘린 거야? 우와! 빌드업 오졌다! 개소름!"

해율은 멋쩍은 얼굴로 그냥 웃기만 했다.

규영은 보라를 놀리려고 슬슬 시동을 걸기 시작했다.

"아깝다. 보라 놀라는 장면 휴대폰으로 찍어 두는 건데."

"그걸 왜 찍는데!"

"우울할 때마다 꺼내서 보려고. 완전 웃기잖아……. 꺄아악!"

"너 죽는다, 진짜?"

둘이 친남매처럼 티격태격하자, 해율은 흐뭇한 미소를 지었다.

비록 지금 이 자리에 영비는 없었지만, 그녀는 그 어느 때보다도 행복했다.

"아 참, 아까 하던 얘기 말인데, 넌 생각 없어?"

갑자기 보라가 해율을 보며 말했다.

"응? 뭘?"

"딩동 챌린지! 그거 할 거냐고?"

순간, 해율의 표정이 굳어졌다.

설마 그 말을 또 듣게 되리라곤 생각지 못했다. 세상이 한 번 리셋되고 나서도, 딩동 챌린지가 계속 존재한다니. 그러고 보니 영비도 두 번째 도전이라고 했었다. 그 말인즉, 어쩌면 이 챌린지는 끝없이 반복되는 것일 수도 있었다.

'만약 그렇다면, 나는 이 유혹을 계속 뿌리칠 수 있을까?'

해율은 대답을 기다리는 친구들을 그저 멍하니 바라볼 수밖에 없었다.

네발 달린 짐승

신진오

1

――

현실에 지옥이 있다면, 그건 엄마에게 성적표를 보여 주는 시간일 것이다.

희정은 문득 그런 생각을 했다.

"이걸 성적이라고 가져왔어? 이 점수론 A대 의대는커녕, B대 의대도 못 가. 네 언니를 좀 봐. 중학교, 고등학교 한 번도 1등을 놓쳐 본 적이 없어. 근데 넌 대체 누굴 닮아서…… . 어휴, 말을 말자."

해숙은 희정의 성적표가 마치 혐오스러운 벌레라도 되는 듯 툭 던져 버린 채 불쾌한 표정을 지었다. 희정은 바닥에 떨어진 자신의 성적표를 물끄러미 바라봤다. 엄마가 그렇게 질색하는 희정의 성적은 사실 꽤 높은 편이었다. 이번 시험만 봐도 그녀의 성적은 전교 15등이었다. 하지만 엄마의 기준에는 한참 못 미쳤다. 그도 그럴 것이 엄마는 A대 출신이었고, 언니 수진도 현재 A대 법대를 다니고 있었기 때문이다. 그러니 자연스레 엄마의 눈높이는 높을 수밖에 없었다.

"엄마! 그만 좀 해! 희정이도 최선을 다했다고! 지금 성적으로도 충분히 좋은 대학 갈 수 있어. 꼭 A대에만 가야 하는 건 아니잖아!"

보다 못한 수진이 대신 나서서 말했다. 그녀는 엄마가 동생한테만 유독 가혹하게 구는 것이 늘 못마땅했다. 자신도 엄마의 등쌀에 떠밀려 어쩔 수 없이 A대 법대에 들어갔기에 누구보다 동생의 마음을 잘 알고 있었다. 그래서 더욱 동생 편을 들어주고 싶었다.

하지만 희정은 오히려 그런 언니가 더 얄미웠다. 자기는 A대생이니까 저렇게 말할 수 있는 거다. 애초에 언니가 A대에 들어가지만 않았어도 내가 이런 부담감을 짊어질 필요는 없는 거 아닌가. 하필 공부 잘하는 언니를 둬서 매번 비교나 당하고……. 희정은 그런 생각에 사로잡혀서 언니의 마음을 순수하게 받아들일 수 없었다.

"얘가 너만큼만 했어도 내가 이러겠니? 저걸 성적이라고……. 나 참, 기가 막혀서. 윤희정! 다른 대학 갈 생각, 꿈에도 하지 마. A대 아니면 무조건 재수해. 알았어?"

"엄마! 제발 좀!"

희정은 수진의 말을 끝으로 그만 자리에서 일어섰다.

해숙은 대답 안 하고 어딜 가냐며 또다시 그녀를 나무랐다.

"방에 들어가서 공부할게."

희정은 기운 없는 목소리로 그렇게 말하고는 엄마를 무시한 채 방으로 들어가 버렸다.

하지만 방에 들어왔다고 공부가 될 리 없었다. 밖에선 여전히 엄마와 언니가 설전을 벌이고 있었다. 희정은 귀에 이어폰을 꽂은 채 그냥 책상 위에 엎드렸다. 그러곤 어두컴컴한 방 안에서 작은 소리로 죽고 싶다는 말만 반복했다.

2

"희정아, 너 그거 알아? 시니의 저주술."

쉬는 시간에 옆자리 민영이 대뜸 그런 말을 해서 희정은 고개를 갸웃했다.

시니란 말도 처음 듣는데, 저주술이라니. 이게 대체 무슨 소린가 싶었다.

"난 처음 들어 봐. 그게 뭐야?"

민영은 역시 모를 줄 알았다며 의미심장한 미소를 지었다.

"요즘 엄청 핫한 거거든. 넌 공부만 하니까 모를 테지만."

"무슨 챌린지 따라 하기 그런 건가?"

"그런 유치한 게 아냐. 이건 주술이라고. 그중에서도 남에게 저주를 거는 저주술! 시니님에게 빌면 우리도 그 저주술을 쓸 수 있대."

"그걸 써서 뭣하게?"

"뭐 하긴! 짜증 나는 인간들한테 복수하는 거지."

희정은 시큰둥한 얼굴로 다시 시선을 책으로 돌렸다.

요즘은 정말 이상한 놀이나 밈이 넘쳐나는 것 같다고 그녀는 생각했다.

"부럽다. 그런 쓸데없는 짓을 할 여유도 있고. 난 매일 공부하느라 잠잘 시간도 없는데."

희정이 그렇게 말하자, 민영은 또다시 묘한 미소를 지었다.

그녀는 희정 쪽으로 몸을 살짝 기울이며 말했다.

"꼭 복수하는 것만 있는 게 아냐. 그 저주술 중에는 시험 문제의 답이 보이게 하는 것도 있어."

엉터리 같은 소리라는 걸 알면서도 희정은 왠지 모르게 호기심이 생겼다.

"말도 안 돼. 그런 게 될 리 없잖아."

"모르지. 누군가는 해냈을지. 근데 어려운 만큼 효과는 확실하대."

"그게 그렇게 어려워? 어떻게 하는 건데?"

"후훗-. 궁금해할 줄 알았어. 우선, 네발 달린 짐승을 찾아야 해. 뭐가 됐든 상관없어. 개, 고양이, 쥐, 돼지, 소 등등. 무조건 네발 달린 짐승이면 돼."

"그래서?"

"그 짐승을 잡아서 죽여. 그러곤 두 눈을 뽑아."

희정은 윽! 소리를 내며 인상을 찌푸렸다. 아무래도 괜히 얘기해 달라고 한 것 같았다.

하지만 민영은 신이 나서 떠들었다.

"뽑은 눈알과 함께 바꾸고 싶은 사람의 이름을 종이에 적어서 상자에 넣어. 그러곤 상자를 불태우는 거야."

"바꾸고 싶은 사람이라니? 설마……?"

민영은 고개를 끄덕이고서 얘기를 계속했다.

"여기서부터가 중요해. 자정이 지나면 방 안에 불을 끄고서 촛불 하나만 켜 놔. 그리고 거울을 보면서 이 주문을 외우는 거야."

붉은 달밤에 시니를 받사옵니다. 납시어 저의 한을 풀어주소서.

"그런 다음 네 피를 거울에 묻히고서 이렇게 세 번 말해."

환혼대명 환부작신, 환혼대명 환부작신, 환혼대명 환부작신.

"마지막으로 그 거울을 깨트리면 의식은 끝나. 주술이 성공하면 하늘에 붉은 달이 뜬대. 그 달은 시술자에게만 보이는 거고."

희정은 저도 모르게 이야기에 몰입하고 말았다. 그녀는 마른침을 꿀꺽 삼켰다.

"그럼 종이에 이름이 적힌 사람은 한동안 눈이 멀게 되고, 시술자는 그 사람의 혜안을 얻어 시험을 잘 보게 된다는 거지. 어때? 흥미롭지?"

"그냥 괴담 같은 거네."

"괴담이라니! 시니님이 들으면 어쩌려고!"

민영이 장난스럽게 말했다.

희정은 일부러 관심 없는 척했다.

"흥, 유치해."

"근데 이게 몇 가지 주의사항이 있어. 첫 번째로 주술은 무한한 것이 아니라서 효력은 딱 한 번뿐이야. 다시 능력을 얻으려면 또 다른 제물을 찾아야 해. 이때 같은 종의 짐승은 다시 쓸 수 없어. 즉, 처음에 개를 썼다면, 개를 또 쓸 수 없는 거야. 고양이나 다른 것을 써야 해. 이건 주술이 실패했더라도 마찬가지야."

"복잡하네."

"두 번째는 마찬가지로……."

"됐어. 그만 들을래. 아무리 그래도 누가 그런 미친 짓을 하겠어. 안 그래?"

그러자 민영이 희정을 지그시 보며 말했다.

"간절히 원하는 사람이 있다면, 혹시 모르지."

희정은 왠지 그것이 자기를 두고 하는 말 같아서 기분이 썩 좋지 않았다. 그녀는 더는 듣고 싶지 않아 아예 블루투스 이어폰을 귀에 꽂으려고 했다.

그런데 그때, 갑자기 민영이 그녀의 손을 덥석 잡았다.

"야, 듣기 싫어도 이건 꼭 들어. 나도 얘기하다가 갑자기 끊는 거 싫으니까. 꼭 볼일 보고 나와서 밑 안 닦은 기분이란 말이야."

"하아-."

희정이 질렸다는 듯 한숨을 내쉬었다.

민영은 입술을 한 번 핥고서 말을 계속했다.

"이게 가장 주의해야 할 점인데, 주술은 반드시 세 번까지만 해야 해. 그 이상 주술을 행하면 그땐…… 아주 무서운 일이 일어나."

"무서운 일? 그게 뭔데?"

희정의 물음에, 민영은 짧게 대답했다.

하지만 그 대답에는 왠지 모를 오싹함이 담겨 있었다.

"시니가 찾아와."

3

시험을 또 망쳤다.

학원에서 모의고사를 봤는데, 스트레스 때문인지 오히려 점수가 전보다 더 낮게 나왔다. 희정은 엄마에게 또 깨질 걸 생각하니 벌써 두려움이 밀려왔다.

"너 미쳤니? 점수를 올려도 시원찮을 판에 오히려 더 떨어져? 이제 곧 수능인데 어쩌자는 거야? 대답해 봐. 대답하라고, 윤희정!"

엄마의 차가운 얼굴과 목소리를 떠올리니 갑자기 속이 뒤틀리는 것 같았다. 결국, 희정은 참지 못하고 화장실로 달려가 속에 있는 것을 모두 게워 냈다.

"어? 피!"

정신없이 토하고 나니까 토사물에 약간의 피가 섞여 있는 게 보였다. 아무래도 몸속에 문제가 생긴 모양이었다. 희정은 그럴 만하다고 생각했다. 잠도 세 시간밖에 못 자고, 먹는 것도 대충 챙겨 먹고, 극심한 스트레스를 받으며 공부만 했으니 몸에 문제가 안 생기면 오히려 그게 더 이상한 일이다.

"왜 이렇게까지 해야 하는 거지?"

희정은 변기 물을 내리며 깊은 회의를 느꼈다. 엄마는 희정을 위해서 A대에 가야 한다고 말하지만, 사실 그건 본인을 위한 일이라는 걸 희정은 잘 알고 있었다. 딸들이 자기처럼 모두 A대를 나와야 어디 가서도 자기 자신이 가장 빛나 보이기 때문이었다. 엄마는 주변 사람들의 그런 시선을 즐기는 사람이었다. 남들은 외제 차와 명품으로 자신을 과시한다면, 엄마는 오로지 학벌로 자신을 과시했다. 자기를 닮아서 딸들도 이렇게 머리가 좋다는 것을 남들이 알아주길 바라는 것이었다. 희정은 아빠가 엄마의 그런 점에 질려서 이혼을 결심했을 거라고 생각했다. 처음엔 그런 아빠가 무척 원망스러웠지만, 지금은 아빠의 마음을 충분히 이해할 수 있었다.

'대학만 가면 나도 엄마한테서 벗어날 수 있을까?'

하지만 그러기엔 A대의 벽은 너무도 높았다. 그녀의 능력으론 그 높은 곳을 뛰어넘을 수 없을 것 같았다. 이대로 가면 이번 수능시험은 불 보듯 뻔했다. A대 의대가 아니면 인정하지 않는 엄마는 결코 그녀를 다른 대학에 보내지 않을 것이고, 그렇다면 재수를 하는 수밖에 없는데, 그녀는 이 짓을 1년 더 했다간 미쳐 버리거나 죽을 수도 있겠다는 생각이 들었다.

"재수는 절대 안 돼! 꿈도 꾸지 마. 이 지옥을 어떻게 또 견뎌…… . 하지만, 다른 방법이…… ."

희정은 우두커니 서서 한동안 변기에 고인 물을 물끄러미 바라봤다.

수업을 마치고 돌아왔을 때, 집 안엔 언니만 있었다.

"어서 와. 저녁은 먹었어?"

"아니."

수진이 살갑게 맞아 줬지만, 희정은 무뚝뚝하게 대답했다.

"그럼 같이 먹을래? 김치볶음밥 해 먹을 건데."

"아니, 생각 없어."

"안 먹었다며? 배고플 거 아냐. 그러지 말고 같이 먹자?"

"싫대도."

"치! 안 먹으면 너만 손해지, 뭐. 나중에 달라고나 하지 마."

수진은 혼자 부엌으로 가서 요리할 준비를 했다.

희정은 요즘 언니만 봐도 괜히 짜증이 밀려왔다. 언니가 나쁜 건 아니지만, 그냥 계속 심술이 났다. 저런 여유로움조차도 그녀의 눈에는 마치 자신을 조롱하는 것처럼 보여 불쾌했다. 그녀 자신도 이것이 피해망상이라는 걸 알고 있으면서도 도저히 어쩔 수가 없었다.

희정은 책가방을 아무렇게나 던져 놓고서 정수기로 다가가 컵에 물을 따랐다.

"너 햄식이 얼마나 컸는지 볼래?"

수진이 물을 마시려는 동생을 보며 말했다.

그녀는 한 달 전에 엄마 몰래 햄스터를 데려왔다. 어렸을 적부터 동물을 좋아했던 수진은 늘 엄마에게 반려동물을 키우고 싶다고 졸랐지만, 동물이라면 끔찍이도 싫어하는 엄마 때문에 항상 거절만 당했었다. 공부를 아무리 잘해도 그것만은 절대로 들어주지 않았다. 그런데도 수진은 엄마에게 반항 한 번 하지 않았다. 그러던 그녀가 대학생이 되자 갑자기 달라졌다. 희정은 언니가 햄스터를 데려왔을 때 깜짝 놀라고 말했다. 언니의 그런 과감한 행동을 한 번도 본 적이 없었기 때문이다. 수진은 엄마에게 절대 비밀로 해 달라며 동생에게 신신당부했다. 어차피 희정은 동물에 전혀 관심이 없었기에 아예 신경조차 쓰지 않았다.

"어때? 우리 햄식이 많이 컸지?"

수진은 사육장 안에서 꺼낸 햄스터를 동생에게 보여 주며 말했다.

희정은 별 감흥 없이 그것을 바라봤다. 그녀의 눈에는 그저 처먹고 똥이나 싸는 털 뭉치일 뿐이었다. 대체 왜 이런 걸 키우나 싶은 생각밖엔 들지 않았다. 같은 자매인데도 두 사람은 달라도 너무 달랐다.

희정이 생각하기에 언니는 똑똑한 머리 말고는 엄마와 닮은 점이 하나도 없었다. 나머진 모두 아빠에게서 물려받은 것이었다. 반면, 그녀 자신은 언니와 정반대였다. 자신이 가장 싫어하는 엄마와 성격적인 면에서 거의 판박이 수준이었다. 처음엔 그 사실을 부정하려 했지만, 자기도 모르게 튀어나오는 그 차가운 성격과 마주할 때면 역시 피는 속일 수 없음을 인정할 수밖에 없었다.

'닮을 거면 엄마의 좋은 머리까지 닮지, 왜 그런 나쁜 것만 닮았을까. 언니는 저렇게 좋은 점만 물려받았는데, 왜 나만 이러냐고. 나만!'

"희정아? 너 괜찮아?"

수진의 목소리에 희정은 정신이 번쩍 들었다.

혼자 또 망상에 빠져 있었다. 최근에 이런 일이 종종 있었다. 생각이 한 번 꼬리에 꼬리를 물면 헤어나지 못하곤 했다. 그리고 항상 그 출발점은 비관적인 생각이었다.

"어……. 잠깐 딴생각하느라."

"요즘 많이 힘들지?"

언니가 또 위로의 말을 건넬 것 같아서 희정은 말을 돌렸다.

"엄마한테 안 걸리게 조심해."

"걱정 마. 우리 햄식이는 짖지도 않고 이렇게 사육장 안에서만 노니까 절대 엄마한테 걸릴 일 없어. 그리고 나 있지, 나중에 독립하면 꼭 고양이 키울 거다? 벌써 이름도 다 지어 놨어."

"독립한다고?"

"그래야지. 나도 성인인데. 엄마한테도 말해 뒀어. 대학 졸업하면 독립할 거라고."

"엄마가 허락했어?"

"허락 안 하면 어쩔 건데? 난 이미 성인이라고!"

"좋겠다, 언니는. 그렇게 다 마음대로 할 수 있어서."

또다시 속이 뒤틀렸다. 위장에서 피 냄새가 올라오는 것 같았다. 이제는 생각만 해도 몸이 반응하는 지경에 이르렀다.

"희정아? 너 진짜 괜찮은 거야?"

"나 그만 들어갈게."

희정은 물컵을 싱크대에 놔둔 채 책가방을 들고서 방으로 들어갔다.

수진은 그런 동생을 측은한 눈빛으로 바라봤다.

4

'제발 아무나 이 지옥에서 날 꺼내 줘.'

희정은 엄마의 잔소리를 들으며 생각했다.

학원 모의고사 성적표를 본 해숙은 마치 자신이 왜 이런 멍청한 애를 낳았을까 하고 후회하는 듯한 얼굴로 희정을 향해 차디찬 독설을 퍼부었다.

"끔찍하다, 정말. 다른 애들은 이번 모의고사 때 다 성적 올랐다는데, 어떻게 너만 이 모양이야? 내가 이런 걸 보려고 그 비싼 돈 내면서 학원 보내는 줄 아니? 이딴 쓰레기 쪼가리 당장 갖다 버려. 보고 있으면 눈이 썩을 것 같으니까."

희정은 죄인처럼 고개를 숙인 채 아무 말도 하지 못했다.

언니마저 집에 없는 터라 희정의 편을 들어 줄 사람은 아무도 없었다. 그래서인지 해숙은 평소보다 더 심하게 그녀를 다그쳤다.

"머리가 나쁘면 남들보다 배로 노력하든가. 넌 이 점수 받고 잠이 오니?"

"엄마는 내가 죽었으면 좋겠어?"

"뭐?"

해숙은 갑작스러운 딸의 질문에 황당한 표정을 지었다.

희정은 끓어오르는 감정을 참기 어려웠다.

"나 3시간밖에 못 자. 4시간 자던 거 1시간 줄인 거야. 근데 아예 잠도 자지 말라고?"

"뭘 잘했다고 말대꾸야? 3시간을 자든, 2시간을 자든. 네가 시험을 잘 봤으면 내가 이런 소릴 하겠어? 네 언니를 좀 봐. 나는 네 언니한테 이런 잔소리를 해 본 적이 없어! 근데 넌 도대체 어떻게 생겨 먹었기에……."

"아악!"

희정은 분노에 찬 비명을 질렀다.

그녀의 돌발행동에 해숙도 화들짝 놀라고 말았다.

"나도 그럼 언니처럼 낳든가! 왜 나만 이렇게 낳아 놓고 맨날 언니랑 비교하냐고! 왜!"

"뭐가 어째?"

"내가 엄마 딸인 게 그렇게 부끄러워? 못마땅해? 근데 있지, 나도 내가 엄마 딸인 게 싫어. 지긋지긋하다고!"

순간, 해숙의 얼굴이 차갑게 굳어졌다.

"그럼 그렇지. 그 인간 피가 어디 가겠어?"

"……!"

"무식한 게 자기 아빠를 쏙 빼닮았네. 이혼할 때 그냥 데려가라고 할걸."

희정은 그동안 자신을 잡아 주던 내면의 가는 실이 툭 끊어지는 것을 느꼈다.

결국, 그녀의 입에서 하면 안 되는 말이 튀어나오고 말았다.

"그거 알아? 언니도 나도 엄마한테서 도망치고 싶어 해.

아빠처럼 말이야."

짜악-.

희정의 얼굴이 크게 돌아갔다. 그녀는 잠시 정신이 멍했다. 곧이어 볼을 따라 한 줄기 눈물이 흘러내렸다. 분한 마음에 그녀는 입술을 꼭 깨물었다.

해숙은 뺨을 때리고서도 아직 분이 풀리지 않았다. 하지만 또다시 손찌검하진 않았다. 그런 저급한 짓은 한 번으로 족했다.

"당장 네 방으로 들어가. 꼴도 보기 싫으니까!"

희정은 분한 마음을 안고서 방으로 들어갔다. 너무 화가 나서 미쳐 버릴 것만 같았다. 도저히 이대로는 아무것도 할 수 없을 듯했다. 자신의 존재 이유가 완전히 부정당한 기분이었다. 그녀는 책상 위에 엎드려 흐느꼈다.

탈출구가 없다. 이대로는 희망이 보이지 않았다. 여기서 벗어나는 방법은 언니처럼 A대에 들어가서 독립하는 수밖엔 없는데, 그 길목에 커다란 벽이 가로막고 있었다. 그 벽을 넘는 건 그녀로선 역부족이었다. 아무리 생각해도 답이 보이지 않았다.

할 수만 있다면 커닝이라도 해서 점수를 올리고 싶은 심정이었다.

"……그 저주술 중에는 시험 문제의 답이 보이게 하는 것도 있어."

순간, 민영의 목소리가 귓가에 들리는 듯해서 희정은 오싹한 기분을 느끼며 고개를 들었다.

왜 하필 지금 그 기억이 떠오른 건지는 알 수 없었다. 어쩌면 무의식적으로 계속 그것을 염두에 두고 있었는지도 몰랐다.

"시니의 저주술……."

그녀도 그것이 허무맹랑한 일이라는 것쯤은 알고 있다. 저주나 귀신 같은 것은 산타할아버지를 믿는 것만큼이나 어리석은 짓이라고 생각했다.

그런데도 자꾸만 끌리는 것은 왜일까?

혹시나 하는 마음은 강렬한 호기심과 충동을 동반했다. 어쩌면 주술의 효력보다 그런 잔인하고 파괴적인 행동에 더 끌린 것인지도 몰랐다. 평소 같으면 생각조차 하지 않을 짓이었지만, 오늘만큼은 달랐다. 오늘은 무슨 짓이든 다 할 수 있을 것 같았다. 그것이 나쁜 짓이라면 더더욱.

"그 짐승을 잡아서 죽여. 그러곤 두 눈을 뽑아."

그녀는 어느새 언니 방에 들어와 사육장을 내려다보고 있었다. 마치 무언가에 홀린 듯한 기분마저 들었다. 사육장 안에선 작고 토실토실한 햄스터가 톱밥 위에서 꼼지락거리고 있었다. 희정은 아무 감정 없이 녀석을 바라봤다. 애초에 그녀는 동물에 대한 애정이 없었다.

언니는 과제 때문에 늦는다고 했으니 시간적 여유는 충분했다. 그녀는 사육장 뚜껑을 살며시 열었다. 그러곤 손을 집어넣어 조심스럽게 햄스터를 집어 들었다. 햄스터는 물거나 반항하지 않았다. 아마도 그녀를 언니로 착각한 모양이었다. 햄스터를 바라보던 그녀는 문득 이런 생각이 들었다.

'햄식이가 사라진 걸 알면, 언니는 어떤 기분일까?'

자기도 모르게 입꼬리가 슬쩍 올라갔다. 희정은 그제야 자신이 왜 이 짓을 하고 싶었던 것인지 깨달았다. 언니에게도 자기가 느끼는 고통을 나눠 주고 싶었다. 언니의 행복을 조금이라도 망가뜨리고 싶었다. 언니가 슬퍼하는 모습을 가까이서 보고 싶었다. 그것이 그녀가 바라는 것이었다.

"잘난 척하는 그 얼굴, 진짜 역겨워."

뚜둑-.

순간 정신을 차렸을 때, 그녀의 손에 있던 햄스터는 이미 목이 꺾인 채 축 늘어져 있었다. 희정은 깜짝 놀라서 햄스터를 떨어뜨렸다. 정말 자신이 이 녀석을 죽인 것인지 실감이 나지 않았다. 너무 순식간이었고, 게다가 뭔가에 홀린 기분이어서 동물을 죽였다는 심리적 충격이 거의 느껴지지 않았다. 희정은 바닥에 떨어진 햄스터를 손가락으로 찔러 봤다. 녀석은 아무런 미동도 하지 않았다. 역시 죽은 게 분명했다.

그 순간, 희정은 야릇한 쾌감을 느꼈다. 자기 손으로 이 작은 생명을 빼앗았다는 것이 왠지 모르게 그녀를 흥분시켰다. 묘한 쾌감이 그녀를 감쌌다. 그것은 한 번도 느껴보지 못한 강렬한 자극이었다.

185

집에서 멀지 않은 곳에 실개천이 하나 있었다. 거기에 난 산책로를 따라 조금만 가다 보면 한적한 공터가 나온다. 희정은 가끔 머리를 식히고 싶을 때 그곳을 찾곤 했다. 특히 밤에는 가로등마저 없어서 오가는 사람이 거의 없었다. 한밤중에 그곳은 서울이라는 게 믿기지 않을 만큼 어둡고 음산한 분위기를 자아냈다. 희정은 막 그곳에 도착했다.

그녀는 잡풀이 우거진 공터 한쪽에서 종이 상자를 태웠다. 그녀의 손에는 커터칼이 들려 있었고, 거기엔 아직 마르지 않은 피가 묻어 있었다. 상자 안에는 햄스터의 두 눈과 전교 1등의 이름을 적은 종이가 들어 있었다. 민영의 말이 틀리지 않았다면, 그녀는 저주술을 행하기 위한 첫 번째의

의식을 모두 마친 상태였다. 이젠 집에 가서 나머지 의식을
끝내야 했다.

"붉은 달밤에 시니를 받사옵니다. 납시어 저의 한을 풀어
주소서."

희정은 촛불 하나만 켜둔 방 안에서 작은 손거울을 보며
주문을 외웠다.

그런 다음 자신의 피를 거울에 묻혔다. 피는 엄지손가락
을 바늘로 따서 냈다.

"환혼대명 환부작신, 환혼대명 환부작신, 환혼대명 환부
작신."

이렇게 세 번 반복하고 나서 곧바로 거울을 깨뜨렸다.

이로써 시니의 저주술은 모두 끝났다. 이젠 주술이 성공
했는지 확인할 차례였다. 희정은 일어서서 창가로 걸어갔
다. 막 창문을 열려는데, 밖에서 언니의 목소리가 들려왔다.

"희정아, 아직 안 자니?"

조금 전 들어온 언니가 드디어 햄스터가 사라진 걸 안 모
양이었다.

"응, 공부하는 중이야. 왜?"

"잠깐 들어가도 돼?"

희정은 하는 수 없다는 듯 방문으로 걸어갔다. 그러곤 문
을 조금 열고서 언니를 바라봤다. 당연하게도 언니의 표정
이 좋지 않았다.

"너 혹시 햄식이 데려갔니?"

"내가 그걸 왜 데려가."

"그럼 혹시 내 방에 들어왔었어?"

"아니."

"아, 그래? ……하아, 그럼 어디 간 거지?"

"왜? 햄식이 없어졌어?"

"응, 사육장 뚜껑도 열려 있고, 햄식이도 안 보여."

수진은 걱정스러운 얼굴로 아랫입술을 깨물었다.

희정도 걱정하는 듯한 태도를 보였지만, 사실 그녀는 속으로 이 상황을 즐기고 있었다.

"잘 찾아봐. 집 안 어딘가에 있겠지. 걔가 가 봤자 어디 갔겠어."

"아무래도 누가 꺼내 간 것 같아. 뚜껑이 열린 것도 그렇고. 절대 햄식이 혼자서 탈출했을 리 없어."

"누가 햄식이를……. 혹시 엄마가?"

수진은 긍정도 부정도 하지 않았지만, 이미 마음속으론 그렇게 결론을 내린 듯했다.

"너 혹시 엄마한테 말한 건 아니지?"

"내가 미쳤어? 엄마가 알면 당장 갖다 버릴 게 뻔한데."

"미안. 그냥 물어봤어. 역시 엄마가 내 방에 들어왔었나 보다. 하-. 숨긴다고 숨겼는데 어떻게 찾은 거지? 내가 미쳐, 정말."

수진이 화난 얼굴로 돌아가자, 희정은 다시 창가로 다가갔다. 창문을 열고 하늘을 올려다봤다. 민영의 말대로 주술이 성공했다면, 그 증거로 그녀의 눈에만 붉은 달이 보여야 했다. 솔직히 그 말을 곧이곧대로 믿는 건 아니지만, 그래도 확인은 해 보고 싶었다. 두리번거리며 하늘을 보던 희정은 순간, 자기도 모르게 숨을 삼켰다.

핏빛으로 물든 보름달이 하늘 위에 떠 있었다. 그것도 보통 크기가 아닌, 한 번도 본 적 없는, 이상할 정도로 커다란 달이었다. 그 압도적인 모습에 희정은 전율을 느꼈다. 단순히 무섭다는 말로는 설명하기 부족했다. 그것은 뭔가 다른 차원의, 미지의 것에 대한 근원적인 공포에 가까웠다.

"설마 진짜일 줄은……."

희정은 그동안 자신이 믿었던 세계가 부정당하는 기분이었다. 그녀는 알 수 없는 두려움에 사로잡힌 채 창가에서 멀어졌다. 곧바로 창문을 닫고서 커튼까지 쳐 버렸다. 그러곤 책상 앞에 앉아 놀란 가슴을 진정시켰다.

마음이 좀 진정되자 아까와 같은 두려움은 서서히 사라져 갔다. 대신 마음 한구석에서 기대감이 싹트기 시작했다.

'정말 되는 거야? 시험 문제의 답이 보인다고? 만약 이게 전부 진짜라면…… 완전 대박이잖아.'

희정은 갑자기 가슴이 뜨거워졌다. 저주술이 정말로 사실이라면, 이젠 그 능력을 사용하기만 하면 되는 것이었다. 마침 곧 있을 수능 모의평가에서 그것을 시험해 볼 수 있을 듯했다. 그녀는 이토록 시험이 기다려지긴 처음이었다.

5

드디어 시험 첫 교시가 시작됐다.

희정은 전날 밤 묘한 흥분과 긴장감에 휩싸여 제대로 잠을 이루지 못했다. 평소 같으면 컨디션 조절을 하느라 일찍 공부를 끝내고 잤을 테지만, 어제만큼은 도저히 그럴 수가 없었다. 게다가 공부에 집중도 안 돼서 막상 공부한 시간은 한 시간밖에 되지 않았다. 그러니 컨디션이 좋을 리가 없었다. 만약 이게 진짜 수능이었다면, 시험을 망칠 게 불 보듯 뻔했다.

붉은 달을 볼 때까지만 해도 그녀는 시니의 저주술에 대해 어느 정도 믿음이 있었다. 하지만 며칠 지나고 나니 그 믿음에 점점 의심이 가기 시작했다.

'그날 내가 본 게 혹시 환각은 아니었을까?'

그때 기억이 너무나 강렬해서 오히려 현실감이 들지 않았다. 그날은 종일 뭔가에 홀린 듯한 기분이었고, 어쩌면 자신이 본 것도 뇌의 착각이었는지 모른다는 생각이 들었다. 그러다 보니 시험 날짜가 다가올수록 불안감은 점점 커졌다.

189

평소처럼 공부해도 모자랄 판에 자꾸만 그 생각에 빠져서 허우적거렸다. 그리고 어느새 눈 떠 보니, 시험 당일이 됐다.

선생님이 시험지를 들고 교실로 들어왔다. 희정은 머리가 어지럽고 숨이 가빠졌다. 이대로 도망쳐 버리고 싶었다. 시험을 봐 봤자 어차피 결과는 뻔했다. 그녀는 자리에서 벌떡 일어나 교실 문을 박차고 나가는 자기 모습을 상상했다. 하지만 그녀에게 그런 용기는 없었다.

앞에서부터 시험지가 전달됐다. 이젠 되돌릴 방법이 없었다. 꼼짝없이 앉아서 시험을 봐야만 했다. 그녀는 입술을 깨문 채 시험지를 받았다.

'그딴 걸 믿은 내가 병신이지!'

희정은 속으로 온갖 욕을 퍼부으며 답안지에 이름을 적었다. 아직 문제를 풀기도 전인데 벌써 손에서 땀이 배어 나왔다. 자기도 모르게 계속해서 "망했다."라는 말을 내뱉었다.

그녀는 토할 것 같은 기분을 억누른 채 비로소 시험지의 첫 문항을 바라봤다. 하지만 답이 보이긴커녕 지문조차 제대로 눈에 들어오지 않았다. 머리가 빙글빙글 도는 것 같았다.

'안 돼! 이래선 도저히 시험을 볼 수가 없잖아!'

희정은 문제 풀기를 포기하고 눈을 감은 채 시니인지 뭔지를 향해 제발 도와달라며 간절히 빌었다. 그러곤 지푸라기라도 잡는 심정으로 그 주문을 읊기 시작했다.

"……환혼대명 환부작신…… 환혼대명 환부작신…… 환혼대명 환부작신……. 제발 도와줘……."

잠시 후, 그녀는 자포자기한 심정으로 눈을 떴다. 내가 지금 뭘 하는 건가 싶은 생각에 자기 자신에게 환멸을 느꼈다. 희정은 절망감이 가득 찬 눈으로 다시 시험지를 바라봤다.

그때, 놀라운 일이 일어났다. 문제의 지문을 읽기도 전에 4번 선택지가 눈앞에 도드라져 보이기 시작했다. 마치 그 선택지 글자들만 인쇄를 다르게 한 것처럼 말이다. 희정은 잠을 못 자서 눈이 이상해진 게 아닐까 싶어 손으로 눈을 비벼 봤다. 하지만 도드라진 글자들은 여전히 그대로였다. 게다가 첫 번째 문항뿐만 아니라 두 번째, 세 번째 문항도 지문을 다 읽기 전에 특정 선택지가 도드라져 보이기 시작했다. 그제야 희정은 능력이 발현된 것을 깨달았다.

'진짜였어! 헛것을 본 게 아니야!'

펜을 쥔 손끝이 떨렸다. 자기 혼자만 특별한 능력을 얻었다는 사실에 그녀는 가슴이 벅찰 정도로 희열을 느꼈다. 그녀는 문제를 풀 필요도 없이 보이는 대로 답을 적어 나갔다. 모든 답을 옮겨적는 데 채 10분도 걸리지 않았다. 펜을 내려놓고서 깔끔하게 마킹된 답안지를 바라봤다. 웃음이 절로 나왔다. A대 의대도 더 이상 꿈이 아니었다.

모든 시험이 종료되자, 교실 안의 학생들은 서로의 정답을 공유하느라 바빴다. 희정은 교실 안을 둘러봤다. 친구들의 표정만 봐도 누가 시험을 잘 보고 못 봤는지 금방 알 수 있었다. 여기저기서 희비가 교차하는 소리가 들렸다. 이번 시험은 대체로 어려웠는지 한숨 소리가 많이 들렸다. 하지만 희정은 그런 걸 알 턱이 없었다. 그냥 떠오른 답을 옮겨적었기에 문제의 난이도가 어떤지 알지 못했다. 사실, 이젠 그런 것에 관심도 없었다. 어차피 시니의 저주술만 있으면 공부 따윈 하지 않아도 된다. 더 이상 공부의 노예가 되지 않아도 되는 것이다. 그녀는 한 문제에 목을 매는 친구들을 보며 혼자 승리감에 취해 있었다.

"5반에 지수 알지? 전교 1등 말이야. 걔 이번 시험 포기했대."

한 친구가 민영에게 다가와 그렇게 말했다.

민영은 놀란 얼굴로 이유를 물었다.

"1교시 시험 시작하고 얼마 안 돼서 갑자기 눈이 안 보이더래. 걔가 막 울고 그러니까 선생님이 바로 양호실로 데려갔나 봐."

"눈이 안 보인다고?"

다른 애들도 그 얘기에 관심을 보이며 모여들었다.

하지만 희정만은 못 들은 척 가만히 있었다.

"그래서 어떻게 됐대?"

"다른 선생님이 병원에 데려갔다는데, 어떻게 됐는지는 나도 잘 몰라."

"무섭다. 갑자기 눈이 안 보인다니."

옆에서 듣던 한 아이가 소름 돋은 표정으로 말했다.

민영은 뭔가 미심쩍은 듯 잠시 생각하다가 입을 열었다.

"야, 그거. 혹시 그거 시니의 저주술 아냐? 종이에 이름이 적힌 사람은 한동안 눈이 먼다고 했잖아."

"오! 맞아. 그래!"

희정은 순간 가슴이 철렁했다.

그녀는 오직 시험에만 정신이 팔려서 이런 상황은 전혀 예상하지 못했다. 물론 자신이 의심받을 거라곤 생각되지 않았지만, 그래도 다른 아이들이 그 사건과 시니의 저주술을 연관 지으려 하는 건 여간 신경 쓰이는 일이 아니었다.

"혹시 우리 학교 학생 중에 누가 시니의 저주술을 한 거 아냐?"

한 아이가 그렇게 말하자, 다들 동조하듯 한마디씩 했다.

"에이, 그냥 스트레스 때문에 잠깐 그런 거겠지."

누군가 현실적인 해답을 내놓았다.

다른 아이들도 "아마 그렇겠지?"라며 금방 수긍하는 모습을 보였다. 시니 얘길 먼저 꺼낸 민영도 진짜로 저주술 때문일 거라고 믿는 것 같지는 않았다. 그냥 재미 삼아 한번 툭 던져 본 말인 듯했다.

희정은 가슴을 쓸어내렸다.

"희정아, 넌 어떻게 생각해?"

갑작스러운 민영의 질문에 희정은 순간 당황했다.

"뭘?"

"시니의 저주술 말이야. 그거 정말일까?"

민영이 묘한 미소를 지으며 물었다.

희정은 혹시 얘가 눈치채고서 나를 떠보는 게 아닐까 하는 의심이 들었다. 물론 그럴 리 없겠지만, 생각은 자꾸만 그런 쪽으로 흘러갔다.

"그런 거 신경 쓸 시간에 공부나 하겠다."

그녀는 시치미를 뗀 채 말했다.

아이들은 왠지 재수 없다는 듯 그녀를 바라봤지만, 딱히 틀린 말도 아니어서 다들 쓸쓸한 표정만 지은 채 각자 자리로 돌아갔다. 민영도 더는 그 일에 관해서 묻지 않았다. 희정은 그제야 속으로 안도했다.

집으로 돌아오자마자 희정은 떨리는 마음으로 가채점을 해 봤다. 시작부터 동그라미의 연속이었다. 뒤로 갈수록 틀린 답을 찾기가 어려웠다. 난도가 높았던 문제들도 대부분 정답을 맞혔다. 그녀가 자기 실력으로 풀었으면 분명히 틀렸을 문제들이었지만, 이제는 아니었다. 채점을 끝낸 그녀는 자기도 모르게 환희의 비명을 질렀다. 믿어지지 않았다. 지금껏 한 번도 받아본 적 없는 점수였다. 그녀는 한동안 흥분을 감추지 못했다. 솔직히 이렇게까지 잘되리라곤 기대하지 않았었다. 수능에서 이 정도 점수만 받을 수 있다면 A대 의대도 어렵지 않을 듯했다.

"저주술은 세 번까지만 가능하다고 했지? 이제 남은 기회는 두 번. 한 번은 10월에 있을 전국연합 학력평가 때 쓰면 되고, 남은 하나는 수능 때 쓰면 되는 거야. 아주 완벽해. 지수한테는 좀 미안하지만, 조금만 더 신세를 져야겠네. 흐흣. 자, 다음 저주술에는 어떤 동물을 쓸까? 개? 고양이? 역시 고양이가 구하기 쉬우려나?"

희정은 곧장 인터넷으로 검색해 '길고양이가 좋아하는 먹이'를 찾아봤다. 휴대폰 화면을 보는 그녀의 눈빛이 마치 공부할 때처럼 진지했다.

얼마 후, 드디어 기다리던 모의고사 성적표가 나왔다. 이미 점수를 알고 있었지만, 직접 성적표로 확인하니 그제야 실감이 났다. 담임 선생님은 희정의 노력이 비로소 빛을 본 것 같다며 칭찬을 아끼지 않았다. 다른 아이들도 부러움 가득한 시선으로 그녀를 바라봤고, 그럴 때마다 그녀는 자꾸만 새어 나오는 웃음을 참느라 애를 먹어야 했다.

하지만 무엇보다 그녀를 기쁘게 한 것은, 역시 엄마의 반응이었다. 희정은 어느 때보다 당당히 엄마에게 성적표를 건넸다. 그러곤 엄마의 표정을 유심히 살폈다. 전에 싸운 일 때문인지 엄마는 드러내 놓고 표현하진 않았지만, 성적표를 보는 엄마의 입꼬리는 자꾸만 씰룩였다. 게다가 매번 그녀의 성적표를 쓰레기 취급하던 태도도 완전히 달라졌다. 엄마는 소리도 지르지 않고, 화도 내지 않고서 그저 기쁨을 최대한 억누른 채 "잘했네."라고 짧게 말했을 뿐이었다. 그것은 고3이 된 이후 처음 보는 엄마의 모습이었다. 희정은 그것만으로도 아주 만족스러웠다.

"고생했어. 앞으로도 이렇게만 해."

"응."

해숙은 지갑에서 5만 원권 네 장을 꺼내 희정에게 건네며 필요한 거 있으면 사라고 말했다.

돈을 받은 희정은 방으로 들어와 침대 위에 벌러덩 누웠다. 그러곤 콧노래를 부르며 휴대폰을 만지작거렸다. 평소라면 지금부터 새벽 늦은 시간까지 꼼짝없이 앉아서 공부해야 했지만, 오늘은 그냥 휴대폰이나 보면서 놀 생각이었다. 아니, 오늘만이 아니라 앞으로도 계속 놀 생각이었다. 시니의 저주술이 있으니 수능 공부 따윈 하지 않아도 된다. 또한, 엄마의 잔소리도 이젠 끝이었다. 희정은 지금 이 순간이 너무나 행복했다. 이 행복을 유지할 수만 있다면 무슨 짓이든 할 수 있을 것 같았다.

그것이 설령 동물을 죽이는 잔인한 짓일지라도.

6

한 달 동안 그녀는 행복한 시간을 보냈다. 공부는 내팽개친 채, 하고 싶은 대로 하며 지냈다. 졸리면 자고, 배고프면 먹고, 놀고 싶으면 놀았다. 단지, 엄마나 다른 사람들 앞에서 공부하는 척만 할 뿐이었다. 그렇게 놀다 보니 어느새 한 달이 금방 지나갔다. 그리고 이제, 다음 행복을 위해서 그 비용을 지불할 때가 됐다.

그녀는 일을 시작하기에 앞서 인터넷으로 츄르라는 것을 구입했다. 고양이가 환장한다는 간식인데, 그것을 미끼로 쓸 생각이었다. 이미 동네에서 길고양이가 자주 보이는 장소도 알아 뒀다. 그녀는 마치 길고양이를 구조해서 입양하는 사람처럼 행동하기만 하면 됐다. 아주 쉬운 작전이었고, 예상대로 정말 쉬웠다.

그녀가 붙잡은 삼색 얼룩 고양이는 사람의 손을 탔는지 꽤 얌전했다. 희정은 그 고양이를 데리고 이번에도 역시 개천가 공터로 향했다. 이 일에서 가장 어려운 부분은 동물을 죽이고 눈알을 빼내는 것일 텐데, 희정은 이상하게도 그 일이 그리 어렵게 느껴지지 않았다. 이미 햄스터로 해 봐서 방법은 알고 있었다. 다만, 이렇게 큰 동물을 다루는 건 처음이기에 조금 긴장이 될 뿐이었다.

"가만히 있어. 안 아프게 해 줄게."

햄스터는 맨손으로 목을 부러뜨렸지만, 고양이는 차마 그럴 수 없어서 그녀는 미리 끈을 준비했다. 올가미를 만들어 고양이의 목에 건 뒤 녀석이 방심한 틈에 힘껏 조였다. 역시 햄스터보다 죽이는 게 쉽지 않았다. 그녀는 고양이의 발톱에 몇 번 상처를 입고 나서야 성공할 수 있었다.

"미안. 나도 어쩔 수가 없었어. 다음 생엔 꼭 사람으로 태어나렴."

이다음부터는 일사천리였다. 그녀는 능숙하게 눈알을 빼낸 뒤 이름을 적은 종이와 함께 상자에 넣어 불태웠다. 시체는 땅을 파서 묻어 주는 걸로 간단히 처리했다.

집으로 돌아온 그녀는 이번에도 똑같은 의식을 치렀다. 의식을 치르는 동안 그녀는 마치 자신이 중세 시대 마녀가 된 듯한 기분을 느꼈다. 악마에게 제물을 바쳐 능력을 얻는다는 점만 보면 그녀도 마녀와 별반 다를 게 없었다. 희정은 마녀가 되는 게 그리 나쁘지만은 않은 것 같다는 생각이 들었다.

두 번째 저주술을 모두 끝냈다. 이제 마지막으로 붉은 달이 떴는지 확인해 볼 차례였다. 희정은 창문을 열어 하늘을 올려다봤다. 한데, 아까부터 하늘에 먹구름이 잔뜩 끼어 있어서 달이 떴는지 확인할 수가 없었다. 하늘은 금방이라도 비를 뿌릴 것처럼 보였다. 어쩔 수 없이 붉은 달을 보는 건 포기해야 했다.

197

"어차피 확인만 하는 거니까 상관없겠지?"

희정은 초와 거울을 치우고서 잠자리에 들었다. 내일 볼 전국연합학력평가는 과연 몇 점이나 나올지 궁금했다. 조금 있자, 빗방울이 창문을 때리기 시작했다. 그녀는 빗소리를 들으며 기분 좋게 잠을 청했다.

◇◇◇◇◇

드디어 수능을 앞둔 마지막 전국 모의고사가 시작됐다. 아침부터 교실에선 긴장감이 느껴졌다. 이번 시험으로 지금껏 공부해 온 자신의 실력이 평가받기에 그 어느 때보다 시험에 임하는 학생들의 자세는 진지했다. 이번 모의고사는 그야말로 가장 실전에 가까운 시험이었다.

희정은 잠을 충분히 자 둬서 컨디션이 아주 좋았다. 긴장한 다른 아이들과 달리 그녀는 무척 여유로웠다. 오히려 기다리는 시간이 지겨워서 빨리 시험이 시작되길 바랄 정도였다.

마침내 시험 감독을 맡은 선생님이 입실했다. 선생님이 들고 온 시험지를 보자 그녀는 벌써 가슴이 두근거렸다. 빨리 이 능력을 쓰고 싶었다.

잠시 후, 앞에서부터 시험지를 건네받았다. 선생님은 정확히 시험 시간이 될 때까지 학생들이 시험지를 보지 못하게 했다.

조금 있자, 학교 방송으로 1교시 시험이 시작됐음을 알렸다.

희정은 설레는 마음으로 시험지를 내려다봤다. 그러곤 저번처럼 간절한 마음을 담아 주문을 외우기 시작했다.

"환혼대명 환부작신, 환혼대명 환부작신, 환혼대명 환부작신……. 이제 됐겠지?"

첫 문항부터 문제를 읽지도 않고 곧바로 선택지를 바라봤다. 이번에도 정답이 보일 거라 굳게 믿고서.

'이게 뭐야? 왜 이래?'

하지만 마법 같은 일은 일어나지 않았다. 선택지의 어떤 항목도 도드라져 보이지 않았다. 당황한 희정은 두 번째 문제를 확인했다. 이번에도 똑같았다. 글자 중에 어느 것 하나 특이한 점을 발견할 수가 없었다.

"주문이 잘못됐나? 다시 한번……. 환혼대명 환부 작신……."

하지만 몇 번을 다시 해 봐도 소용없었다. 그녀의 눈에 정답은 보이지 않았다. 다음 문제도, 또 다음 문제도 마찬가지였다.

"이럴 리가 없어. 분명 모든 게 완벽했는데……."

희정은 무엇이 잘못됐는지 곱씹어 봤지만, 아무리 생각해도 문제를 찾을 수가 없었다. 그 사이, 시간은 계속 흘러갔다. 결국, 그녀는 포기한 채 자기 힘으로 시험을 볼 수밖에 없었다. 하지만 그동안 시니의 저주술만 믿고 공부를 전혀 하지 않아서 그녀의 실력은 예전만 못했다. 게다가 시험을 보는 내내 자꾸만 실패한 원인이 신경 쓰여서 제대로 집중할 수도 없었다.

그렇게 그녀는 가장 중요한 모의고사를 어이없이 망쳐 버리고 말았다.

'대체 왜 안 된 거야! 분명 똑같이 했는데, 왜!'

희정은 전날 붉은 달을 확인하지 못한 게 마음에 걸렸다. 먹구름 때문에 볼 수 없었다고 하지만, 어쩌면 의식이 실패해서 그랬던 건 아니었을까 하는 의심이 들었다. 만약 그렇다면 앞서 실행한 의식 중에 뭔가 잘못한 것이 있다는 건데, 아무리 생각해도 무엇을 잘못한 건지 알 수가 없었다.

'똑같은 종의 동물을 쓰지도 않았고, 횟수를 넘기지도 않았어. 그럼 대체 뭐가 문제인 거지?'

그녀는 혹시 민영이라면 알지 않을까 하고 생각했다. 그러고 보니 그때 민영이 몇 가지 주의사항에 대해 말하던 중 자신이 그 말을 중간에서 끊었던 것이 불현듯 떠올랐다.

"두 번째는, 마찬가지로……."

"됐어. 그만 들을래. 아무리 그래도 누가 그런 미친 짓을 하겠어. 안 그래?"

아마도 그 두 번째 주의사항을 민영이 빼먹은 듯했다. 그리고 그것을 지키지 않았기에 의식이 실패한 거라고 희정은 추측했다. 그렇다면 그 두 번째 주의사항을 반드시 알아내야만 했다.

희정은 옆자리에 앉은 민영에게 물어보려고 고개를 돌렸다. 그런데 그녀의 얼굴을 본 순간, 갑자기 입이 떨어지지 않았다. 왠지 의심받을 것 같아서였다.

'지금 그 얘기를 꺼내면 의심을 살 게 뻔해. 그때도 나를 의심하는 것 같았는데, 갑자기 그런 얘길 꺼내면 어떻게 되겠어? 내가 지수한테 저주를 걸었다고 막 떠들고 다닐 것 아냐. 안 봐도 뻔하지.'

희정은 생각해 보니, 굳이 민영에게 직접 들을 필요가 없다는 걸 알았다. 어차피 민영도 떠도는 이야기를 들은 것이기 때문이었다. 인터넷을 찾아보면 분명 시니의 저주술에 관한 자세한 내용을 알 수 있을 터였다.

집으로 돌아가는 버스 안에서, 희정은 휴대폰으로 인터넷에 접속해 시니의 저주술을 검색해 봤다. 역시나 연관된 정보들이 줄줄이 뜨는 것을 볼 수 있었다. 그녀는 그것들을 하나하나 읽어 봤고, 곧 두 번째 주의사항에 대해 알게 됐다.

두 번째 주의사항
종이에 적힌 이름은 한 번만 사용할 수 있다.

"미친! 이럴 줄 알았어!"
희정은 옆 사람이 듣든 말든 소리 내서 말했다. 전교 1등인 지수의 이름을 두 번 적은 게 실패의 원인이었다. 그녀는 자신의 멍청함에 화가 났다. 인터넷으로 검색만 해 봤어도 그런 실수를 저지르지 않았을 텐데, 너무 안일하게 생각해 이런 결과를 낳고 말았다.

'그나마 다행이야. 수능 때 이런 실수를 저질렀으면 어쩔 뻔했어.'
모의고사 따위 어떻게 되든 상관없었다. 중요한 건 수능이었다. 다만, 엄마의 잔소리를 또다시 들어야 한다는 게 희정은 짜증 날 뿐이었다.

'이제 지수는 못 써먹겠네. 젠장, 이럴 줄 알았으면 전교 1등은 마지막까지 아껴두는 건데.'
그래도 아직 전교 2등의 이름이 남아 있으니 그것으로 수능 시험은 해결할 수 있을 터였다. 다른 학교의 1등은 염두에 두지 않았다. 어차피 그녀가 다니는 학교는 전국에서도 알아주는 명문고였고, 모의고사 고득점자들도 이곳에 몰려 있었기 때문이다.

문제는 학원에서 보는 마지막 모의고사였다. 사실 이 시험은 포기하려 했지만, 이번 전국연합학력평가를 망쳤기 때문에 이젠 그럴 수가 없었다. 만약 이번에도 시험을 망치면 엄마가 자기 목을 조를지도 모른다고 희정은 생각했다.

'그럼 시험 삼아 모의고사 때 한 번 더 해 볼까? 혹시 뭔가 다른 조건이 있어서 수능 때 안 될 수도 있잖아. 그래, 조심해서 나쁠 건 없지. 근데 저주술의 사용 횟수가 세 번까지라고 했는데, 실패한 것도 포함되는 건가?'

희정은 그 부분에 대해 인터넷으로 검색해 봤다. 하지만 아무리 찾아봐도 실패 사례에 관한 검색 결과는 나오지 않았다. 검색어와 포털 사이트를 바꿔 봐도 마찬가지였다.

'혹시 문제없으니까 게시물이 없는 거 아냐? 만약 실패한 것도 횟수에 포함된다면 누군가 질문 글을 남겼겠지. 근데 그런 게 전혀 없잖아! 그게 증거가 아니면 뭐겠어?'

그녀는 점점 자신의 생각에 확신을 갖기 시작했다.

'게다가 정작 난 아무런 이득도 얻지 못했어. 그런데도 횟수에 포함한다는 건 말이 안 되잖아. 이건 마치 물건을 사서 배송 전에 취소했는데 물건값을 내라는 거랑 뭐가 달라. 안 그래?'

희정은 그 논리가 타당하다고 생각했다. 정작 자신은 이득은커녕 큰 손해만 보지 않았는가. 시니라는 존재가 양심이 있다면 당연히 이번 일은 무효로 처리해야 한다. 라고 그녀는 스스로 합리화했다. 그렇게 생각하자 비로소 찜찜한 기분이 해소되는 걸 느꼈다.

어쨌거나 이제는 다음 저주술을 준비할 차례였다. 이번만큼은 실수 없이 완벽하게 준비할 거라고 그녀는 다짐했다.

"햄스터와 고양이를 썼으니까, 다음은 개인가?"

그녀는 마치 물건을 고르듯 무심하게 말하고선, 인터넷으로 유기견을 검색하기 시작했다.

7

"너 미쳤니? 어떻게 이걸 점수라고 받아 올 수가 있어? 이런 쓰레기보다 못한 걸!"

해숙은 성적표를 구겨서 바닥에 내던졌다. 그녀의 분노는 희정의 예상보다 훨씬 컸다. 그래도 저번 시험을 잘 봐서 어느 정도는 봐주지 않을까 하고 희정은 생각했었다. 하지만 그것은 오히려 독이 돼 돌아왔다.

해숙은 딸이 시험 한 번 잘 본 걸로 우쭐해져서 공부를 열심히 안 했다고 생각했고, 그래서 평소보다 더 화가 난 것이었다. 그도 그럴 것이 시험을 못 봐도 너무 못 봤기 때문이었다.

담임 선생님도 희정을 따로 불러서 상담할 정도로 꽤 심각한 수준이었다. 희정은 컨디션이 너무 안 좋았다고 핑계를 대 봤지만, 선생님은 그 말을 곧이곧대로 믿는 것 같지 않았다.

"너 일부러 그러는 거야? 엄마 미치는 꼴 보고 싶어서 일부러 그러는 거냐고! 입이 있으면 어디 말 좀 해 봐!"

"그냥 컨디션이 좀 안 좋아서 그랬어. 수능 땐 안 그럴 거야."

"컨디션 때문이라고? 웃기고 있네. 다리가 부러졌어도 이런 점수는 나올 수가 없어! ……바른대로 말해. 저번 시험 누구 것 베낀 거야?"

"베끼기는 뭘 베껴!"

희정은 순간 발끈했다. 사실 따지고 보면 베낀 것보다 더 나쁜 짓이었지만, 그렇다고 엄마 입에서 저런 말이 나오는 것은 참을 수가 없었다. 평소에 자신을 얼마나 무시하고 업신여겼으면 저렇게 아무렇지 않게 내뱉을 수 있을까 싶었다.

"아니면 증명해 봐. 네가 제 실력으로 푼 게 맞는지 증명해 보란 말이야!"

"알았어. 할게! 대신 내가 증명하면 나한테 사과해. 알았어?"

해숙은 어이없다는 듯 헛웃음을 지었다.

"시험이나 잘 보고 그딴 소릴 해! 대체 누굴 닮아서 성격이 저 모양인지. 어휴-."

"누구긴, 엄마지!"

"뭐?"

"엄마도 알잖아. 내가 엄마 성격 닮았다는 걸. 그래서 나만 보면 그렇게 화가 나는 거잖아. 안 그래?"

희정은 해숙을 조롱하는 듯한 눈빛으로 바라보며 말했다.

"무슨 쓰레기 같은 소릴 하는 거야!"

"나도 내가 엄마를 닮은 게 싫어. 엄마만큼이나."

해숙은 금방이라도 터질 것처럼 얼굴이 붉게 달아올랐다. 그녀는 딸에게 당장 네 방으로 꺼지라며 소리를 질렀고, 희정은 곧바로 방으로 들어가 문을 거세게 닫아 버렸다.

"내가 못 할 줄 알고? 두고 봐. 반드시 후회하게 해 줄 테니까."

희정은 불도 켜지 않은 채 책상 앞에 앉아 중얼거렸다.

그녀의 눈에 복수심이 가득 차 있었다.

◇◇◇◇◇

떠돌이 개는 길고양이보다 그 수가 훨씬 적었다.

희정은 그 사실을 제물을 찾아 나선 지 3시간 만에 깨달았다. 그녀가 어렸을 적에는 더럽게 생긴 유기견들을 동네에서 종종 볼 수 있었다. 그런데 이제는 씨가 말랐는지 그런 유기견들을 거의 찾아볼 수 없었다.

3시간 동안 유기견을 찾아 돌아다녔더니 다리도 아프고 너무 피곤했다. 희정은 어느 순간부터 주인과 함께 산책하는 개들만 보면 훔치고 싶은 충동을 느꼈다. 그래서 혹시라도 주인이 반려견을 어딘가에 묶어 놓고 다른 볼일을 보진 않을까 해서 몰래 뒤를 쫓기도 했다. 하지만 그런 일은 일어나지 않았다.

어느덧 해가 지기 시작했다. 이제껏 아무런 소득이 없자 희정은 몹시 짜증이 났다. 이렇게 어려운 줄 알았으면 차라리 강아지를 분양받는 건데 하는 후회가 밀려왔다. 수능 때는 반드시 어떤 짐승이든 분양을 받아야겠다고 다짐했다.

그렇게 한참을 정처 없이 걷던 희정은 도저히 안 되겠다 싶어서 집으로 발길을 돌리려고 했다. 그런데 그때, 그녀의 눈에 불이 켜진 작은 미용실 하나가 들어왔다. 그 통유리 너머로 푸들 한 마리가 소파 위에 얌전히 앉아 있었다. 마침 가게 안에 사람은 보이지 않았다. 주인이 잠시 가게를 비운 모양이었다. 그 순간, 희정은 뭔가 운명 같은 것을 느꼈다. 그녀는 잠시 주위를 살피고는 성큼 가게 안으로 들어갔다.

그녀가 들어오자 푸들이 벌떡 일어섰다. 갈색 털에 몸집이 조그만 아이였다. 사회성이 좋은 건지, 그녀를 보고도 짖지 않았다. 오히려 반갑다는 듯 초롱초롱한 눈으로 그녀를 올려다보며 꼬리를 살살 흔들었다. 마음 같아선 지금 당장이 애를 데려가고 싶었지만, 혹시라도 겁을 먹고 짖어 댈까 봐 그녀는 최대한 조급한 마음을 억눌렀다.

"착하지. 이리 와 봐."

희정은 서둘지 않고 푸들에게 천천히 다가갔다. 녀석은 순진하게도 낯선 사람을 겁내지 않았다. 곧 푸들이 다가와서 그녀의 손을 핥기 시작했다. 희정은 살살 푸들의 머리를 쓰다듬으며 주머니에서 미리 준비한 간식을 꺼냈다. 그것을 건네자 푸들은 덥석 받아먹었다. 녀석이 간식을 다 먹을 때까지 그녀는 인내심을 갖고 기다렸다. 그 사이 주인이 들이 닥칠지 모른다는 불안감 때문에 그녀는 자꾸만 출입문을 힐끗거렸다. 푸들은 간식을 다 먹고 나서 또 달라는 듯 그녀를 바라봤다.

"잘 먹네. 언니랑 놀러 갈까?"

희정은 조심스럽게 개를 안아 들었다. 몸집이 작아서 품에 안으면 쏙 들어갔다. 게다가 반항도 하지 않았다. 오히려 좋다고 희정의 얼굴을 핥아 댔다. 그녀가 찾던 완벽한 대상이었다.

희정은 곧바로 푸들을 든 채 미용실을 빠져나왔다.

개천 공터에 도착할 때쯤엔 이미 해가 져서 주변이 어두웠다. 희정은 휴대폰 불빛으로 땅을 비추며 의식을 치를 장소까지 걸어갔다. 그녀의 품 안에 있는 푸들은 아무런 미동도 없었다. 온기와 심장 박동만이 녀석이 아직 살아있음을 말해 주고 있었다. 사실 희정이 준비했던 간식에는 엄마의 수면제가 섞여 있었다. 엄마는 수면제가 없으면 잠을 못 자는 사람이었고, 그래서 엄마 방 서랍장 안에는 늘 처방받은 수면제가 들어 있었다. 길고양이 때까지만 해도 그런 걸 생각할 겨를이 없었는데, 몇 번 해 보고 나니까 여유가 생겨서 이제는 제법 머리를 쓰게 됐다. 사람이 먹는 수면제가 동물에게 통할지는 그녀도 알 수 없었다. 어쩌면 먹고 나서 죽을 수도 있었지만, 그렇게 되면 오히려 일거리를 하나 덜어 주는 거라 더 좋았다.

"미안. 다음 생엔 너도 사람으로 태어나……. 그게 좋은 건진 모르겠지만."

희정은 잠든 강아지를 보며 무표정한 얼굴로 말했다.

상자가 다 타고 나서 재가 되는 것까지 지켜본 후에 그녀는 자리를 떠났다.

의식을 끝내고 집으로 돌아오니 시계는 벌써 밤 10시를 가리키고 있었다. 어차피 식구들은 그녀가 늦게까지 독서실에서 공부하는 것으로 알고 있기에 별로 상관없었다. 게다가 엄마는 이미 약에 취해 잠들어 있을 거라 서로 부딪힐 일도 없었다.

그녀가 지친 얼굴로 방으로 들어가려던 그때, 방문을 열고 언니가 자기 방에서 나왔다. 그녀가 오는 소리를 듣고 나와 본 듯했다. 희정은 그냥 무시한 채 들어가려고 했지만, 언니가 그녀를 불러 세웠다.

"희정아, 왜 이렇게 늦었어? ……너 괜찮아?"

"왜?"

수진은 동생에게서 느껴지는 섬뜩한 분위기에 순간, 말문이 막혔다.

사실 그런 분위기는 이미 얼마 전부터 느끼고 있었다. 아무래도 시험에 대한 스트레스와 엄마가 주는 압박감이 동생을 변하게 한 것 같았다. 동생이 느끼는 이 고통은 수능 시험이 끝나야만 끝나는 것이기에, 지금으로선 그녀도 그저 격려해 주는 것 말고는 딱히 해 줄 수 있는 게 없었다. 그래서 동생을 볼 때마다 그녀는 안타깝고 미안한 감정이 들 수밖에 없었다.

"요즘 많이 힘들지?"

"······."

"힘들면 그냥 힘들다고 얘기해. 언니가 다 들어 줄게. 너한테 별 도움은 못 주지만, 얘기 정도는 들어 줄 수 있어. 그러니까 언제든 힘들면 참지 말고 나한테······."

"하하하-."

갑자기 희정이 웃음을 터트렸다.

한데 그 웃음이 소름 끼치도록 냉소적이어서 수진은 깜짝 놀랐다.

"나 하나도 안 힘들어. 오히려 기분이 너무 좋은데?"

그렇게 말하는 희정의 얼굴에서 왠지 모를 광기 같은 게 느껴졌다. 게다가 눈빛도 어딘가 이상했다. 퀭한 두 눈은 마치 꿈꾸는 듯하면서도, 반대로 악의로 가득 차 있는 것처럼 보여 혼란스러운 기분이 들게 했다. 거기다 눈동자마저도 왠지 초점이 안 맞아서 상대를 제대로 보고 있는 것인지 의심스럽기까지 했다.

"걱정 마. 다 잘될 거니까."

희정은 묘한 말을 남긴 채 자기 방으로 들어가 버렸다.

수진은 한동안 그 자리를 떠나지 못했다. 확실히 동생은 어딘가 달라졌다. 하지만 정확히 어느 부분이 달라졌는지 딱 꼬집어 말할 수 없어서 그녀는 답답하기만 했다.

수진은 씁쓸한 마음으로 돌아서려다가 문득 이상한 악취를 맡고선 얼굴을 찡그렸다. 그것은 한 번도 맡아 본 적 없는 냄새였다. 무어라 정의 내릴 수 없는 아주 역겹고 불쾌한 냄새였다. 그 냄새가 방금 동생이 떠난 자리에서 나고 있었다.

"대체 뭘 하고 다녔기에 이런 냄새가……."

수진은 동생의 방문을 의심스러운 얼굴로 쳐다봤다.

8

성적표를 보는 해숙은 어이가 없었다. 무슨 롤러코스터도 아니고 성적이 이렇게 오르락내리락한다는 게 이해가 가지 않았다. 이번 성적은 학원 내에서도 최상위일 게 뻔했다. 이제는 커닝 같은 걸 의심할 여지도 없었다. 해숙은 그때 희정의 말을 좀 믿어줄 걸 그랬나 하는 후회를 했다.

그녀는 말없이 앉아 있는 희정을 힐끔 쳐다봤다. 분명히 통쾌해하거나 우쭐해질 만한데도 딸의 표정엔 거의 변화가 없었다. 성적표를 가져올 때부터 줄곧 무표정하고 쌀쌀맞은 태도로 일관하고 있었다. 해숙은 성적표를 얌전히 테이블 위에 내려놓았다.

"잘 봤네. 고생했어. 수능 때도 이렇게만 해."

희정은 엄마를 빤히 바라봤다.

그 눈빛이 너무 차가워서 해숙은 괜스레 소름이 돋았다.

"사과 안 해?"

"뭘?"

해숙은 일부러 모른 척했다.

"내가 증명해 내면 사과하라고 했잖아."

"네가 애초에 시험을 그따위로 보지 말았어야지. 안 그래?"

"그래서 사과 안 하겠다?"

"너도 참 대단하다, 대단해."

희정은 잠시 엄마를 쳐다보다가, 이윽고 자리에서 일어나 자기 방으로 걸어갔다.

"그래, 알았어. 엄마가 사과할게. 미안. 이제 됐니?"

해숙은 마지못해 그렇게 말했지만, 차라리 안 하는 편이 더 나았을 사과였다.

희정은 무시한 채 방으로 들어가 버렸다.

◇◇◇◇◇

가려웠다. 희정은 잠결에 자꾸만 다리가 간지러워 인상을 찌푸렸다. 뭔가 계속 종아리를 간질이는 기분이었다. 모기가 있는 건가 싶어 귀찮아도 팔을 뻗어 이불을 덮으려고 했는데, 몸이 움직여지지 않았다.

감각은 살아 있지만, 신경이 마비된 채 손가락 하나 까딱할 수 없었다. 희정은 덜컥 겁이 났다. 아무래도 가위에 눌린 것 같았다. 그런 와중에도 종아리에서 느껴지는 간질간질한 느낌은 계속 이어졌다. 확실한 건, 그것은 모기 따위가 아니라는 것이었다. 뭔가 작고 까칠까칠한 것이 그녀의 종아리를 살살 긁는 것 같았다. 희정은 그것을 보려고 고개를 움직여 봤지만, 역시 불가능했다.

'이건 가위야. 현실이 아니야. 지금 내 다리엔 아무것도 없어. 조금만 있으면 괜찮아질 거야. 겁먹지 마.'

희정은 그렇게 생각하며 두려움을 떨쳐 내려고 했다.

그런데 그때, 이상한 소리가 들리기 시작했다.

"끼이이……. 끼이이……. 끄으으……. 끄으으응……."

소리는 침대 발치 쪽에서 들려 오고 있었다. 아무리 가위라도 이건 도저히 참을 수 없었다. 이 소리는 분명 신음 소리였다. 그것도 동물이 내는 신음. 아마도 개인 듯했다.

희정은 급하게 언니를 불렀다.

"……어, 어…… 니……."

하지만 혀까지 마비돼서 제대로 목소리가 나오지 않았다. 몇 번을 시도해 봤지만, 헛수고였다. 가위눌림이 워낙 강해서 도저히 풀릴 것 같지 않았다.

그때, 침대 발치 쪽에서 뭔가가 불쑥 올라왔다. 희정은 침대의 진동으로 그것을 느낄 수 있었다. 분명 가위일 텐데 침대가 흔들리다니. 있을 수 없는 일이었다. 그녀는 뭔가 잘못되고 있음을 깨달았다.

가위에서 벗어나려는 강한 의지 때문이었는지, 그녀의 목이 조금씩 움직이기 시작했다. 희정은 간신히 고개를 들어 다리 쪽을 바라봤다. 어둠 속에서 보이는 실루엣만으로도 그것이 푸들이라는 것을 알 수 있었다. 그것만으로도 엄청난 충격이었지만, 그게 다가 아니었다. 아까부터 종아리를 간질이던 것도 그녀의 눈에 들어왔다. 분명 언니가 키우던 햄스터였다.

희정은 기겁했다. 그 햄스터가 아까부터 하던 짓은 희정의 종아리를 간질이던 것이 아니라, 살을 파먹는 것이었다. 뜯겨 나간 곳에서 피가 줄줄 흘러나왔다. 그녀는 비명을 질러 봤으나 입에서 나오는 건 그저 바람 빠지는 듯한 소리에 불과했다.

그때, 침대 밑에서 웬 고양이 한 마리가 날렵하게 뛰어올라 그녀의 가슴 위로 올라왔다. 희정은 녀석의 얼굴을 보고서 숨이 멎을 듯한 공포를 느꼈다. 고양이는 뻥 뚫린 눈구멍으로 그녀를 바라보며 날카롭게 울어 댔는데, 그 구멍 속에서 뭔가가 꿈틀거리며 나오고 있었다.

"찌걱…… 찌걱……. 찌걱…… 찌걱……."

희정은 고개를 돌리지도, 눈을 감을 수도 없는 상태로 그것을 바라보고 있어야만 했다.

잠시 후, 고양이의 눈구멍에서 나온 것은,

사람의 손가락이었다.

"꺄아아악!"

마침내 목소리가 터진 희정은 미친 듯이 비명을 질러댔다.

그 소리를 듣고서 수진이 그녀의 방으로 들어왔다.

"희정아! 왜 그래? 악몽이라도 꾼 거야?"

"으으……."

희정은 한동안 불안한 모습으로 몸을 웅크린 채 떨기만 했다. 수진이 옆에서 달래 줬지만, 소용이 없었다. 대체 뭘 보고 놀라야 저렇게 사색이 될 수 있는 걸까. 수진은 동생에게 무엇을 봤냐고 물었으나 그녀는 대답해 주지 않았다. 그저 가위에 눌렸다는 말만 할 뿐, 자신이 본 것에 대해선 끝까지 입을 열지 않았다.

9

─

그런 일이 있고부터 희정은 잠을 자는 게 두려워졌다. 혹시라도 똑같은 가위에 눌리거나 그것들이 나오는 악몽을 꿀까 봐 겁이 났다. 그러다 보니 잠이 들어도 한두 시간 만에 깨곤 했다. 희정은 아무래도 죄책감 때문에 그런 것이 보이는 게 아닐까 싶었지만, 그렇다고 누군가에게 털어놓고 얘기할 수도 없는 노릇이었다. 더욱이 수능 시험이 다가올수록 증상이 더 심해져서 아예 밤에는 잠을 잘 수 없는 지경에 이르렀다.

희정은 하루 대부분 시간을 몽롱한 정신으로 보냈다. 눈 밑엔 다크서클이 가득했고, 피부도 거칠고 푸석푸석하게 변했다. 잠을 못 자니 늘 피곤하고, 그 피곤함을 이기려고 카페인이 많이 든 에너지 음료를 몇 개씩 먹어대니, 졸려 와도 또 깊이 잠들 수가 없었다. 그 악순환이 계속 반복되다 보니 그녀의 육체와 정신은 시나브로 무너지기 시작했다. 하지만 그렇다고 딱히 해결책이 있는 것도 아니었다. 단지, 지금의 힘겨운 시간을 버틸 수 있는 유일한 버팀목은, 아이러니하게도 수능 시험이었다. 그녀는 시험만 잘 보면 이 모든 고생을 보상받을 수 있으리라 생각했다. 엄마도 더는 자기에게 못되게 굴지 못할 것이고, 언니도 자신을 인정할 수밖에 없을 거라고 믿었다. 모든 게 다 해결되는 완벽한 해피엔딩이었다. 그렇기에 희정은 몸이 힘들어도 절대로 그것만은 포기할 수 없었다. 그녀가 얼마나 그 시험에 목을 매고 있는지, 어떤 때는 마치 자신이 수능 시험을 보기 위해 존재하는 것 같다는 착각마저 들 정도였다.

그리고 그런 바람대로, 드디어 수능 시험이 코앞으로 다가왔다.

희정은 그날을 위해 준비를 끝마쳤다. 제물도 이미 몇 주 전에 물색해 둔 상태였다. 그동안의 경험을 통해 제물을 밖에서 급하게 구하는 짓은 하지 않기로 했다. 그녀는 몇 주 전부터 반려동물 온라인 카페를 돌아다니며 분양 정보를 눈여겨봤다. 그리고 마침내 적당한 대상을 발견했다. 고슴도치를 분양한다는 게시글이었는데, 희정은 거기에 댓글을 달아 꼭 분양받고 싶다고 했다. 댓글도 무척 성의있게 작성했다. 자신은 고슴도치를 너무 좋아하고, 고슴도치를 키우기 위해 공부도 많이 했으며, 누구보다 애정을 갖고 키울 자신이 있다고 장문의 글을 남겼다. 얼마 후, 그 정성이 통했는지 작성자는 희정에게 분양하겠다는 메시지를 보내왔다.

그녀가 고슴도치를 고른 이유는 이미 햄스터를 쓴 경험때문이었다. 작고 다루기 쉽고, 무엇보다 죽이고 나서 뒤처리도 훨씬 편했다. 희정은 종이에 적을 이름도 이미 정해 놨다. 이번엔 전교 2등이었다. 그 애에겐 무척 불행한 일이 되겠지만, 그녀는 별로 신경 쓰지 않았다. 어차피 재수하면 되니까 별로 문제 될 게 없다는 생각이었다.

[소닉09님, 오늘 솜털이 분양받을 수 있는 거죠?]

희정은 '솜털'이란 이름의 고슴도치를 분양해 줄, '소닉09'라는 남자에게 문자를 보냈다.
조금 있자, 그에게서 문자가 왔다.

[네, 맞아요. 케이지는 가져오시는 거죠?]
[그럼요. 이미 샀어요. 만날 때 가져갈 거예요.]
[그럼 이따 6시에 XX역 맥도날드 앞에서 봐요.]
[네, 알겠습니다! 빨리 솜털이 만나고 싶네요.]

희정은 오후 2시에 고사장 예비 소집에 다녀오고 나서 집에 잠깐 들렀다가 소닉09를 만나러 갈 생각이었다. 사실 그녀는 미리 분양받고 싶었지만, 소닉09가 시간이 안 된다고 해서 어쩔 수 없이 시험 전날에 받게 됐다. 이마저도 더 늦게 만나자고 한 것을 희정이 사정해서 날짜를 앞당겼다.

드디어 오늘만 지나면 모든 게 끝난다고 생각하니 희정은 가슴이 벅찼다. 이 끔찍한 짓에서 비로소 해방되는 것이었다. 그녀는 빨리 의식을 끝내고 싶은 마음뿐이었다. 희정은 10분 전에 미리 약속 장소로 나갔다. 한 손에는 케이지를 들고 있어서 소닉09가 한눈에 알아볼 수 있을 터였다. 그녀는 두근거리는 마음으로 제물이 오기만을 기다렸다.

하지만 약속 시간이 한참 지나도 어찌 된 일인지 소닉09

는 나타나지 않았다. 희정은 그에게 여러 차례 문자를 보내 봤지만, 그는 확인조차 하지 않았고, 전화도 받지 않았다.

"뭐야, 이 새끼! 지금 나랑 장난하자는 거야? 왜 전화를 안 받아!"

희정은 분을 못 이겨 주변에 사람이 있는데도 불구하고 버럭 소리를 질렀다. 사람들이 죄다 쳐다보는데도 그녀는 휴대폰을 바라보며 욕을 내뱉었다. 설마 그가 이렇게 뒤통수를 치리라곤 생각도 못 했다. 희정은 너무 화가 나서 제정신이 아니었다. 한 시간 동안이나 길 위에 서서 그 망할 녀석을 기다린 걸 생각하면 당장에 그의 눈알을 도려내고 싶었다. 그녀는 들고 있던 케이지를 바닥에 내동댕이친 채 그곳을 떠났다.

큰일이었다. 지금 당장 제물을 구해야 하는데, 눈앞이 막막했다. 근처에는 가까운 펫샵도 없고, 수중엔 그만한 돈도 없었다. 희정은 정처 없이 거리를 걸으며 대책을 고민했지만, 아무리 생각해도 마땅한 해결책이 떠오르지 않았다. 갑자기 머리가 아프고 속이 메스꺼웠다. 한동안 잠잠하던 위염이 또다시 재발한 모양이었다. 희정은 도저히 견딜 수 없어서 인적이 드문 골목으로 들어가 토하기 시작했다.

피가 섞인 토사물을 게워 내고서 그녀는 손으로 입술을 닦았다.

"이제 거의 다 왔는데……. 조금만 더 하면 끝인데……. 빌어먹을, 왜 이런 일이 생기는 거냐고! 왜!"

희정은 너무 화가 나고 억울해서 왈칵 눈물을 쏟았다. 얼마나 힘들게 여기까지 왔는데 이런 어이없는 이유로 일을 망치다니, 도저히 받아들일 수가 없었다. 그녀는 피가 나도

록 입술을 깨물었다. 이대로 포기할 순 없다. 종착지가 코앞인데 여기서 그만둘 수는 없었다. 희정은 무슨 짓을 해서든 반드시 제물을 구하겠다고 다짐했다.

◇◇◇◇◇

그녀는 몇 시간째 거리를 배회하며 네발 달린 짐승을 찾아 헤맸다. 쥐새끼라도 좋으니까 제발 나타나 달라고 빌었다. 얼마나 걸었을까. 정신을 차려보니 어느덧 낯익은 장소에 와 있었다. 희정은 개천 산책로를 따라 걸으며 반쯤 정신이 나간 얼굴로 중얼거렸다.

"어디 있어? ······어디 있는 거야? ······대체 어디 있는 거냐고······. 장난하지 말고 빨리 나와······. 나 진짜 급하단 말이야······. 어서······."

속은 여전히 메스꺼웠고 머리도 어지러웠다. 정말이지 다 포기한 채 집에 돌아가 침대 위에 눕고 싶었다. 도대체 왜 이렇게까지 고생을 해야 하는지 이해할 수 없었다. 따지고 보면 이건 전부 엄마 탓이 아닌가. 무조건 A대 의대만 고집하는 엄마 때문에 이런 짓거리를 하고 있는 게 아닌가. 희정은 미치도록 화가 났다. 엄마를 그렇게 미워하면서도 결국 엄마의 뜻대로 꼭두각시처럼 A대 학생이 되려고 노력하고 있다니. 정말이지 이렇게 바보 같은 짓이 또 있을까?

희정은 산책로를 벗어나 물가 근처로 다가갔다. 그러곤 무릎 꿇고 앉아 흐르는 물을 내려다봤다. 거기엔 자신의 얼굴이 일렁이고 있었다. 금방이라도 부서질 것처럼 위태로운 표정을 한 또 다른 자아가 그녀를 보고 있었다. 희정은 마치 그 안으로 빨려 들어갈 것처럼 한참을 뚫어지게 바라봤다. 그러다 순간, 뭔가를 발견하고선 "아!"하고 소리쳤다.

"그래, 맞아! 바로 근처에 있었잖아. 왜 바보같이 그걸 몰랐지?"

희정이 본 것은 수면 위에 비친 자신이었다. 무릎을 꿇고서 바닥에 손을 대고 있는 그 모습은 영락없는 짐승의 모습이었다.

"사람도 결국 동물이잖아. 게다가 네발로 기어 다니기도 하니까!"

순간 머리털이 쭈뼛 설 정도로 강렬한 전율이 일었다.

희정은 유레카를 외치고 싶은 심정이었다.

그때 마침, 휴대폰이 울렸다. 언니였다.

그녀는 지금 이 기분을 망치고 싶지 않아 전화를 받지 않으려고 했다.

그런데 문득, 어쩌면 좋은 기회일지도 모르겠다는 생각이 들어, 그녀는 전화를 받았다.

"희정아, 너 어디야?"

"잠깐 밖에 나왔어."

"무슨 일 있는 거 아니지?"

"아니. 아무 일도 없어."

"빨리 들어와. 내일 수능인데 그러고 있으면 어떡해."

"응, 지금 들어갈게."

희정은 전화를 끊고서 자리에서 일어섰다.

"고마워. 네 덕분에 찾았어."

그녀는 검고 칙칙한 물을 바라보며 말했다.

수면 위에 비친 자신이 방긋 미소를 지었다.

네발 덜린 짐승

10

희정이 집에 왔을 때, 언니가 걱정하는 얼굴로 그녀를 맞아 줬다.

수진은 동생의 몰골을 보더니 깜짝 놀라서 무슨 일이 있었냐고 물었다.

"아무 일도 없었다니까? 내 모습이 어때서?"

그렇게 말하는 동생의 표정은 왠지 심상치 않아 보였다. 눈동자의 초점은 흐릿했고, 마치 취한 사람처럼 말도 약간 어눌했다. 무엇보다 지금 그녀에게서 풍기는, 말로는 표현하기 어려운 어두운 분위기가 수진을 불안하게 만들었다.

"진짜 별일 없는 거지?"

"그렇다니까?"

"······그래, 알았어. 피곤할 테니까 얼른 씻어. 밥은 먹었니?"

"응. 근데 엄마는 자?"

"엄마? 아마 그럴걸? 왜?"

"그냥 물어봤어."

"엄마는 내 수능 전날에도 그러셨어. 그러니까 신경 쓰지 마."

"신경 안 써."

"……."

엄마가 이 시간에 약을 먹고 잔다는 걸 동생이 모를 리 없었다. 게다가 저렇게 뜬금없이 엄마에 관해 묻는 건, 요 몇 년 사이 처음 있는 일이었다. 수진은 오늘따라 동생이 자꾸만 낯설게 느껴졌다.

"언니는 참 좋겠다. 머리도 좋고, A대 학생이어서."

희정이 갑자기 그런 말을 꺼내서 수진은 조금 당황했다. 지금 상황에서 무슨 말을 해 줘야 동생이 기운이 날지, 아무리 생각해도 마땅한 말이 떠오르지 않았다.

"내일 일찍 일어나야잖아. 얼른 씻고 자."

"있잖아. 언니는 내가 동생이어서 싫었던 적 없었어?"

"뭐?"

"나 같은 게 동생이어서 싫은 적 없었냐고."

"무슨 소릴 하는 거야? 내가 왜 널……."

"괜찮아. 말해 봐."

수진은 동생이 갑자기 왜 이러는지 이해할 수 없었다. 오늘 동생은 마치 다른 사람 같았다.

그때, 희정이 한 걸음 다가왔다. 그녀가 등 뒤로 감춘 손에 공업용 커터칼이 들려 있다는 것을 수진은 까맣게 모르고 있었다.

희정은 또 한 걸음 언니에게 다가갔다. 그녀는 커터칼의 손잡이를 단단히 움켜쥐었다. 지금이라면 할 수 있을 것 같았다.

'미안하지만, 날 위해서 죽어…….'

그때, 뜻밖의 상황이 벌어졌다.

수진이 갑자기 희정을 와락 끌어안았다. 희정은 당황한 나머지 놀란 얼굴로 가만히 서 있었다.

"그동안 고생 많았지? 언니가 힘이 돼 주지 못해 미안해……. 넌 분명 잘 해낼 거야. 꼭 A대가 아니어도 돼. 너만 좋다면 그걸로 된 거야. 언니가 끝까지 응원할게."

수진은 진심을 담아 말했다. 동생에게 꼭 해 주고 싶었던 말이지만, 왠지 쑥스러워서 그동안 하지 못했었다. 하지만 이렇게 힘들어하는 동생을 보니 이제는 말해 줘야겠다는 생각이 들었다.

그 말을 들은 희정은 왠지 온몸의 힘이 쭉 빠지는 기분이 들었다. 그녀는 뭔가 뭉클하면서도 기분 나쁜 느낌을 동시에 받았다. 마치 자신의 몸속에서 뜨거운 것과 찬 것이 한데 뒤섞이며 소용돌이치는 느낌이었다.

그녀는 언니에게 안겨 멍하니 한쪽 벽을 바라보며 나직이 말했다.

"내가 어떤 선택을 해도 날 이해해 줄 거야?"

"당연하지. 넌 내 동생이니까."

수진은 더욱 따뜻하게 동생을 끌어안았다.

반면, 희정은 손에 쥔 커터칼을 단단히 움켜쥔 채 칼날을 슬쩍 밖으로 꺼냈다.

"고마워. 그렇게 말해 줘서."

늦은 밤, 개천 공터에서 연기가 피어오르고 있었다.

희정은 불타고 있는 상자를 가만히 내려다봤다. 그녀의 오른손과 들고 있는 커터칼은 피로 붉게 물들어 있었다. 해야 할 일을 끝마쳤지만, 홀가분한 기분보다는 어쩐지 허무한 기분이 들었다. 어쩌면 그건 언니가 마지막에 했던 말 때문인지 모르겠다고 그녀는 생각했다.

하지만 후회하진 않았다. 자신이 그토록 원하던 일이었기에 그런 불필요한 감정은 들지 않았다. 게다가 인제 와서 후회해 봤자 소용없는 일이 아닌가. 이미 물은 엎질러졌다. 이제는 앞으로 나아갈 수밖에 없었다.

희정은 상자가 다 타서 재가 된 것을 보고 돌아섰다. 이제 집에 가서 남은 의식을 끝마칠 차례였다.

"어? 뭐지? ⋯⋯왜 벌써⋯⋯?"

집으로 가려던 희정은 문득 하늘을 올려다보다가 뭔가를 발견하고는 우뚝 멈춰 섰다.

구름 한 점 없는 캄캄한 밤하늘에 커다란 붉은 달이 떠 있는 것이었다. 아직 의식을 다 끝마치지도 않았는데 말이다.

그녀는 다시 돌아서서 이미 재가 된 상자를 내려다봤다.

"뭔가 잘못됐어⋯⋯. 혹시 제물 때문인가?"

갑자기 서늘한 바람이 불어왔다. 그녀는 자기도 모르게 몸서리를 쳤다. 예감이 좋지 않았다. 뭔가 안 좋은 일이 일어날 것 같은 느낌이 들었다.

'이상해. 만약 제물 때문이라면 지난번처럼 그냥 의식이 실패하는 걸로 끝나면 되잖아. 저렇게 붉은 달이 뜰 일도 없을 거고. 이건 뭔가 다른 문제가⋯⋯.'

그런 생각을 하고 있을 때, 갑자기 섬뜩한 기운이 느껴졌다. 그녀는 놀라서 주변을 두리번거렸다. 어둠 속에서 누군가 자신을 지켜보고 있는 듯한 기분이 들었다. 그녀는 몸을 바르르 떨며 천천히 뒷걸음질 쳤다. 얼른 이곳을 떠나고 싶었다. 하지만 다리가 너무 후들거려서 도저히 뛸 수가 없었다. 알 수 없는 공포가 그녀를 짓눌렀다.

그때 갑자기, 개천에서 무슨 소리가 났다.

보글보글······. 보글보글······.

그것은 물속에서 기포가 올라오는 소리였다. 희정은 뭔가에 홀린 듯 그 모습을 바라봤다.

잠시 후, 물속에서 머리 하나가 스윽 떠올랐다. 그녀는 크게 숨을 삼켰다.

물속에서 떠오른 정체불명의 **그것**이 천천히 물가로 걸어 나오기 시작했다. 언뜻 형체는 사람 같았지만, **그것**은 두 발이 아닌 네발로 엉금엉금 기어서 움직였다. 게다가 팔과 다리는 몸통에 비해 너무 길어서 도저히 사람이라고 할 수 없는 기형적인 모습을 하고 있었다. 물가로 걸어 나온 **그것**이 고개를 들어 희정을 쳐다봤다. 마침내 붉은 달빛 아래서 **그것**의 얼굴이 드러났다. 희정은 심장이 멎어 버릴 것만 같았다.

그 얼굴은 도저히 사람의 것이라 할 수 없었다. 입은 길쭉하게 튀어나왔고, 귀는 쫑긋했으며, 눈은 짐승의 눈처럼 눈동자가 흰자를 온통 뒤덮고 있었다. 그 모습은 한 번 보면 절대로 잊을 수 없을 정도로 괴기스럽고 끔찍했다.

희정은 순간, 그것이 '시니'라는 것을 깨달았다.

"주술은 반드시 세 번까지만 해야 해. 그 이상 주술을 행하면 그땐······ 시니가 찾아와."

그녀는 아무런 효과를 보지 못했기에 당연히 실패한 주술은 무효라고 생각했다.

하지만 그녀가 욕심에 눈이 멀어 간과한 것이 있었다. 그것은 바로 제물의 생명이었다. 주술을 세 번까지만 하라고 한 이유는 횟수 그 자체에 목적이 있는 게 아니라 제물의 불필요한 희생을 막기 위함이었다. 즉, 주술을 무효화 할 수 있는 유일한 조건은 오직 제물을 죽이지 않았을 때뿐이다. 제물을 죽이고 나서 의식을 끝내면 다시는 되돌릴 수 없게 된다.

희정은 한 걸음도 움직일 수가 없었다. 마치 두 다리가 땅에 박혀 버린 것만 같았다. 그녀는 죽는 게 두려웠다. 곧 있으면 자신이 바라는 걸 이룰 수 있는데, 이대로 허무하게 죽고 싶지 않았다.

"제, 제발…… 살려 줘."

그것이 붉은 달이 떠 있는 하늘을 향해 기이한 울음소리를 냈다.

그러자 곧이어 물속에서 **그것**과 비슷한 여러 마리가 머리를 내밀며 물가로 기어 나오기 시작했다. 사람처럼 생긴 육체에 온갖 짐승의 얼굴을 하고서, **그것**들이 희정을 향해 다가오고 있었다.

그녀는 꼼짝없이 선 채로 **그것**들이 다가오는 광경을 지켜볼 수밖에 없었다.

그것들은 희정의 주위로 몰려들어 그녀를 둥글게 에워쌌다. 수십 개의 반짝이는 눈이 그녀를 올려다봤다. 희정은 거의 숨조차 쉬지 않았다. 살려달라고 애원하고 싶었지만, 입이 움직여지지 않았다. 그녀가 할 수 있는 거라곤 그저 공포에 질린 얼굴로 바들바들 떠는 것뿐이었다.

그것들 중 고양이 얼굴을 한 것이 희정에게 다가왔다. **그것**은 얼굴을 바짝 들이밀며 고개를 좌우로 까딱까딱 움직였다. 마치 자신을 봐 달라는 듯한 몸짓 같았다. 희정은 입술을 깨물며 참고 참았지만, 결국 아이처럼 울음을 터트리고 말았다. 그것은 원초적 공포를 느낀 자만이 낼 수 있는 처절한 울음소리였다.

고양이 얼굴을 한 **그것**은 까딱거리던 고개를 멈추고 희정을 가만히 쳐다봤다.

그러다 어느 순간, 갑자기 입을 쩍 벌리더니 그녀의 팔을 덥석 물고서 그녀를 바닥에 쓰러뜨렸다. **그것**은 희정의 팔을 문 채로 마치 장난감 다루듯 이리저리 휘둘렀다.

"꺄아아악!"

외마디 비명이 울려 퍼졌지만, 그것은 그저 공허한 울림일 뿐이었다.

어느새 여러 마리가 희정에게 달라붙었다. 다리와 팔, 몸통과 머리를 각자 하나씩 맡아 물어뜯었다.

그것들은 마치 먹잇감을 대하는 맹수처럼 희정을 에워싼 채 만찬을 즐기기 시작했다.

◇◇◇◇◇

피로 물든 밤이 지나고, 드디어 수능 시험의 날이 밝았다.

전국의 수험생들은 오직 이날만을 위해 달려왔기에 그들에게 오늘 하루는 자신의 인생에서 무척 특별한 날로 기억될 것이었다.

그것은 희정도 마찬가지였다. 하지만 이제 그녀에겐 상관없는 일일 뿐이었다.

날이 밝은 개천 공터에는 한밤중에 있었던 참혹한 상황을 말해 주듯 곳곳에 피와 살점, 찢긴 옷가지 등이 흩어져 있었다. 그러나 그 어디에서도 온전한 형태의 희정을 찾을 수는 없었다. 하다못해 손가락 하나조차 발견할 수 없었다. 물론 그녀를 먹어 치운 **그것**들도 이미 사라진 후였다. 희정은 이제 이 세상에서 완전히 지워진 것이나 다름없었다.

한데 딱 하나, 아직 남은 것이 있긴 했다. 그것은 희정이 전날에 남긴 것이었다.

"꺄아악!"

비명은 그녀의 집 안에서 들려 왔다.

수진은 아무 생각 없이 문을 열고 엄마 방에 들어갔다가 충격적인 광경을 보고 말았다. 침대 위에 엄마가 처참한 모습으로 죽어 있었던 것이다.

그것도 양쪽 눈이 모두 도려내진 끔찍한 몰골로.

신딸

전건우

비방이라는 말, 들어보셨습니까?

제가 말하는 비방은 '남을 헐뜯는다'는 뜻의 비방(誹謗)이 아니라 '공개하지 않는 방법'을 뜻하는 비방(祕方)입니다.

들어본 적 없다고요? 그럴 겁니다. 저도 '그 일'을 겪기 전에는 전혀 몰랐으니까요. 비방은 주로 무속에서 사용하는 단어입니다. 무속적으로 어떤 일을 할 때 비방을 쓴다고 표현하죠. 상갓집에 다녀온 뒤 소금 뿌리지 않습니까? 그런 것도 일종의 비방이라 할 수 있습니다. 부적을 쓰는 것도, 굿을 하는 것도 다 비방의 일종이죠. 그렇다고 해서 좋은 비방만 있는 건 아닙니다. 남을 해코지 할 때, 그러니까 저주할 때 비방을 사용하기도 합니다.

인터넷에는 가끔 이런 사연들이 올라오죠.

예쁘게 선물 포장된 상자가 길에 떨어져 있어서 주웠더니 아기 운동화 안에 쌀이 가득 들어있더라, 혹은 낡은 옷과 머리카락이 들어 있더라, 하는 사연들. 그런 사연들 속 운동화나 옷은 모두 죽은 사람들 물건입니다. 망자의 원한을 다른 사람에게로 돌리게끔 만든 일종의 함정인 거죠. 이것 역시 비방이라고 부릅니다.

일상에서 잘 쓰지도 않는 단어에 대해 주절주절 떠든 이유는 한 가지입니다. 그 사건을 조금이라도 잘 설명하기 위해서죠.

네. 맞습니다.

저는 지금부터 나쁜 비방, 다시 말해 일종의 저주에 관해 이야기할 겁니다.

지금으로부터 1년 전의 일입니다. 7월에 전역을 한 저는 9월이 되자 바로 복학했습니다. 남들은 전역하고 반 학기 정도 쉰다고 하지만 제게는 그럴 틈이 없었습니다. 삼수 끝에 대학에 들어갔으니까요. 입학부터가 이미 남들보다 한참 늦은 터라 마음이 조급했죠. 동기와의 우정 같은 건 애당초 포기했습니다. 삼수를 하고 군대까지 갔다 오니 동기는 물론이고 선배들과도 메울 수 없는 간극이 생기더군요.

복학과 동시에 저는 자취방도 구해야 했습니다. 그런데 방값이 좀 비싸야 말이죠. 월세가 좀 싸다 싶으면 보증금이 턱도 없이 높고, 그 반대는 또 월세 낼 여력이 없어 고민이 이만저만이 아니었습니다. 그러다가 우연히 하숙집 한 곳을 알게 됐어요. 글쎄요. 누가 소개를 해 준 건지, 아니면 학교 게시판에서 봤던 건지 그건 기억이 잘 안 나네요. 아무튼 '신당빌라'라는 곳이 있고 거기가 아주 저렴한 하숙집이라는 걸 알았죠.

특이하게도 신당빌라는 면접까지 해서 하숙생을 뽑았습니다. 집주인이 학생들 돕는 셈 치고 싸게 하숙집을 제공해

주는 대신 면접을 보는구나, 저는 그렇게 짐작을 했습니다. 아무려나 저는 좋았습니다. 돈을 아낀 채 먹고 잘 수 있다면 무슨 일이든 할 수 있겠다고, 그땐 그런 생각을 했죠.

저는 꼬장꼬장한 성격의 노인네가 집주인일 텐데 그런 사람은 면접 때 어떤 질문을 할까를 고민하며 신당빌라에 갔습니다.

그런데 뜻밖의 일이 벌어졌습니다. 하숙집 주인이라고 나온 이는 제 또래로 보이는 여자였습니다. 한복을 입은 게 조금 독특하긴 했지만 그것 말고는 그냥 대학생이라 해도 믿을 정도였습니다. 그럼에도 제가 긴장을 한 건 그에게서 풍기는 범접할 수 없는 분위기 때문이었습니다. 뭐라고 할까요, 나이에 어울리지 않게 산전수전 다 겪은 것 같은 분위기라고 한다면…… 대충 이해하시겠습니까? 아무튼 그랬습니다. 그래서 전 어색하게 인사를 한 후 주뼛거리며 앉아만 있었죠. 그가 무슨 말을 할지 기다리며.

"태어난 날과 시가 어떻게 되세요?"

그 여자가 처음 던진 질문 역시 뜻밖이었습니다. 저는 당황했지만 일단 알려 줬습니다. 여자는 뭔가 셈을 하듯 알아들을 수 없는 말을 중얼거리더니 이내 생긋 웃었습니다. 뜬금없는 타이밍의 웃음이기는 해도 미소가 걸린 여자의 얼굴은 정말 아름다웠습니다..덩달아 저도 웃었죠. 그러자 여자가 말했습니다.

"인상이 좋으시네요. 성함은 어떻게 되세요?"

"아! 가, 감사합니다. 이름은 이금철입니다."

저는 멋쩍은 표정을 지으며 말했습니다. 그때 여자가 또 한마디를 했습니다.

"합격이에요. 내일부터 입주하세요."

"네?"

"합격이라고요."

"아……. 면접이 끝난 건가요?"

"인상 좋은 사람을 찾고 있었거든요."

웃으며 말하는 여자를, 저는 멍하니 바라볼 수밖에 없었습니다. 기분이 좋기도 했지만 당황스러운 것도 사실이었습니다. 보셔서 아시겠지만 제가 결코 좋은 인상은 아닙니다. 오히려 무뚝뚝하고 차가워 보이는 쪽에 가깝죠. 웃는 표정도 영 어색합니다. 그랬는데 대뜸 인상이 좋아 합격이라니, 어안이 벙벙할 수밖에요. 어디 가서 말하면 비웃음 사기 딱 좋은 상황이었습니다. 하지만 여자는 진지했습니다.

"신당빌라에 오신 걸 환영해요."

여자는 손을 내밀었고, 저는 그 손을 살짝 잡았습니다. 묘하게 따뜻하고 끈적거리는 손이었습니다.

신당빌라는 이름만 빌라일 뿐 3층짜리 낡은 건물이었습니다. 3층 전체는 주인 여자가 쓰고, 1층과 2층이 하숙생들의 공간이었습니다. 그중 1층은 주방과 휴게실로 사용했으니 실상 하숙방이라 해 봐야 2층의 여섯 개가 전부였습니다. 그나마도 다 차지 않은 것 같았습니다. 저는 202호를 배정받았는데 옆방인 203호가 비어 있었거든요. 젊은 여자 혼자 하숙을 치려면 어쩔 수 없겠구나 싶었습니다.

많은 의문을 뒤로한 채 저는 신당빌라에서 하숙을 시작했습니다. 202호는 넓고 좋은 방이었습니다. 침대며 책장 그리고 옷장까지 다 갖춰져 있었죠. 최악의 경우 고시원까지 생각했던 제게는 과분할 정도였습니다. 거기다가 삼시세끼를 다 준다니 그야말로 이보다 좋을 수 없었죠.

첫날은 정신없이 지나갔습니다. 주인 여자에게 주의사항을 듣고, 짐을 정리하고, 자질구레한 일 몇 가지를 처리하고 보니 어느덧 저녁이었습니다. 저는 시간에 맞춰 저녁을 먹으러 1층으로 내려갔습니다. 남자 셋이 이미 밥을 먹고 있더군요. 주인 여자는 보이지 않았습니다.

"안녕하세요?"

저는 어색하게 인사를 한 뒤 식탁에 앉았습니다. 셋은 물끄러미 저를 보더군요. 안경을 쓴 똑똑해 보이는 남자가 입을 열었습니다.

"202호죠? 저는 205호, 그리고 저분은 201호."

안경은 근육질의 덩치 큰 남자를 가리켰습니다. 그 남자는 말없이 고개만 까딱하더군요.

"저는 206호예요."

훤칠하게 잘생긴 남자가 웃으며 말했습니다.

"저희 넷이 전부인가요?"

제가 묻자 안경이 대답해 주더군요.

"네. 맞아요. 아쉽지만 여자가 한 명도 없네요."

"내 말이 맞다니까. 주인 여자가 자기 맘에 드는 남자만 뽑은 거라고."

206호, 그러니까 미남은 그렇게 말하며 크크 웃었습니다. 그 웃음 속에 어떤 의미가 담긴 건지는 단번에 이해할 수 있었죠.

"그러고 보니 면접 볼 때 생년월일도 물었죠? 다들 그랬어요?"

안경이 묻자 미남과 덩치가 고개를 끄덕였습니다.

"네. 묻긴 했는데……."

저는 말끝을 흐렸습니다.

"그것 봐. 생년월일 물은 것도 사주니 궁합이니 그런 이유 때문이라니까."

미남은 거의 확신하고 있는 듯했습니다.

"그렇다고 하기에는 취향이 너무 다양한데? 흐흐."

덩치의 말에 미남과 안경이 동시에 웃었습니다. 저는 좀 불편했지만 일단은 모른 척 밥을 먹었습니다. 음식 맛이 상당히 좋았습니다. 양도 푸짐하고 반찬 수도 많았죠.

"이렇게 해서 남는 게 있을까요?"

저는 농담 삼아 웃으며 물었습니다. 그러자 안경이 눈을 동그랗게 뜨고 말하더군요.

"모르셨어요? 여기 주인 여자분이 유명한 무당이잖아요."

"무당이요?"

그러고 보니 한복을 입는 거라든지 특유의 분위기라든지 모든 게 맞아떨어졌습니다.

"3층이 신당이에요. 그래서 여기가 신당빌라잖아요. 아침이고 낮이고 손님들이 꽤 많이 찾아와요. 돈은 그걸로 다 벌걸요."

"그런데 무당이 왜 하숙을……."

"신령님 뜻인지 뭔지 우리야 모르죠. 올해부터 하숙을 시작했다는데, 이렇게 밥 잘 나오고 저렴한 하숙 찾기가 어려우니까 전 만족하고 있어요. 하하."

안경은 서글서글하게 웃었습니다. 저도 그랬습니다. 주인이 무당이라는 건 신기하긴 했지만 아무 상관 없었죠. 따뜻하고 아늑한 방과 맛있는 식사만 있다면 주인의 직업이 뭐건 중요하지 않았습니다.

"그런데 세 분은 다들 언제 들어오셨어요?"

제가 물었습니다. 분위기로 봤을 때 세 명 역시 그리 오래 있었던 것 같지는 않았기 때문입니다.

"아! 저희는 한 달 정도 됐어요. 며칠 차이로 비슷하게 들어왔어요. 그렇죠?"

안경이 나머지 두 사람을 보며 말했습니다. 미남과 덩치가 동시에 고개를 끄덕였습니다.

"그래도 내가 제일 먼저였지. 그땐 여기 아무도 없었어."

미남은 자랑이라도 하듯이 그렇게 말했습니다.

그날 밤 저는 전공 서적을 조금 들여다보다가 침대에 누웠습니다. 피곤했던 참이라 금세 졸음이 몰려오더군요. 눈꺼풀이 무거웠습니다. 설핏 잠이 들려는 찰나 막 흐려지던 시야 끝에 뭔가가 보였습니다. 침대 아래쪽에서 대각선 방향에 옷걸이가 놓여 있었는데 거기 걸어 놓은 제 점퍼가 흔들렸습니다. 천천히, 조금씩.

처음에는 열린 창문으로 바람이 불어 들어오는가 보다, 그렇게 생각했습니다. 하지만 곧 그럴 리가 없다는 걸 깨달았습니다. 창문은 분명히 닫았거든요. 무시하려고 했지만 한 번 눈에 들어오니 계속 신경이 쓰였습니다. 찜찜하기도 했고요. 할 수 없이 억지로 일어나 옷걸이로 다가갔습니다. 그때였습니다. 점퍼가 저 혼자 툭 하고 떨어진 건. 마치 누군가가 점퍼를 들고 있다가 떨어뜨린 것 같았습니다.

제가 거길 들어간 지 사흘째 되던 날 206호가 신당빌라를 나갔습니다. 그 잘생긴 남자.

그 남자는 조용히 사라졌습니다.

안경도, 덩치도 무슨 이유인지 모르는 눈치였습니다. 저는 방문이 활짝 열린 206호를 보며 이상하다는 생각을 했습니다. 이제 막 학기가 시작되었는데 남자는 왜 하숙집을 나간 걸까? 서늘한 공기가 맴도는 텅 빈 방은 제 의문에 어떤 답도 내려 주지 않았습니다.

그사이 저는 신당빌라에서의 생활에 점점 적응해 가고 있었습니다. 모든 게 좋았습니다. 식사는 늘 꼬박꼬박 준비됐고, 공용 세탁실에는 세탁기에다가 건조기까지 있어 더없이 편했습니다. 주인 여자와는 마주칠 일도 거의 없었습니다. 그는 3층에 늘 머무는 것 같았고 무척 바빠 보였습니다. 안경의 말처럼 그 여자, 그러니까 무당을 찾는 손님은 많았습니다. 건물 입구에서 3층까지 바로 통하는 계단으로 여러 사람이 오가는 모습을 저도 종종 봤죠. 딱 하나 마음에 걸리는 건 '시선'이었습니다.

네. 맞습니다. 누가 절 바라보는 느낌을 계속 받았습니다. 신당빌라의 구석구석, 복도나 주방이나 화장실, 심지어 제 방에서도 보이지 않는 시선을 심심치 않게 느낄 수 있었습니다. 끈적끈적 달라붙는 시선은 정체를 알 수 없어 더 불쾌했지만 저는 제 자신이 문제라고만 생각했습니다. 실제 저는 무척 예민한 편이거든요. 갑자기 환경이 바뀌고 학교생활에 적응하느라 스트레스를 받는 거라 여겼습니다.

며칠이 또 지났습니다. 저는 그즈음 학교 도서관에서 공부를 하다가 저녁 식사 시간에 맞춰 신당빌라로 돌아가는 생활을 반복하고 있었습니다. 그날도 그랬습니다. 계절은 본격적으로 가을로 접어들어 제가 도서관에서 나왔을 때는 땅거미가 지고 있었습니다. 어스름한 캠퍼스를 막 빠져나와 건널목 앞에 섰을 때 누가 제 앞을 지나갔습니다. 찰나의 순간이지만 전 그가 누구인지 알아봤습니다.

"안녕하세요?"

저는 그 남자, 바로 206호 미남에게 인사를 했습니다. 미남은 멈춰 서더니 저를 바라봤습니다. 처음에는 제가 사람을 잘못 봤나 했습니다. 옆모습은 분명 아는 얼굴이었는데 정면을 보니 영 다른 사람 같았습니다. 잘생긴 이목구비는 그대로였지만 어째 생기가 하나도 없었고 무척 어두워 보였습니다. 그날의 마지막 햇살이 남긴 그늘이 얼굴에 드리웠기 때문만은 아니었습니다. 그 얼굴은…… 그래요, 빈껍데기만 남은 듯했습니다.

"갑자기 방을 비우셨기에……."

무슨 말이라도 해야지 싶어 입을 뗐는데 미남에게서는 의외의 반응이 돌아왔습니다.

"누구세요?"

"네? 저 아시잖아요. 신당빌라 202호."

제가 그렇게 말하자 미남은 고개를 갸우뚱하더니 씨익 웃었습니다. 그때 전 봤습니다. 미남의 눈동자가 상한 달걀처럼 풀려 있는 걸. 미남은 웃는 표정 그대로 말했습니다. 주파수가 맞지 않아 잡음이 섞여 들어간 라디오 방송 같은 꺼끌꺼끌한 목소리로.

"나…… 나는 아니래. 나는…… 맞지 않대."

그 말을 듣는 순간 이유는 모르겠지만 소름이 돋았습니다. 그사이 한층 더 어두워진 건지 미남의 얼굴이 잘 보이지 않았습니다. 그저 시커먼 덩어리만 제 앞에 서 있는 것 같았죠. 저는 할 말을 찾지 못해 멍하니 서 있었고 미남은 휘적휘적 걸어 어둠 속으로 사라졌습니다.

크크크.

메마른 웃음만 남긴 채.

미남과 헤어진 후 저는 곧장 신당빌라로 돌아갔습니다. 석연치 않은 모습과 반응에 신경이 쓰였지만 그 석연찮음이 오래가지는 않았습니다. 그저 좀 이상한 사람이라고만 생각했죠. 무엇보다 배가 고팠습니다. 인간이라는 게 참 웃기죠? 배가 고프다는 이유만으로 머릿속을 텅 비울 수 있으니.

시간이 늦어서인지 제가 도착했을 때는 주방에 아무도 없었습니다. 불도 꺼진 채였죠. 저는 식탁 위의 작은 스탠드 조명만 켜고 서둘러 밥 먹을 준비를 했습니다. 밥통에서 밥을 푸고 그때까지 온기를 품고 있던 국도 한 국자 떴습니다. 밑반찬은 냉장고에서 꺼냈죠. 그러고는 막 밥을 먹으려는데 뒤에서 목소리가 들렸습니다.

"금철 씨. 저녁이 늦네요."

돌아보니 주인 여자가 서 있었습니다. 평소의 한복이 아니라 헐렁한 티셔츠에 운동복 바지를 입고 있더군요. 늘 틀어서 묶고 있던 머리도 푼 상태였습니다. 금방 샤워를 한 듯 머리카락이 젖어 있었죠. 향긋한 냄새도 났습니다. 주인 여자는 제가 뭐라 대답할 새도 없이 식탁으로 다가와 맞은편에 앉았습니다. 손에 맥주 한 캔을 들고서.

"퇴, 퇴근하셨나 봐요?"

제가 묻자 주인 여자는 피식 웃었습니다.

"네. 맞아요. 퇴근했죠."

"저녁은 드셨어요?"

"종일 향냄새 맡고 있으면 저녁때쯤엔 입맛이 싹 달아나요. 덕분에 평생 다이어트 걱정은 없지만."

주인 여자는 그렇게 말하며 맥주 캔을 땄습니다.

"그런데도 음식은 참 맛있네요."

제가 말하자 주인 여자는 그야말로 까르르 웃더군요. 그러고는 저를 향해 얼굴을 들이밀며 속삭였습니다.

"이건 비밀인데요, 음식들 전부 사 오는 거예요."

"네?"

"제가 점은 좀 잘 봐도 음식 솜씨는 영 없거든요."

"그, 그렇군요."

"비밀 지켜 주셔야 해요. 알겠죠?"

주인 여자는 새끼손가락을 내밀었습니다. 저는 거기에 제 새끼손가락을 걸었죠. 우리만의 사소한 비밀이 생긴 순간이었습니다.

"비밀 지키겠습니다."

"좋아요. 그럼 제가 보답으로 점을 봐 드릴게요."

"점이요?"

"어디 보자. 신령님이 말씀하시니……."

주인 여자는 눈을 지그시 감고 중얼거렸습니다. 점이니 운세니 하는 건 안 믿었지만 굳이 말리지는 않았죠. 잠시 후 다시 눈을 뜬 여자가 제게 말했습니다.

"의지가지없이 외롭게 살았네. 어릴 때 부모도 여의고, 일가친척 모두 떠나고, 친구도 하나 없구먼."

"어떻게 그걸?"

저는 그야말로 크게 놀랐습니다. 부모님은 제가 중학교 3

학년일 때 교통사고로 돌아가셨거든요. 친척들 집을 전전하다가 절 이용해 먹으려는 모습에 환멸을 느끼고 성인이 되어서는 아예 의절을 한 것도 맞습니다. 누구에게도 털어놓은 적 없는 제 과거를 술술 읊는 걸 보며 전 입을 떡 벌렸죠. 주인 여자는 슬며시 웃더니 말을 이었습니다.

"근데 걱정할 것 없어. 좀 있으면 평생의 인연이 나타나. 그 인연이랑 죽어서도 같이 갈 거야."

"정말입니까?"

"어허! 신령님 말씀 안 믿으면 부정 타!"

주인 여자는 장난스레 말한 후 일어났습니다. 저도 웃었죠. 빈말이라 해도 일단 기분은 좋았거든요. 그래서 인사를 했습니다.

"복채도 안 드렸는데 좋은 점괘 감사합니다."

"뭘요. 그리고 너무 외롭고 그러면 가끔 3층에 놀러 와요. 말동무는 해 드릴 수 있어요. 대화할 상대가 없어서 외로운 거잖아요."

"진짜 용하시네요. 그것도 신령님이 가르쳐 주신 겁니까?"

"아뇨. 제가 외로워서 외로운 사람 심정을 잘 알거든요."

그 순간 주인 여자의 표정이 살짝 어두워졌습니다. 입은 여전히 웃고 있었지만 눈빛에 서린 쓸쓸함을 감출 수는 없었죠. 저는 그 표정의 기원을 잘 알고 있었습니다. 그건 고독이었고, 제가 거울을 들여다볼 때마다 짓는 표정이기도 했죠. 저는 주인 여자를 향해 물었습니다. 아주 충동적으로.

"이름……. 이름을 알 수 있을까요?"

"미희. 미희예요."

주인 여자, 아니 미희는 천천히 대답한 뒤 돌아섰습니다.

241

그러더니 혼잣말처럼 한마디를 했습니다.

"제 이름을 물어봐 준 건 그쪽이 처음이었어요."

저는 그때 분명히 느꼈습니다. 제 심장이 기분 좋게 뛰는 것을.

악몽은 느닷없이 찾아왔습니다. 아니, 악몽 이상이었습니다. 가위눌림이라고 하는 편이 더 맞겠네요. 그건 늘 시선과 함께 시작됐죠. 누군가가 절 보고 있다는 느낌을 받습니다. 저는 침대에 누워 있죠. 그다음은 소리입니다. 뒤쪽, 옆쪽 혹은 위쪽 어딘가에서 쌔액쌔액 거친 숨소리가 들립니다. 놀라서 일어나려 해도 꼼짝도 할 수 없습니다. 손가락 하나 까딱하지 못하는데 온몸의 감각만은 예민하게 곤두서 모든 걸 느낄 수 있습니다. 잠시 후, 제 시야 밖에서 '그것'이 다가옵니다. 그것의 정체는 모릅니다. 그것이 저를 덮치려는 바로 그 순간에 항상 깨어났거든요.

저는 매일 밤 가위에 눌렸습니다. 어릴 때부터 험한 일을 많이 겪었던 터라 담력이 세다고 생각했는데 가위 앞에서는 속수무책이었습니다. 잠자는 게 너무 두려워 뜬눈으로 밤을 새우기도 했습니다. 그러다 보니 자연스레 입맛도 떨어지고 기운도 없고 정신이 흐려지더군요. 그것들보다 더 괴로운 건 두통이었습니다. 가위눌림과 함께 찾아온 두통은 그야말로 끔찍했습니다. 관자놀이에 드릴을 대고 마구 돌리는 것 같은 두통이라 표현한다면, 조금은 설명이 될까요?

그럼에도 제가 버틸 수 있었던 건 미희 덕분이었습니다. 그날 이후 부쩍 가까워진 우리는 다른 하숙생들의 눈을 피해 밤마다 3층에서 만났습니다. 특별한 걸 하지는 않았습니다. 그러니까, 상상하시는 그런 것 말입니다. 우리는 그저 대화를 나눴습니다. 시시콜콜한 이야기들, 이를테면 학교에서 무얼 배웠다, 손님 중에 어떤 진상이 있었다, 뭐 이런 이야기들이었죠. 그런 대화들을 통해 저는 미희에 관해 제법 많은 걸 알게 됐습니다.

미희는 자신이 어머니를 이어 무당이 됐다고 말했습니다. 어릴 때부터 무병을 앓았는데 그걸 받아들이기 싫어 꽤 고생을 했다는 이야기도 했죠.

"진짜 머리가 깨질 듯 아팠어요. 그런 두통이 종일 이어졌다니까요. 그런데 엄마한테서 신내림을 받고 나니까 씻은 듯 사라졌어요. 두통이."

그런 경험이 있었기 때문일까요, 미희는 제 상태에 대해 이해도 잘하고 진심으로 걱정도 해 줬습니다. 어디서 두통에 좋다는 약을 구해 와 제게 주기도 했으니까요. 그 마음이 너무 고마워 저는 그 까만 환을 매일 열심히 먹었습니다.

그래도 제 상태는 쉽게 좋아지지 않았습니다. 날이 갈수록 살이 빠져서 바지가 안 맞을 정도였습니다. 물론 병원에도 가 봤습니다. 거기선 진통제와 수면제를 처방해 주는 게 다였죠. 그 약들 역시 도움이 안 됐습니다. 수면제를 먹어도 잠깐 선잠만 들 뿐 곧 그 가위눌림이 찾아왔습니다. 몸은 한없이 무거워 늪에라도 빠진 듯 계속 가라앉는데, 반대로 의식은 지나칠 정도로 명료해 허공에 뜬 먼지 알갱이 하나까지 다 보일 정도였습니다. 팔뚝의 솜털에 공기가 스치는 게 느껴질 정도였으니 말 다 했죠. 그럼에도 항상 '그것'의 정체만은 알아낼 수 없었습니다. 그것이 어떤 존재인지 안다면 맞서 싸우겠는데 그게 안 되니 미칠 것 같았습니다.

저는 그 괴로움을 미희에게 토로했습니다. 토요일 아침이었습니다. 미희가 3층에서 같이 커피라도 마시자고 해서 올라간 김에 두통이 너무 심해 도저히 참을 수 없다고 말한 거죠. 그러자 미희는 제 얼굴을 한참 들여다보더니 심각한 표정으로 물었습니다.

"증상이 얼마나 오래됐죠?"

"3주 정도 됐어요. 여기 들어오고 일주일 후부터 본격적으로 아팠으니까."

"그러고 보니 오늘이 금철 씨가 이곳에 온 지 꼭 한 달째 되는 날이네요."

"그런가요? 두통 때문인지 날짜 가는 것도 모르겠어요."

"병원에서는 역시 별 이상이 없다고 하는 거죠?"

"네."

미희는 작게 한숨을 쉰 후 저를 똑바로 바라봤습니다. 그러고는 말했습니다.

"안 믿을지 모르겠지만 아무래도 누가 일부러 비방을 쓴 것 같아요."

"비방이 뭔가요?"

"저주요. 저주에 걸렸다는 거예요. 이 정도로 지독한 가위는 그렇게 설명할 수밖에 없어요."

저주라니, 황당할 수밖에요. 하지만 전 지푸라기라도 잡아야 했습니다. 게다가 미희는 확신하고 있는 것 같았습니다. 뭐가 뭔지 정확히 알 수는 없었지만 미희라면 저를 도와줄 수 있을 것 같았죠. 그래서 전 물었습니다.

"그, 그럼 어떻게 해야 합니까?"

"비방에는 비방으로 대응해야죠. 제가 좋은 방법을 가르쳐 줄게요."

"뭐든 하겠습니다."

"좋아요. 그럼 이렇게 해 보세요."

미희가 제게 가르쳐 준 비방은 이런 거였습니다.

왼손 약지에 붉은색 실을 감고 손거울 하나를 품에 숨긴 채 잠자리에 드는 거죠. 실과 손거울은 미희가 준비해 줬습니다. 미희는 그것들을 건네며 비방에 관해 설명을 덧붙이더군요.

"거울은 귀신을 볼 수 있게 해 주고, 붉은 실은 그걸 쫓아 줘요. 가위에 눌려서 뭔가가 다가온다 싶으면 거울로 확인하세요. 그런 후에 왼손을 앞으로 뻗으면 그게 무엇이건 떨어져 나갈 거예요."

저는 미희가 준 실과 손거울을 챙겨서 제 방으로 돌아왔습니다. 머리가 터질 것 같았지만 그래도 조심하는 건 잊지 않았습니다. 제가 미희와 친밀한 관계라는 걸 다른 하숙생들이 알게 되면 왠지 안 될 것 같았거든요. 그래서 지금껏 미희와의 사적인 만남을 숨겨 왔습니다. 미희는 이런 말도 했습니다.

"신딸이 남자를 알면 신령님이 노하신다는 말이 있어요. 그래서 엄마는 제 옆에 남자가 얼씬도 못 하게 했어요."

엄마도 그 얄궂은 운명을 벗어나지 못한 채 돌아가셨다고 혼잣말하듯 덧붙이는 미희를 보며 저는 참 불쌍하다는 생각을 했습니다. 저만 외롭고 불행하게 살아온 게 아니더군요. 미희도 그랬습니다. 미희는 학교에 다닐 때도 친구들과 잘 어울리지 못했다고 했습니다. 특히 남자애들과는 이야기도 거의 하지 못했답니다. 몇 마디라도 나눈 날에는 용케 그 사실을 알아낸 엄마가 호되게 야단을 쳤다더군요. 그런 말들을 들으며 저는 엄마라는 그 무당이 자신의 운명을 딸에게까지 강요하려 한다는 생각을 했습니다. 그러니 불쌍하게 여겼죠. 지금에 와서 돌이켜 보면 턱없는 오해였지만요.

아무튼, 그 토요일 아침에 2층 복도를 걸으며 저는 문득 한 가지 사실을 깨달았습니다.

너무 조용하다.

2층은 적막에 휩싸여 있었습니다. 마치 아무도 없는 것 같았습니다. 토요일이라 다들 집에 갔을 거라 짐작하면서도 한편으로는 그게 아니라는 직감이 슬금슬금 피어올랐습니다. 저를 둘러싼 고요는 그런 성질의 것이 아니었거든요. 그러고 보니 꽤 오랫동안 안경과 덩치를 본 적이 없다는 사실도 깨달았습니다.

왜 어디서도 그 둘과 마주치지 않았던 걸까?

그러면서도 나는 왜 이상하다는 걸 느끼지 못했던 걸까?

그런 의문이 머릿속에 자리 잡았고 곧 몸피를 불려 갔습니다. 저는 혹시나 해서 205호 문을 두드려 봤습니다. 대답이 없더군요. 문손잡이를 돌려 봤죠. 부드럽게 열렸습니다. 205호는 비어 있었습니다. 텅 빈 침대 위에는 베개 하나만 덩그러니 놓여 있었죠. 201호도 마찬가지였습니다. 덩치의 흔적은 찾아볼 수 없고 대신에 눅진한 어둠만 저를 맞이했습니다.

저는 마지막으로 미남이 살았던 206호를 열어 봤습니다. 비어 있다는 걸 알았지만 그래도 확인하고 싶었습니다.

뭘 확인하려 했느냐고요?

누군가가 거기에 살았다는 사실을 확인하고 싶었죠.

206호도 어둑어둑하기는 마찬가지였습니다. 창문이 있는데도 이상할 정도로 어두웠죠. 저는 거기 한참 서서 방을 둘러봤습니다. 아무것도 없었습니다. 정말로 아무것도······ 없더군요. 아주 오래전부터 비어 있던 것 같았습니다.

맞습니다.

안경도, 덩치도, 그리고 미남도 애초에 존재하지 않았다는 듯 삶의 흔적 자체가 완전히 지워진 상태였습니다.

어떤 상황인지 전혀 감을 잡을 수 없었습니다. 다만 한 가지는 확실했죠. 아주 불길하고 이상한 일이 벌어지고 있다는 사실.

저는 끔찍한 두통을 느끼면서도 다시 3층으로 향했습니다. 미희에게 물어봐야 할 것 같았기 때문입니다. 소리도 없이 자취를 감춘 남자들에 대해 미희는 알고 있으리라 생각했습니다.

"미희 씨."

3층 문을 열고 들어가며 미희를 찾았지만 대답은 돌아오지 않았습니다. 몇 번 더 불러 봐도 마찬가지였습니다. 저는 멀뚱히 서서 거실을 둘러봤습니다. 거실에는 아까와 달리 서늘한 공기가 맴돌고 있었습니다.

"미희 씨. 안에 있어요?"

혹시나 해서 저는 안방 쪽으로 다가갔습니다. 거기가 바로 신당이었습니다. 한 번도 들어가 보진 않았지만 미희가 말해 줬기에 알고 있었습니다. 안방에서 손님도 받고 점도 본다고.

그때였습니다.

"배달 왔어. 나와 봐."

그런 소리와 함께 3층 현관문이 벌컥 열렸습니다. 저는 깜짝 놀라 뒤를 돌아봤습니다. 문 앞에 작은 체구의 할머니가 서 있었습니다. 한 손에는 제법 무거워 보이는 봉투를 들고 말이죠.

"누구요?"

할머니가 제게 물었습니다.

"아! 여, 여기 하숙하는 학생인데요……."

저는 더듬거리며 말했지만 할머니는 딱히 신경 쓰는 눈치는 아니었습니다. 그저 고개를 한 번 끄덕하더니 봉투를 현관에 내려놓았습니다. 그러면서 말했습니다.

"무당 처녀는 없는 모양이네. 오면 반찬 배달 왔다고 말 좀 해 줘."

"네. 알겠습니다. 그런데요, 어르신. 이곳에 대해서 잘 아세요?"

조심스레 묻자 할머니는 허리를 두드리며 대답했습니다.

"잘 알지. 나야 이 동네 토박이니까. 지금은 젊은 무당이 하고 있잖아. 난 늙은 무당 있을 때부터 알고 지냈어. 뭐, 반찬 대 주기 시작한 건 얼마 전부터였지만."

"그건 저도 들었어요. 엄마 돌아가시고 딸이 이어받았다고."

"에이. 진짜 모녀도 아닌데 엄마와 딸은 무슨."

"네? 그러면요?"

"저기 그거잖아. 늙은 무당이 신엄마였고, 지금 젊은 무당이 신딸. 제자 받아서 내림굿해 주는 사람을 신엄마라 그러고, 그렇게 내림굿 받아서 무당이 된 여자를 신딸이라 하거든. 둘도 그런 사이였어."

미희는 분명 친엄마인 것처럼 이야기했습니다. 그런데 그게 다 거짓말이었습니다. 할머니의 말은 이어졌습니다.

"그 젊은 무당이 고생깨나 했을 거야. 늙은 무당이 엄청 괴팍했거든. 신엄마랍시고 신딸을 무슨 종 부리듯 했다니까. 젊은 무당은 꼼짝도 못 하더라고, 글쎄. 올 초에 늙은 무당이 급사를 했어. 그때 동네 사람들 사이에선 흉흉한 소문도 돌고 그랬다니까."

"소문이요?"

"무당이 한을 품고 죽으면 악귀가 된다고 하잖아. 늙은 무당이 생전에 욕심도 많고 남자도 그렇게 밝혔다는 이야기가 있어. 그랬으니 소문이 돌 법도 하지. 안 그래?"

"그래서 무슨 소문이……"

"죽은 무당이 악귀가 되는 걸 막으려면 영혼결혼식이라도 치러 줘야 한다는 소문이었어."

"영혼결혼식이요?"

저는 멍하니 되물었습니다.

"그래. 안 그러면 동네에 흉흉한 일이 생길 거라나 뭐라나……"

그 말을 듣는 순간 참을 수 없는 두통이 저를 강타했습니다. 머릿속에서 번쩍번쩍 폭죽이 터졌고 그때마다 섬뜩한 통증이 신경을 타고 온몸을 휘돌았습니다. 어지러웠습니다. 제가 비틀거리자 할머니가 묻더군요.

"왜 그러나? 어디 안 좋아?"

생각을 정리하려 했지만 빌어먹을 두통 때문에 잘 되지 않았어요. 눈앞이 흐려질 정도였으니까요.

"할머니. 절 좀 도와……"

간신히 그렇게 말했지만 거기까지가 한계였습니다. 숨을 쉴 수도 없었습니다. 조금이라도 움직이면 머리가 갈라지는 것 같았거든요. 저는 벽이라도 짚으려고 손을 뻗었습니다. 순간, 바닥이 저를 향해 덮쳐 왔습니다. 동시에 할머니의 목소리가 날아들었습니다.

"에고. 학생이구먼!"

그게 정신을 잃기 전 마지막 기억입니다.

정신을 잃은 상태에서 전 꿈을 꿨습니다. 아니, 꿨던 것 같습니다. 사실 정신을 잃고 난 뒤의 일들은 모두 흐릿하기만 합니다. 현실이었는지, 아니면 환상이었는지, 그것도 아니면 제 망상이었는지 어느 것 하나 확신할 수 없습니다.

꿈에서 저는 돌아가신 어머니를 만났습니다. 어머니는 아주 평온한 얼굴로 제게 말씀하셨습니다.

"어휴. 금철아. 그러고 있으면 어떡해? 옆으로 손을 뻗어 봐. 그러면 될 거야."

엄마의 말이 무슨 뜻인지 파악하기도 전에 누군가가 저를 깨웠습니다.

"일어나세요. 빨리요!"

저는 간신히 눈을 떴습니다. 미희가 저를 내려다보고 있더군요. 붉은색 한복을 입고서. 몸을 움직일 수 없었습니다. 간신히 고개만 돌리는 정도였죠. 어딜 봐도 제 방이 아니었습니다. 병풍, 초 그리고 기괴한 그림들…….

"여기가 어디죠?"

미희를 향해 물었습니다. 목소리도 잘 나오지 않았어요.

"쓰러져 있는 걸 발견하고 신당으로 모셔 왔어요."

"신당에는…… 왜?"

"중요한 건 그게 아니에요. 벌써 밤이에요! 가위눌림이 또 찾아올 거고 아마 이번이 마지막일 거예요. 그런 느낌이 들어요! 지금 그걸 퇴치해야 해요."

"하지만……."

혼란스러웠습니다. 모든 게 뒤죽박죽이었죠. 뭔가를 물어야 한다는 건 어렴풋이 생각이 나는데 그게 뭔지는 떠오르지 않았습니다. 머리가 너무 아팠고 그래서 그저 쉬고 싶을 뿐이었습니다.

"제가 도와드릴게요. 아침에 했던 말 기억하죠? 손거울로 확인하고 왼손을 뻗으라고 했던 거. 그대로 하셔야 해요. 알았죠?"

그러고 보니 어느새 전 손거울을 쥐고 있었습니다. 왼손 약지에는 붉은 실도 묶여 있었죠. 그걸 보자 조금 정신이 돌아왔습니다. 몸은 여전히 천근만근이었지만 사력을 다해 움직였습니다.

"지금은 움직이면 안 돼요. 가만히 있어요!"

그렇게 말하는 미희를 향해 제가 물었죠. 간신히 머리를 쥐어 짜내서.

"왜 거짓말했습니까?"

"네?"

"죽은 엄마, 친엄마가 아니죠? 그리고 하숙생들은 모두……."

"엄마는…… 그러니까 신엄마는 죽어서 원귀가 됐어요. 그런 채로 신당빌라를 떠돌면서 젊은 남자들의 정기를 빨아들이고 있어요. 저는 그걸 막으려는 거고요. 그러니 절 믿어야 해요!"

믿어야 한다…….

미희의 그 말이 귓가를 떠나지 않았습니다. 그 상황에서 제가 기댈 사람이라고는 미희가 유일한 것도 사실이었습니다. 당장 신당빌라에서 도망치는 것도 방법이었겠죠. 하지만 그러지 못했습니다. 말씀드렸다시피 몸을 제대로 움직일 수 없었고, 무엇보다 두통의 모서리가 조금씩 뭉툭해지면서 견디기 힘들 정도로 잠이 쏟아졌기 때문입니다.

"안 돼."

저는 안 된다고 되뇌면서도 설핏 잠에 빠져들었고 바로 그 순간에 가위가 찾아왔습니다. 저를 둘러싼 공기가 달라졌습니다. 그 소리가 들렸습니다.

쌔액쌔액.

그러고 곧, 그것이 다가왔습니다.

시야 밖 어둠 속에서, 촛불의 범위를 벗어난 그 축축하고 시커먼 곳에서 그것이 쌔액쌔액 소리를 내며 다가왔습니다. 이번에는 고약한 냄새까지 더해졌습니다. 썩은 내가 진동했습니다. 새로운 소리도 섞여 들었습니다.

딸랑딸랑.

그것은 방울 소리였습니다. 누워 있는 제 머리맡에 미희가 서 있다는 걸 전 알았습니다. 미희가 방울을 흔들며 알아들을 수 없는 말을 중얼거리고 있었습니다.

딸랑딸랑.

쌔액쌔액.

두 소리가 동시에 들리는 가운데 저는 정신을 바짝 차리려고 애썼습니다. 거울을 쥔 손에 힘을 꽉 줬습니다. 믿을 건 미희의 비방뿐이었으니까요.

드디어 그것이 제 바로 옆까지 왔습니다. 저는 느낄 수 있었습니다. 그것이 내뿜는 숨소리와 악취가 너무나 선명했거든요. 이제 그것과 마주해야 할 순간이었습니다. 저는 간신히 손거울을 들고 옆으로 슬쩍 돌렸습니다. 거울을 통해 그것이 보였습니다. 그것은…….

……미라처럼 변한 노파였습니다.

거죽만 남은 새까만 얼굴에는 커다란 눈알이 박혀 있었고 쭈글쭈글한 입술은 기이할 정도로 새빨갛게 번들거렸습니다. 그리고 뺨에는 드라마에서나 보던 연지곤지가 찍혀 있더군요.

네. 그랬습니다.

노파는, 그러니까 그 죽은 신엄마는 전통 혼례복을 입고 있었습니다. 그 차림새로 저를 향해 오른손을 내밀고 있었습니다. 소름이 쫙 끼쳤습니다. 한 가지 단어가 머릿속을 스치고 지나갔습니다.

영혼결혼식!

그때였습니다. 미희가 소리쳤습니다.

"어서 왼손 내밀어!"

저는 그 말을 듣고 왼손을 천천히 뻗었습니다. 미희는 또 외쳤습니다.

"거울을 봐! 눈을 떼지 마!"

신엄마는 제 바로 옆에 앉아 금방이라도 덮치려는 듯 그 커다란 눈으로 노려보고 있었습니다. 그때 전 발견했습니다. 그 노파의 오른손 약지에 붉은색 실이 묶여 있는 걸. 왼손과 오른손 약지, 거기에 반지처럼 묶인 붉은색 실, 혼례복, 영혼결혼식……. 그 단어들을 퍼즐처럼 맞춰 가고 있을 때, 알아들을 수 없는 말을 중얼거리던 미희가 다시 목소리를 높였습니다.

"뭐야? 이름이 이금철이 아니잖아?"

"내 이름은…….."

저는 그렇게 중얼거리다가 입을 다물었습니다. 다음 순간, 미희의 성난 목소리가 날아들었습니다.

"진짜 이름이 뭐야? 빨리 말해!"

미희는 신엄마 옆에 서서 저를 내려다봤습니다. 잔뜩 화가 나 찡그린 얼굴이 표독스러워 보이더군요. 그제야 저는 확실히 깨달았습니다. 모든 것이 함정이라는 사실을.

"이름을 말해야 비방을 풀 수 있어. 그러니까 빨리 이름 말해!"

비명에 가까운 미희의 외침을 들으며 저는 왼손을 옆으로 뻗었습니다. 손끝에 뭔가가 닿았습니다. 뭔지는 모르지만 그걸 움켜쥐었고, 때마침 제 어깨를 잡고 흔들려던 미희를 향해 뻗었습니다. 힘껏, 그야말로 온 힘을 다해서.

푹.

그런 소리와 함께 날카로운 무언가가 살을 파고드는 느낌이 똑똑히 전해졌습니다. 제 손을 타고 말이죠.

"뭐…… 뭐?"

미희는 바람 빠지는 것 같은 소리를 내며 옆으로 쓰러졌습니다. 미희의 배에 꽂힌 건 굿할 때 쓰는 작은 칼이었습니다. 미희는 절망적인 표정을 한 채 중얼거렸습니다.

"안 돼. 이러면 나는 또 벗어나지 못해……."

저는 그 말을 들으며 손거울을 던져 버렸습니다. 왼손 약지의 붉은 실도 더듬더듬 풀어냈죠. 그러고 나서야 몸을 움직일 수 있었습니다. 물론 다리에 힘이 다 들어가지는 않았지만 엉금엉금 기다시피 해서 신당을 빠져나왔습니다. 뒤에서 분노에 가득 찬 비명이 들렸습니다. 미희의 비명인지 신엄마의 비명인지 알 수가 없었고, 알고 싶지도 않았습니다.

네. 그게 마지막이었습니다.

저는 그 길로 신당빌라에서 도망쳤습니다.

왜 신고를 하지 않았느냐고요?

제가 미희를 죽였다고 생각했기 때문입니다. 경찰에 설명을 하고 어쩔 수 없이 찔렀다고 말한들 믿어 줬을까요? 신딸이 죽은 신엄마와 저를 강제로 결혼시키려 했다는 사실을 믿어 줬을까요? 아니요. 아무도 안 믿어 줬을 겁니다. 그래서 신고를 안 했죠. 왜냐하면, 저도 온전히 믿을 수 없었으니까요.

금철은 제 본명이 아닙니다. 아주 어릴 때 잔병치레를 많이 했던 제게 어느 무당이 그랬답니다. 튼튼한 이름을 지어서 불러 주면 별 탈 없이 오래 살 거라고. 그 이후 부모님은 '금철'이라는 이름을 받아 절 그렇게 불렀죠. 그런데요, 형사님. 저는 그 이름을 무척 싫어했습니다. 그 이름 때문에 부모님이 다 돌아가신 사고에서도 저만 살아남은 것 같았거든요. 결국 그 가명이 영혼결혼식에서도 절 구했으니 무당의 말이 맞긴 맞았나 봅니다. 참 아이러니한 일이죠.

그 사건 이후 저는 휴학을 하고 전국을 떠돌며 숨어 지냈습니다. 그러면서 각지의 무당을 만나 무속에 관해 공부했어요. 그러면서 알게 됐죠.

제게 저주를 건 사람은 다름 아닌 미희였습니다. 가위눌림과 두통은 그래서 찾아온 겁니다. 아마 미희가 준 그 정체불명의 약도 한몫했겠죠. 미희는 저를 약하게 만든 뒤 덫을 놓고 기다렸습니다. 그러고는 저주를 푸는 비방이라 속이며 제게 영혼결혼식의 술법을 행했던 거죠. 다행히 저는 도망쳐 나왔지만 저주에서 완전히 벗어나지는 못했습니다. 아직도 종종 끔찍한 두통에 시달리고 가위에 눌리는 탓에 정상적인 생활을 못 하고 있거든요. 그뿐만이 아닙니다. 손거울 속에서 절 탐욕스럽게 노려보던 신엄마의 모습이 문득문득 떠오르기도 합니다. 그럴 때면 가끔 정신을 잃고 쓰러집니다.

다른 하숙생들이 어떻게 된 건지는 저도 잘 모르겠습니다. 그들은 부적격했던 걸까요? 아니면 신엄마의 마음에 들지 않았던 걸까요? 왜 하필이면 제가 선택된 걸까요?

사건 이후에도 풀지 못한 의문이 많았지만 계속 생각하다 보면 끝이 없을 것 같아 저는 머릿속에서 그것들을 싹 지웠습니다.

그랬는데…….

바로 그저께 뉴스를 봤습니다. '굿빌리지'라는 곳에 화재가 발생했고 거기에서 죽은 지 일 년도 넘은 노파의 시체가 발견됐다는 뉴스였죠. 굿빌리지의 소유주인 무당은 행방불명이 됐다는 것도 알게 됐습니다. 화재에서 살아 나온 하숙생이 정신적 충격을 받은 듯 횡설수설하며 영혼결혼식 운운했다는 건 인터넷 기사로 확인했죠.

그것들을 보고 저는 확신했습니다. 미희가 죽지 않고 살아남아 같은 짓을 벌이려 했다는 것을요. 굿빌리지는 신당빌라의 다른 이름이었던 겁니다.

미희는 여전히 신엄마에게서, 아니 그 추악한 악귀에게서 벗어나지 못했던 것이겠죠.

그래서 경찰에 신고했습니다.

제가 진실을 털어놓아야 그 하숙생이 억울한 누명을 쓰지 않겠다 싶었거든요. 또 하나, 하루라도 빨리 미희를 잡아야 같은 일이 반복되지 않으리라 생각했습니다. 그 여자는 분명 다른 먹잇감을 노릴 겁니다. 신엄마의 영혼결혼식에 성공해야 자신 역시 저주에서 풀려날 테니까요. 네. 맞습니다. 그건 또 다른 저주라 할 수 있겠네요.

제 이야기는 끝났습니다.

오늘 밤에는 모처럼 악몽을 꿀지도 모르겠네요.

아! 처음에 전화로 말씀드린 것처럼 죄송하게도 본명은 가르쳐 드릴 수 없습니다. 그런 조건으로 이렇게 제보한 겁니다. 그러니 그냥 이금철이라고만 해 주세요. 저는 아직도 불안하거든요.

미희가 찾아와 제 이름을 부를까 봐…….

추락

전건우

추락의 전제 조건을 아니?

그건 일단 조금이라도 높은 곳에 올라가야 한다는 거야. 올라가야 비로소 떨어질 수 있거든. 높이 올라가면 올라갈수록, 정점에 다다를수록 그 추락 역시 찬란하고 눈부신 법이지.

내 인생의 정점은 언제였을까?

수학을 잘한다고 반대표로 뽑혀 경시대회에 나갔던 고등학교 2학년 1학기? 아니야. 그땐 그저 발뒤꿈치를 살짝 든 것에 불과했어. 점프라는 말조차 부끄럽지. 애초에 올라갈 기미조차 없었다고.

대학 진학을 포기하고 경리로 들어간 첫 직장에서 대리로 승진했던 스물두 살 겨울? 아니야. 그건 그저 남루했던 삶에 잠깐의 활력이 되었을 뿐이야. 이를테면 그네를 타고 발을 구른 것 정도였지. 잠시 내 주위의 공기가 달라졌다고 느꼈지만 스치듯 다시 내려와야 했으니까.

처음으로 연애란 걸 하고 평범한 행복을 꿈꿨던 스물다섯

봄? 아니야. 그 연애는 대실패였어. 그건 도약도 뭣도 아니었어. 아예 삽을 들고 땅굴을 판 격이었지. 기껏 모았던 돈까지 다 털리고 나는 그야말로 바닥을 치게 됐으니까. 물론 한 가지 교훈은 얻었지. 쓰레기 같은 인간이랑 엮이지 않으려면 필사적으로 바닥에서 벗어나야 한다는 거. 바닥에 뒹구는 것들은 대부분 쓰레기니까.

그래서 난 결심했어.

바닥에서 탈출하기 위해서, 높이 올라가기 위해서, 정점을 찍기 위해서라면 무슨 일이든 할 거라고.

그게 비록 비열하고 나쁜 짓이라 해도.

그 결과 나는 회삿돈을 횡령하기 시작했지. 회사에는, 특히 주먹구구식으로 운영하는 회사일수록 눈먼 돈이 많이 돌아다니거든. 처음에는 딱히 횡령이라 부르기도 민망한 짓들을 했지. 문구용품으로 40만 원을 쓴다고 해놓고, 20만 원어치만 산 거야. 영수증은 몰래 고쳤고 회사 사람들은 그 문구가 40만 원어치인지 20만 원어치인지에는 관심도 가지지 않았어. 남은 20만 원은 내 주머니에 들어갔지.

그런 날이면 너를 불러내 술과 밥을 샀던 거야. 지글지글 익어가는 돼지고기와 맑디맑은 소주를 보고 있으면 다른 거 다 필요 없고 이런 게 행복이 아닐까 싶었지. 너도 종종 그렇게 말했잖아.

우리 둘이 평생 이렇게 맛있는 거 먹으며 살기만 해도 좋겠다고.

그렇다면 말이야, 그 시절이 내 인생의 정점이었을까? 아니야. 10만 원, 20만 원, 조금 더 욕심부려 100만 원 정도 훔쳐내고 그걸로 가방 하나 산다고 해서 내 위치는 올라가지 않았어. 어쩌면 당연한 일이었지.

나는 그때쯤 확실히 깨달았지.

한 방, 기적과 같은 한 방이 없이는 절대 상승할 수 없다는 걸, 완전히 알게 됐단 말이야. 매주 로또를 사기 시작한 것도 그때쯤부터였어.

그리고…… 주식에 손을 댄 것도 그때부터였지. 미련하게 월급만 모아서는 내가 원하는 높이에는 죽을 때까지 닿지 못하니까 도박수를 던질 수밖에 없었다, 이거야.

내가 말했었나?

처음에 뭣도 모르고 투자를 했을 때는 제법 괜찮았다고. 종일 거기 신경 쓰면서 넣었다 뺐다 하니까 적어도 손해는 안 보는데 큰돈은 안 되는 거 있지. 가끔씩은 꽤 짭짤할 때도 분명 있었어. 그러다 보니 욕심이 생겼지. 욕심 같아서는 회사에서 크게 횡령한 뒤 그걸로 주식에 몰빵을 하고 싶었지만 그건 네가 필사적으로 말렸지. 그러다가 들키면 감방 간다고. 그래서 결국 월세 보증금 뺀 거랑 회사 퇴직금 받은 것들, 그리고 여기저기서 빌린 돈들을 투자 자금으로 준비했잖아. 기억하지? 나 컴퓨터와 모니터 두 대만 가지고 고시원으로 옮길 때 네가 따라와서는 청승맞게 울었던 거.

그때 내가 한 말 한마디에 넌 활짝 웃었지.

부자 되면 너희 아버지 수술부터 시켜드릴게!

정말로 그럴 생각이었어. 실제로 가능했던 것도 같고. 그때 내가 살았던 고시원이 6층이었어. 살면서 가장 높은 곳에 터전을 마련한 때였지. 난 그것마저 상징적이라 생각했어. 반지하 단칸방에서 6층으로 올라간 거야. 비록 더 좁아지긴 했지만 더 높아졌지. 이제 더 올라가는 일만 남았을 거라 생각했어.

하지만 역시 인생은 내 뜻대로 되지 않더라. 아니, 가난한 자의 뜻대로 되지 않는 게 인생인 건가?

고시원에서 생라면만 먹어가며 종일 차트를 들여다봐도 폭락하는 주식 시장의 거대한 흐름은 막을 수가 없었지. 차트를 볼 때마다 내 심장도 바닥으로, 저 깊은 바닥으로 추락하는 기분이었어. 과감한 투자, 신중한 투자 모두 해 봤지만 하나같이 다 실패했어. 돈은 점점 바닥을 드러냈고, 고시원 월세도 못 낼 처지에 놓였지. 나는 이번에야말로 딱 한 방, 마지막으로 뛰어오를 그 최후의 디딤돌이 필요했어. 그래서 네게 아버지 병원비를 빌린 거야. 네가 끝까지 그 돈만은 지키려 했던 걸 알아. 하지만 나는 그걸 잘 아는 만큼 네가 내 부탁을 거절 못 하리라는 것도 알고 있었지. 지금껏 네 아버지 병원비로 내가 그냥 준 돈도 있었으니까. 넌 그걸 무척 고마워했으니까. 그러니 넌 돈을 빌려줄 거라는, 나름의 계산을 했지. 게다가 나는 장담할 수 있었거든. 마침 내가 눈여겨보고 있던 중소기업의 주가가 꿈틀거리고 있었으니까. 그것만 터지면 끝이었어, 끝!

하지만 그건 작전주에 물린 거였지.

작전 세력이 빠져나가자 주식은 휴지 조각이 됐어. 네 아버지 병원비도 다 날리고 말았지. 더는 희망이 없었어. 내 지갑에 남은 거라고는 천 원짜리 몇 장과 지난주에 산 로또 한 장뿐이었으니까. 그마저도 네 돈으로 샀던 로또.

그래서 그랬어. 같이 죽자고, 같이 마포대교에서 떨어져 죽자고 네게 말했던 건. 이 지긋지긋한 세상에서 정점에 오르지 못했다면 적어도 죽기 전에는 정점까지 뛰어올라 장렬

하게 추락하자고.

너는 내게 원망의 말 한마디 없이 이렇게 물었지. 정말로 다 끝난 거냐고, 다른 길은 없냐고.

내가 그렇다고 하자 넌 마치 기다리고 있었다는 듯 대답했지. 모든 게 너무 지긋지긋했는데 마침 내가 그렇게 말해줘서 고맙다고 말하기라도 하려는 것처럼 가벼운 목소리로.

알겠다고.

토요일 저녁에 마포대교에서 보자고.

나도 알겠다고 했어.

그랬기에 토요일 저녁 어둑어둑해질 무렵 분명 마포대교로 향하고 있었어.

그랬는데…… 분명 그랬는데…….

지현아. 미안해. 혼자 떨어지게 해서 미안해.

나는 벌써 추락할 수 없었어.

토요일 그날, 지하철역 편의점에서 흘러나오던 방송을 보고 말았거든. 로또 추첨 방송 있잖아. 이상하게도 홀린 듯 보고 있었지. 그러고 난 알게 됐지.

내가 로또 1등에 당첨됐다는 사실을. 네 돈으로 산 로또, 당첨되면 반반씩 나누기로 했던 그것 말이야.

미안해. 지현아. 혼자 떨어지게 해서.

하지만 난 더 살아야겠어.

이제, 정점에 올라야겠어.

◇◇◇◇◇

하필이면 오늘, 하필이면 비가 쏟아지는 날, 하필이면 마포대교 위에서 차가 멈췄다. 의식하지 않으려 해도 찜찜한 감정이 드는 건 어쩔 수 없었다. 게다가…….

"위험하니까 차에서 나와 기다리세요."

긴급출동 서비스 센터 직원의 무심한 한마디가 화를 돋웠다.

"이 비에 우산도 없는데 어떻게 밖에서 기다려요?"

"그래도 나가 계셔야 안전합니다."

홍주는 한 번 더 쏘아붙이려다가 참았다. 말해 봐야 입만 아플 것 같았고 돌아오는 대답은 똑같을 테니까. 틀린 말을 하는 것도 아니었다. 10분 안에 출동하겠다는 말을 믿고 홍주는 빗줄기가 내리긋는 밖으로 나갔다.

빵! 빵!

비상 깜빡이를 켜고 운전자가 내리는 것까지 보면서도 뒤쪽 차들은 신경질적으로 경적을 울리며 지나갔다. 홍주는 그런 사람들을 향해 가운뎃손가락을 들어 보였다. 조용히 한마디를 중얼거리면서.

"병신 같은 것들이."

병신 같은 긴급출동 서비스는 10분이 지나도 오지 않았다. 빗줄기는 점점 거세졌다. 홍주는 다리 난간에 기대서 덜덜 떨었다. 이미 속옷까지 흠뻑 젖은 상태였다. 화가 치밀었지만 화를 낼 상대도, 그럴 만한 기운도 없었다.

"진짜 액땜이라도 하는 건가……."

지난 몇 주 사이 재수 없는 일들이 줄줄이 일어났다. 전날까지만 해도 멀쩡히 잘 돌아가던 컴퓨터가 고장 나 부랴부랴 새로 사야 했고, 약속이 있어 나가던 길에 타이어에 못이 박혀 있는 걸 발견하기도 했다. 가장 최악이었던 건 주식 시장이었다. 차트는 온통 파란불이었다. 주가가 끝도 없이 내려갔다. 너무 답답해 용하다는 무당을 찾아가니 액땜이라고, 곧 대박이 날 거라고 했다.

"씨발."

액땜이고 대박이고 지금은 따뜻한 물로 샤워를 한 후 푹 자고 싶은 마음뿐이었다. 홍주는 그냥 차에 들어갈지 말지를 고민하며 꽉 막힌 다리를 바라봤다. 그때였다. 다리 건너편 인도에 누군가가 서 있는 걸 발견했다. 여자였다. 자신처럼 우산도 없이 비를 그대로 맞으며 강물을 내려다보고 있었다. 그 뒷모습을 본 순간 오싹한 기운이 홍주의 등허리를 훑고 지나갔다. 등까지 내려오는 긴 머리카락, 구부정한 어깨, 아담한 체구까지 건너편의 여자는 어딘지 모르게 지현과 닮아 보였다.

설마…….

홍주는 미간을 찌푸린 채 홀린 듯 도로로 다가갔다. 지현일 리가 없다는 걸 아는데도 발이 저절로 움직였다. 여자가 천천히 고개를 돌리는 게 보였다. 순간 버스가 물을 튀기며 달려왔다.

"아!"

반사적으로 한발 물러섰다. 시야를 가렸던 버스가 지나가고 다시 반대편이 보였다. 여자는 사라지고 없었다. 홍주는 주위를 둘러봤다. 순간 눈부신 전조등 불빛이 와락 달려들었다. 동시에 경적이 울렸다.

빵!

홍주는 손으로 눈을 가린 채 돌아봤다. 긴급출동 서비스 차량이었다.

"서비스 부르셨죠?"

서비스 기사가 운전석 창문으로 고개를 쑥 내밀고는 소리를 높여 물었다. 홍주는 신경질적으로 고개를 끄덕였다. 보면 몰라? 그 말이 목구멍까지 올라왔지만 참았다. 그보다는 방금 전의 그 여자가 신경 쓰였다. 분명 잘못 본 건 아니었다. 하지만 여자가 순식간에 사라진 것도 사실이었다. 마치 강으로 뛰어내리기라도 한 것처럼.

"어? 시동 잘 걸리는데요?"

"네?"

서비스 기사의 말에 홍주는 차로 다가갔다. 그 말 그대로 홍주의 BMW는 낮게 으르렁거리고 있었다.

"아까는 분명 달리다가 저절로 시동이 꺼졌단 말이에요."

홍주는 운전석에 앉은 서비스 기사를 향해 말했다. 바보가 된 기분이었다. 기사의 얼굴에 슬쩍 비웃음이 스쳐 지나간 것 같기도 했다.

"아무튼 지금은 잘 되니까요, 그냥 가시면 될 것 같습니다."

서비스 기사는 그 말을 하며 BMW에서 내렸다. 멍하니 서 있던 홍주는 운전석에 앉았다. 비에 흠뻑 젖어 축축한 몸보다 마음이 더 찜찜했다. 서늘한 공기가 차 안을 맴돌고 있었다. 그래서인지 한기가 들었다. 팔뚝에 오슬오슬 소름이 돋았다. 홍주는 가볍게 숨을 내쉰 뒤 운전대를 잡았다. 그러고는 차 문을 닫으려는데 서비스 기사의 한 마디가 날아들었다.

"두 분 모두 조심해서 가십시오."

"뭐라는 거야?"

쾅 소리가 나게 문을 닫으며 홍주는 중얼거렸다.

"뭐라는 거야? 병신이."

한 번 더 그렇게 혼잣말을 한 뒤 가속페달을 밟았다.

지독한 정체를 뚫고 집에 도착했을 때는 이미 늦은 밤이었다. 홍주는 지친 몸을 이끌고 차에서 내렸다. 지하 주차장에서 엘리베이터까지 가는 길이 끝도 없이 길게 느껴졌다. 하이힐 안에서 퉁퉁 불어 터진 발은 물집이라도 잡혔는지 한 걸음씩 디딜 때마다 비명을 질러댔다.

"좆 같아서 진짜."

전화가 온 것은 홍주가 그렇게 중얼거렸을 때였다. 휴대폰 액정에 '개미핥기'라는 이름이 떴다. 개미핥기는 홍주가 알고 지내는 하이에나 중 한 명이었다. 하이에나는 작전 세력을 부르는 은어였다. 지금까지 개미핥기랑 붙어먹으며 쏠쏠한 재미를 봤는데 이번에는 작전 실패였다. 그 때문인지 며칠 연락도 씹던 놈이 어쩐 일로 먼저 전화를 걸어 왔다. 홍주는 이때다 싶어 전화를 받았다.

"야! 이 새끼가 너 뒤진다, 진짜!"

"어허. 누님은 참 입이 험해. 오랜만인데 다짜고짜 욕부터 박네."

개미핥기는 특유의 능글능글한 말투로 홍주의 화를 돋웠다.

"내가 욕 안 하게 생겼어? 너만 믿고 따라 들어갔더니……."

"누님. 화 그만 내고 이 동생 말 좀 들어 봐. 그게 아니라니까."

"아니긴 뭐가 아니야? 내가 병신 쫀칭[1]인 줄 알아?"

홍주는 소리를 지르며 엘리베이터에 올랐다. 1년 전 오

---

1)　작전 세력에 동참하는 소액 투자자를 뜻하는 주식 은어.

늘, 로또 1등에 당첨됐다. 홍주의 통장에 꽂힌 돈은 세금을 제하고 37억 8천6백4십7만 5천 원이었다. 밑바닥을 전전하던 홍주의 인생을 한방에 바꿔 줄 만한 금액이었다. 홍주는 그 돈으로 주식 투자를 했다. 돈이 돈을 부른다고, 소액을 가지고 작전 세력에 매달리던 '쫀칭' 시절에는 상상도 못했던 거액을 벌었다. 홍주의 신분은 달라졌다. 6층 고시원에서 한강이 보이는 24층 주상복합 아파트로, 주거의 위치역시 수직 상승했다. 그랬는데 이번 투자 실패로 엄청난 손실을 보게 생긴 것이다. 화를 참으려야 참을 수가 없었다.

"자자, 진정해. 이번에 몰빵한 거기 있지?"

"거기 지금 개미들 다 빠져서 떡락했잖아. 원금 회수도 못하게 생긴 판에……."

"그 회사, 투미에서 산대."

홍주는 순간 자기 귀를 의심했다. 엘리베이터는 24층을 향해 계속 올라가고 있었다. 벽에 붙은 거울에 눈을 동그랗게 뜬 자신의 얼굴이 그대로 비쳤다. 홍주는 소금물에 절인 배추 같은 자기 얼굴을 보며 큰 소리로 물었다.

"투미? 그 외국계 회사?"

"그렇다니까! 내일 아침에 발표 날 거야. 투미가 사면 주가 바로 떡상하는 거 알지? 크크."

"너 정말이야?"

자신만만하게 웃는 개미핥기에게 다시 한번 물었다. 그때였다. 잡음이 들리는가 싶더니 전화가 끊어졌다.

"에이. 병신 같은 엘리베이터."

홍주는 엘리베이터 천장을 올려다보며 중얼거렸다. 최고급 시설 운운하며 어마어마한 월세를 받아먹는 이 아파트는 문제가 한둘이 아니었다. 엘리베이터에서 툭 하면 휴대폰이 끊기는 것도 그중 하나였다. 홍주는 다시 정면을 노려봤다. 이제 막 13층을 지나고 있었다.

지이잉.

휴대폰이 다시 진동했다. 홍주는 누구에게 전화가 온 건지 확인도 하지 않고 바로 휴대폰을 귀에 가져다 댔다.

"응. 빨리 말해 봐. 정말……."

"……홍주야."

개미핥기가 아니었다. 잔뜩 쉰, 그래서 듣자마자 매연을 풀풀 내뿜는 고물차의 엔진음이 떠오르는 그런 목소리였다. 남자이고 나이가 많다는 건 확실했지만 누구인지는 알 수 없었다.

"누구……세요?"

나는 모르는데 상대방은 나를 알고 있다. 홍주는 그 사실이 영 꺼림칙했다.

"오늘이야."

"네?"

상대방은 알 수 없는 소리를 했다. 금방이라도 꺼질 것 같은 목소리로. 확실히 고물차가 맞았다. 누가 아니랄까 봐 목소리 끝도 덜덜 떨리고 있었다.

"올 거지?"

"무슨 소리예요? 당신 누구야?"

홍주는 결국 버럭 소리를 질렀다. 하지만 휴대폰 너머 남자는 흔들림이 없었다. 똑같은 쉰 목소리로 성대를 쥐어짜 내듯 말을 이었다.

"너희 둘, 제일 친했잖니. 그러니 올 거지?"

"뭐?"

잘못 들었나 생각했다. 하지만 아니었다. 홍주의 귓속을 파고든 '너희 둘'과 '제일 친했잖니'는 끈끈하게 들러붙어 떨어질 생각을 하지 않았다. 홍주와 제일 친했던 사람은 한 명뿐이었다. 못산다고 따돌림당하던 홍주와 기꺼이 어울려 줬던 단 한 명의 친구……

설마?

홍주는 그제야 휴대폰을 귀에서 떼고 액정에 뜬 발신자를 확인했다.

신지현.

"으악!"

그 이름을 본 순간 홍주는 비명을 지르며 휴대폰을 떨어뜨렸다. 소름이 돋았다. 진정하려 해도 호흡이 거칠어지는 건 어쩔 수가 없었다. 보이지 않는 손이 목구멍 안으로 비집고 들어오는 것 같았다. 그럴 리가 없었다. 아니, 그럴 리 없어야 했다. 지현은 1년 전 오늘 마포대교에서 뛰어내려 죽었다. 그랬는데……

"홍주 네가 못 온다면……"

바닥에 떨어진 휴대폰에서는 여전히 그 목소리가 흘러나왔다. 거칠고 마른 사포 같은 목소리.

"……내가 지현이랑 가마. 너한테."

띵.

엘리베이터가 24층에 서며 상황에 어울리지 않는 경쾌한 소리를 냈다. 홍주는 더듬더듬 휴대폰을 주워 든 뒤 복도로 나갔다. 고장이라도 난 건지 센서 등이 켜지지 않았다. 어느 새 전화는 끊어졌다. 24층 복도에는 눅진한 어둠과 괴괴한 정적이 맴돌았다.

"아니야. 아니야."

홍주는 주문이라도 외듯 중얼거리며 2404호, 자신의 집 문 앞에 섰다. 도어락 비밀번호를 누르는 손이 덜덜 떨렸다. 그럴 리가 없어야 했고, 아닌 건 아니어야 했다. 죽은 지현 에게서 전화가 걸려 올 리 없는 것처럼 '그' 목소리도 들려 서는 안 되는 일이었다. 생각났다. 쉰 목소리의 주인은 지현 의 아버지였다. 실제로 오래된 트럭을 몰던 양반. 그 트럭으 로 서울과 부산을 오가며 지현을 키웠던 사람. 폐암 판정을 받고 수술을 기다리던 환자. 면회를 갔던 적이 있었다. 그것 도 다 지현에게 잘 보여 돈을 빌리려던 수작이었다. 지현의 아버지는 파리한 얼굴에 호흡기를 달고 쌔액쌔액 숨을 쉬고 있었다. 수술을 한다 한들 살 것 같지 않았다. 그랬던 늙은 이가 수술도 못 받았는데 여태 살아 있을 리 없었다. 그러니 까, 아닌 건 아니었다.

서둘러 문을 열고 집으로 들어갔다. 도어락이 잠긴 걸 확 인하고 다른 자물쇠 두 개까지 다 채우고 나서야 홍주는 거 실로 올라섰다. 문에서 눈을 떼지 않은 채 뒷걸음질로. 휴대 폰을 어찌나 꽉 쥐고 있었던지 손가락에 쥐가 날 지경이었 다. 그래도 조금은 안심이 됐다. 서서히 돌아오는 온기처럼, 이성적인 생각 역시 차츰 되살아났다.

"어떤 미친 새끼가 장난치는 게 틀림없어."

그렇게 중얼거리자 정말로 그런 것 같았다. 사실 말이 안 되는 이야기였다. 지현의 아버지가 살아 있다고 한들, 자신에게 전화를 거는 건 불가능했다. 그 일 직후 휴대폰은 물론이고 번호도 아예 새로운 것으로 바꿨기 때문이었다. 그러니 악의적인 장난질 그 이상도 이하도 아니었다.

하지만…….

휴대폰에는 분명 '신지현'이라는 이름이 찍혔다. 잘못 본게 아니라면 말이다. 게다가 지현과 자신의 관계를 알고 이런 장난을 칠 사람은 적어도 홍주가 아는 한 한 명도 없었다.

정말로 지현의 아버지가 전화한 걸까?

시커먼 의문이 머릿속을 뒤덮었지만 휴대폰을 다시 확인할 용기는 나지 않았다. 홍주는 휴대폰이며 가방을 그냥 소파에 던져둔 채 아무렇게나 옷을 벗었다. 샤워 생각이 간절했다. 김이 펄펄 나는 물줄기 아래 서 있으면 기분 나쁜 일이나 생각 같은 것들도 다 씻겨 내려갈 것 같았다.

길고 긴 샤워를 마친 후 홍주는 다시 거실로 나왔다. 발가락 끝이 쭈글쭈글하게 변할 정도로 오래 샤워를 한 덕분인지 기분은 한결 나아졌다. 투명한 막처럼 홍주를 둘러싸고 있던 한기도 사라졌다. 이제 필요한 건 위스키 한 잔이었다. 그 갈색 액체만 있다면 이 끔찍한 하루를 잘 마무리할 수 있을 것 같았다. 술은 모든 걸 잊게 해 준다. 분노도, 슬픔도, 공포도 그리고 죄책감도…….

홍주는 잔에 얼음을 넣고 위스키를 따랐다. 그러고는 마음속에 고인 어두운 감정을 한데 모아 한숨과 함께 토해 냈다.

"휴."

위스키 잔을 입으로 가져갔다. 그때였다. 홍주는 그 자세 그대로 딱 굳고 말았다. 뭔가가 이상했다. 정면으로 보이는 거실 통유리가 열려 있었다. 아주 조금, 그야말로 바람 한 줄기 정도가 불어 들어올 정도로, 그래서 커튼이 미세하게 떨릴 정도로······.

내가 열어 둔 건가?

아니다. 이번에도 그럴 리 없었다. 이사 온 이후 지금까지 거실 창문을 연 적은 한 번도 없었다.

홍주는 잔을 내려놓고 창문으로 다가갔다. 습기 품은 차가운 바람이 휘파람 비슷한 소리를 내며 비집고 들어오는 중이었다. 창문을 닫았다. 유리에 거실 모습이 비쳤다. 뒤에 누가 서 있었다.

"헉!"

재빨리 고개를 돌렸다. 텅 빈 어둠뿐이었다.

어둠? 불이 왜 꺼졌지?

아무것도 보이지 않았다. 홍주는 가만히 서서 어둠을 노려봤다. 무슨 일이 벌어지고 있는 건지 알 수가 없었다. 머릿속이 뒤죽박죽이었다. 그럼에도 한 가지 사실만은 확실했다. 잘못되고 있었다. 이 좆 같은 현실이든, 아니면 자기 정신이든 하여간 뭔가가 잘못되고 있었다.

홍주는 어둠을 더듬으며 벽으로 갔다. 스위치를 눌렀지만 불은 들어오지 않았다. 주방도 마찬가지였다.

"그냥 정전이야. 그냥 정전이라고."

홍주는 아랫입술을 잘근잘근 씹으며 중얼거렸다. 그건 불안할 때 나오는 버릇이었다. 한때는 입술을 하도 깨물어 성할 날이 없을 정도였다. 하지만 로또에 당첨된 후에는 그 버릇이 싹 사라졌다. 홍주는 매끈한 입술에 샤넬 립스틱을 바르기 시작했다. 거울을 통해 빨갛고 탐스러운 자신의 입술을 보고 있자면 비루했던 과거와 영영 이별했다는 걸 실감할 수 있었다. 그랬던 입술에 지금은 피가 맺혔다. 홍주는 아픈 줄도 모르고 계속 씹었다.

혀끝에 감도는 비릿한 피 맛을 느끼며 홍주는 소파에서 휴대폰을 주워 들었다. 그리고는 조명을 켰다. 어느 정도 주위가 보였다. 그 불빛에 의지한 채 인터폰 쪽으로 다가갔다. 정전이 돼도 관리실과 인터폰으로 연락을 주고받을 수는 있었다. 홍주는 집이 그려진 버튼과 통화를 차례로 눌렀다. 신호가 갔다.

"여보세요?"

경비가 전화를 받았다.

"갑자기 정전이 됐어요. 빨리 어떻게 좀 해 줘요."

인터폰에 대고 그렇게 말했다. 대답이 없었다. 잡음만 들렸다. 홍주는 참지 못하고 소리를 질렀다.

"뭐 하는 거예요?"

"지금 가고 있습니다."

전혀 감정을 느낄 수 없는 딱딱하고 기계적인 대답이 돌아왔다.

"네? 지금 오고 있다니, 그게 무슨 말이에요?"

홍주는 다시 물었다.

"엘리베이터에 올랐습니다."

같았다. 똑같은 목소리가, 똑같은 어조로 대답했다.

275

"수리할 사람을 보낸다는 거예요, 뭐예요?"

짜증이 나 미칠 것 같은 마음을 꾹꾹 눌러 가며 물은 순간, 홍주는 한 가지 사실을 깨달았다. 인터폰에도 불이 들어와 있지 않았다. 액정 화면도 깜깜했고 통화를 할 때면 빨간

색으로 깜박이는 센서도 작동하지 않았다. 그런데…….

"24층에 내렸습니다."

……목소리는 계속 들렸다.

"뭐, 뭐야?"

"2404호 앞입니다."

"조용히 해!"

홍주는 인터폰에 달린 아무 버튼이나 마구 눌렀다. 반응하지 않았다. 오직 스피커만 예민한 촉수처럼 꿈틀꿈틀 말을 토해 냈다.

"이제 들어갑니다."

"미, 미친!"

홍주는 현관을 향해 몸을 돌리다가 원목 소파에 무릎을 찧었다. 순간 전기라도 통한 것처럼 무릎을 중심으로 날카로운 통증이 전신에 퍼져 나갔다.

"아!"

무릎을 감싸며 참지 못하고 신음을 토해 냈을 때였다.

끼이익.

현관문 열리는 소리가 들렸다. 그럴 리가 없는데, 아니어야 하는데, 분명 그런 일이 벌어지고 있었다. 현관으로 향하려던 홍주는 주춤주춤 뒷걸음질 쳤다.

비밀번호는 어떻게 안 거지? 자물쇠는?

여러 의문이 꼬리에 꼬리를 물고 떠올랐지만 그걸 궁금해하고 있을 새가 없었다. 홍주는 안방으로 달려 들어갔다. 잠시 두리번거리다가 침대 밑에 숨었다. 모든 상황이 너무나 비현실적이었다. 침대 밑으로 기어들어 가는 건 영화에서나 보던 일이었다. 홍주는 눈을 질끈 감은 채 고개를 숙였다.

안방 문이 열렸다. 인기척이 느껴졌다. 뒤이어 쌔액쌔액 하는 가느다란 숨소리가 들려왔다.

"으으."

홍주는 신음이 새어 나오려는 걸 입술을 꽉 깨물며 버텼다. 그때 손에 쥐고 있던 휴대폰이 지잉, 한 번 몸을 떨었다. 화들짝 놀란 홍주는 휴대폰을 바라봤다. 메시지가 와 있었다.

'신지현'이 보낸 메시지였다.

아니야. 아니야.

속으로 그렇게 되뇌면서도 홍주는 메시지를 열었다.

[홍주야. 어디야? 왜 안 와? 나 마포대교야.]

휴대폰에서 눈을 뗄 수 없었다. 메시지는 계속 왔다.

[혼자 죽으려니 너무 무섭고 쓸쓸해.]
[빨리 와. 같이 죽자.]
[네가 말했잖아. 같이 끝내자고.]
[언제까지나 널 기다릴 거야.]

쌔액쌔액. 그 숨소리가 점점 다가왔다. 홍주는 숨을 죽였다. 아니라고, 이게 현실일 리가 없다고 아무리 되뇌어도 바뀌는 건 없었다. 쌔액쌔액. 그리고…… 메시지.

[죽어서도 널 기다릴 거야.]

홍주는 휴대폰을 꺼 버렸다. 숨소리는 이제 들리지 않았다. 대신 어딘가에서 차디찬 바람이 불어왔다. 바람을 맞자 오히려 정신이 들었다. 입술 대신 이번에는 어금니를 꽉 깨물었다. 두려움보다 분노가 앞섰다. 지금껏 어떻게 살아남았는데, 밑바닥에서 여기까지 어떻게 올라왔는데……. 지금 잘못될 수는 없었다. 무슨 일이 있어도 살아야 했다.

조심스레 침대 밑에서 나왔다. 아무도 없었다. 적어도 안방에는 자신뿐이었다. 홍주는 침대 옆으로 손을 뻗어 잡히는 걸 아무거나 쥐었다. 만년필이었다. 백화점에서 기분 내키는 대로 쇼핑을 할 때 사 둔 것이었다. 한 번도 쓰지는 않았지만 만년필과 메모지를 올려 두는 것만으로도 왠지 기분이 좋았다. 홍주는 만년필 뚜껑을 열었다. 그런 뒤 발소리를 죽이며 거실로 나갔다.

살아야 해.

무슨 일이 있어도.

무슨 짓을 해서라도.

머릿속에는 온통 그 생각뿐이었다. 거실 창문을 향해 등을 돌리고 선 왜소한 체격의 누군가가 보였다. 저토록 작고 비쩍 마른 사람이라면 지현의 아버지가 틀림없었다. 저 인간도 살아남았구나. 폐 안 가득 암 덩어리가 들어찼다고 들었는데 지독하게도 살아남았구나. 홍주는 만년필을 치켜든 뒤 망설이지 않고 달려들었다.

"죽어!"

푹.

만년필을 목에 꽂자 그런 소리가 났다. 홍주는 멈추지 않았다.

"죽어! 죽어! 그만 죽어!"

사납게 소리치며 계속 만년필을 휘둘렀다. 지현의 아버지는 끝내 쓰러지고 말았다. 등을 보인 채 쓰러져서는 꿈쩍도 하지 않았다. 승리감에 도취된 홍주는 숨을 헐떡거리면서도 크게 웃었다.

"크하하!"

"하하하."

다른 웃음이 들렸다. 긴 여운을 남기는, 마치 지금 불어오는 찬 바람과 같은 웃음이었다.

"누구야? 어디야?"

홍주는 눈을 희번덕이며 주위를 둘러봤다. 있었다. 거실 창문 바로 앞에 검은 형체가 서 있었다. 긴 머리카락이 보였다. 축 늘어진 어깨도. 앞에 선 이가 누구인지는 금세 알 수 있었다. 1년 전 오늘 죽었던, 아니 죽었어야 했던 친구였다.

"신지현. 너 살아 있었구나?"

홍주는 지현을 향해 외쳤다. 이제야 모든 게 이해됐다. 지현은 죽지 않았다. 자기 아버지처럼 질기게 살아남았다. 그러고는 둘이 짜고 복수를 하려 찾아온 거겠지. 사실을 깨닫고 나니 머릿속이 맑아졌다. 끈덕지게 달라붙던 공포도 완전히 사라졌다.

진짜로 죽여 줄게.

"죽어!"

그렇게 외치며 지현을 향해 힘껏 달려들었다.

"하하하."

지현은 웃었다. 그런 지현의 얼굴에 만년필을 꽂았다 싶은 순간 몸이 휘청했다. 동시에 얼음장 같은 빗줄기가 홍주를 때렸다.

"……어?"

미처 놀랄 새도 없이 상체가 기울었다. 아까보다 훨씬 더 선명한 깨달음이 머릿속을 스치고 지나갔다. 거실에서부터 베란다까지, 활짝 열린 창문을 지나 미친 듯이 달려왔다. 그리고…….

……떨어진다!

"아!"

베란다 난간 밖으로 몸이 기우는 걸 느끼며 홍주는 필사적으로 손을 뻗었다. 난간을 잡았다. 하지만 한발 늦었다. 몸은 이미 아래로 떨어졌다.

"윽."

홍주는 왼손으로 난간을 잡고 겨우 매달렸다. 쏟아져 내리는 빗줄기가 홍주의 손을, 얼굴을, 몸을 할퀴고 지나갔다. 밑을 내려다봤다. 24층 아래로 심연과 같은 어둠이 마치 강물처럼 넘실거리고 있었다.

"살려 주세요!"

소리쳤다.

"살려 줘!"

다시 한번.

"제발."

누구에게 부탁하는 건지 알 수 없었지만 홍주는 목소리를 높였다. 손가락에 힘이 빠졌다. 누군가가 손가락을 하나씩 뜯어내는 것 같았다.

"죽기 싫어!"

그것이 홍주의 마지막 외침이었다. 홍주는 비명도 지르지 못한 채 추락했다. 홍주가 마지막으로 본 것은 지현과 지현의 아버지였다. 자신의 집 베란다에 그 두 명이 서 있었다. 두 사람은 다정하게 붙어 서서, 떨어지는, 추락하는 홍주를 내려다보고 있었다. 홍주는 날아 보려는 듯 두 팔을 퍼덕였지만 소용없었다. 홍주가 바닥으로 추락해 머리가 깨지고 온몸의 뼈가 으스러지고 내장이 파열돼 피를 쏟아 내기까지는 채 5초도 걸리지 않았다. 추락은 그야말로 찰나의 순간이었다.

만성활력

전건우

에너지드링크를 들이붓다시피 했지만 졸음은 가시지 않았다. 약국에서 2만 원을 주고 산 피로 해소제도 소용없었다. 보이지 않는 손이 눈꺼풀을 끌어당기는 것만 같았다. 수진은 졸음을 참으려고 입술을 깨물었다. 처음 몇 번은 효과가 있었지만 그것도 얼마 가지 못했다. 결국 수진은 수마를 이기지 못하고 잠에 빠져들었다. 얄궂게도 바로 그때 무전이 날아들었다.

– 선배. 그쪽으로 갑니다!

수진은 후배 양 형사의 무전을 듣지 못했다. 보름 넘게 공을 들여 쫓았고 이틀 내내 돌아가며 잠복을 한 끝에 드디어 꼬리를 잡은 살인사건 용의자는 그렇게 수진이 타고 있던 자동차 옆을 유유히 지나쳤다. 그러고는 경찰의 추적을 따돌리고 사라졌다. 그때까지도 수진은 깨지 않았다. 꿈도 꾸지 않고 단잠을 자고 있었다.

"너 인마. 그러고도 네가 형사야? 졸다가 용의자를 놓쳐?"

불호령이 떨어진 건 당연한 일이었다. 반장은 자기 분에 못 이겨 책상을 내려쳤다. 쾅, 소리가 울려 퍼졌지만 강력 4 반 안의 그 누구도 고개를 들지 않았다.

"죄송합니다. 요즘 애 때문에 잠을 설쳤더니……."

"너 그게 변명이 된다고 생각해?"

반장은 수진의 말을 자르며 물었다. 변명이 안 된다는 건 수진도 잘 알고 있었다. 그럼에도 무슨 말로라도 둘러대야 이 자리를 모면할 것 같았다.

"애가 아파서요. 밤에 안 자고 자꾸 깨는데 제가 엄마다 보니 어쩔 수 없이……."

"야! 그런 정신으로 무슨 형사 노릇을 해?"

반장은 벌떡 일어났다. 역효과였다. 수진은 그냥 입을 다 물고 있을걸, 하고 후회했다. 뒤늦은 후회였다. 반장은 쐐기 를 박듯 한마디를 외치고는 아예 밖으로 나가 버렸다.

"한 번만 더 이런 일 있으면 승진이고 뭐고 다 없던 이야 기 될 거니까 그렇게 알아!"

수진은 고개를 숙인 채 한동안 서 있었다. 싫었다. 그 순 간에 졸아 버린 자신도 싫었고, 지긋지긋한 육아도 싫었고, 밤새 한 번도 깨지 않고 쿨쿨 잠만 자는 남편도 싫었다.

그리고 무엇보다…… 온몸을 내리누르는 피로감이 싫었다.

피로를 떨쳐낼 수만 있다면 무슨 짓이든 할 것 같았다.

"선배. 보약 같은 건 챙겨 먹어요?"

수진을 향해 양 형사가 물었다. 수진은 조수석에 앉아 한 숨을 푹 쉬었다.

"소용없어. 좋다는 건 다 먹어 봤는데 피로가 안 가셔. 오 죽하면 경찰인 내가 프로포폴 맞을 생각을 했겠냐?"

285

"어휴. 그건 절대 하지 마세요."

"안 해. 내가 미쳤냐? 승진 앞두고 그런 짓이나 하게."

수진은 그렇게 말하며 하품을 했다. 목뒤가 뻐근했다. 어깨도 뭉쳐서 돌처럼 단단하게 굳었다. 목의 통증과 어깨 결림은 이제 만성이 됐다. 만성 피로의 역사와 궤를 같이하고 있었다. 셋은 노련한 삼인조 강도 같았다. 분명히 그 존재가 뚜렷한데도 도저히 잡을 방법을 찾을 수 없었다.

"이야. 그럼 다음 달이면 우리 곽수진 경위님이 드디어 경감 배지 다는 겁니까?"

양 형사는 웃으며 말했다. 유들유들한 성격에 세심한 게 양 형사의 장점이었다. 천성도 착했다. 동료들이 알게 모르게 수진의 실수를 비난할 때도 양 형사는 내색 한 번 하지 않았다. 수진은 양 형사 같은 파트너를 만난 게 그나마 천운이라 생각했다.

"네가 왜 김칫국을 사발로 들이켜? 아직 몰라. 시험은 잘 봤는데 그놈의 근무 성적 때문에."

"그러게요. 반장이 벼르고 있는 것 같으니까 조심해요, 선배."

"하아. 내 말이 그거다."

한 번 더 실수를 한다면 경감 승진은 물 건너간다. 아니, 뭔가 하나라도 성과를 내지 못하면 위험한 게 현실이었다. 수진의 실수로 살인사건에서는 배제됐다. 이제 당장 집중해야 하는 건 '강남 연쇄 실종사건'이었다. 언론에서도 잔뜩 주목하고 있는 이 사건만 해결한다면 지금까지의 실수를 만회하고도 남을 테니까.

"그나저나 이번 건 어디서부터 풀어 나가야 할까요?"

양 형사가 물었다. 둘은 최근에 실종된 대리운전 기사의 가족을 만나고 강남서로 돌아가는 길이었다.

"일단은 뭐, 실종자들의 공통점을 찾아야겠지."

강남 일대에서 연쇄 실종사건이 보고된 것은 6개월 전부터였다. 은행원, 증권사 간부, 평범한 회사원 그리고 벤처기업 대표와 대리운전 기사까지, 직업도 성별도 모두 다른 다섯 명이 6개월 동안 차례로 실종됐다. 처음에는 성인의 실종이라 범죄의 정황을 찾지 못했고 연쇄 범죄라는 사실도 알지 못했다. 그러던 것이 유명 벤처 회사의 대표가 사라지면서 언론의 관심을 받게 됐고, 유사 사건이 강남에서 계속 벌어졌다는 보도까지 나오게 됐다. 경찰이 움직일 수밖에 없는 상황이 마련된 것이다.

"공통점이 있을까요? 강남에 살거나 강남에서 밥벌이를 한다는 것 말고."

양 형사의 말처럼 다섯을 관통하는 키워드는 '강남'이었다. 어느 날 밤, 말도 없이 사라져 버린 다섯 사람 모두 강남에 직장이 있거나 아니면 집이 있었다. 대리운전 기사 역시 강남 일대에서 주로 콜을 받아 활동했다고, 가족들이 증언했다.

"있지. 공통점."

수진은 중얼거렸다. 또 졸음이 몰려왔다. 뇌가 개구리알처럼 흐물흐물 풀어지는 느낌이었다.

"뭐죠?"

양 형사가 눈을 동그랗게 뜨고 물었다. 수진은 다시 하품을 쩍 하며 말했다.

"실종될 이유가 전혀 없다는 거."

"에이. 누군 뭐 실종될 만한 이유가 있나요? 다들 없지."

"그 말이 아니야. 빚을 진 것도 아니고, 누군가에게 쫓기는 것도 아니고, 큰 잘못을 저질렀던 것도 아니란 거지. 한마디로 사라질 필요가 없는데……."

지이잉.

휴대폰이 진동하는 바람에 수진은 말을 멈췄다. 주머니에서 휴대폰을 꺼내 보니 액정에 어린이집 번호가 떴다. 순간 불길한 예감이 머릿속을 스치고 지나갔다. 수진은 호흡을 한 번 가다듬은 후 전화를 받았다.

"여보세요?"

"소희 어머님. 어린이집인데요, 지금 소희가 갑자기 열이 나서……."

"네. 바로 가겠습니다!"

수진은 전화를 끊고 한숨을 쉬었다. 피로가 몰려왔다. 눈을 질끈 감았다. 머리가 쑤셨다. 목과 어깨의 통증 역시 존재감을 드러냈다.

"선배, 괜찮아요? 또 애가 아픈 거죠?"

양 형사가 조심스레 물었다.

"응. 나 저 앞에서 좀 내려 줘. 반장님한텐 따로 보고할게."

반장이 어떤 잔소리를 할지 훤히 그려졌다. 그래도 가야 했다. 엄마의 삶과 경찰의 삶, 둘 중 어느 하나도 포기할 수 없으니까.

소희는 계속 울어 댔다. 만 두 살이 되고부터 투정도 심해지고 밤에 잠도 잘 안 잤다. 툭하면 열이 나고 아팠다. 시어머니는 그런 소희를 보며 어릴 때부터 엄마 손을 덜 타서 자주 아프고 보채는 거라며 모진 소리를 해 댔다. 시어머니보다 그 말 앞에서 한마디도 안 하는 남편이 더 미웠다.

"소희야. 엄마가 안아 줄게."

수진은 결국 소희를 안고 거실을 서성였다. 어깨가 떨어져 나갈 것 같았지만 어쩔 수 없었다. 남편은 세상모르고 잠만 잤다. 거실을 얼마나 왔다 갔다 했을까, 약효가 도는지 소희가 꾸벅꾸벅 졸기 시작했다. 수진은 소희를 안은 채로 살며시 소파에 앉았다.

그때였다.

크크크.

웃는 소리가 들렸다. 놀란 수진이 거실을 둘러봤다. 아무것도 없었다. 그저 불 꺼진 평범한 거실이었다.

크크크.

숨을 죽인 채 키득거리는 소리는 또 들렸다.

"여보?"

남편을 불러 봤지만 아무런 대답이 없었다. 크크크. 그 기분 나쁜 웃음만 어둠 속에 메아리칠 뿐이었다. 수진은 소파에서 일어났다. 침입자다! 그 생각을 하는 순간 정신이 번쩍 들었다. 누군가가 집 안으로 숨어 들어와 자신과 가족을 공격하고……

"크크크."

또다. 하지만 이번에는 바로 밑이었다. 수진은 고개를 숙였다. 소희가 앙칼진 표정을 한 채 올려다보고 있었다. 입을 보기 싫게 오므리고 뺨을 한껏 부풀린 채로 소희는 웃었다.

크크크.

그러면서 속삭였다.

"엄마. 죽고 싶지?"

헉!

수진은 눈을 떴다. 꿈이라는 사실을 깨닫기까지는 시간이 걸렸다. 모두 자신을 바라보고 있다는 사실을 깨닫기까지도.

"인마! 이젠 회의 시간에 아예 자빠져 자냐?"

반장이 버럭 소리를 질렀다.

"아, 아닙니다."

수진은 허둥지둥 둘러댔다.

"아니긴 뭐가 아니야? 침이나 좀 닦아라. 어이구."

"크크크."

동료들이 대놓고 웃었다. 그 웃음이 예리하게 날아와 박혔다. 수진은 양 형사를 쳐다봤다. 성격 좋은 파트너가 입 모양으로 '대리기사'라고 말해 줬다.

"죄송합니다. 대리기사 이야기 계속하시죠."

수진이 말하자 반장은 혀를 끌끌 차며 화이트보드로 시선을 돌렸다. 그러고는 다시 설명을 시작했다.

"대리기사의 휴대폰 신호가 끊긴 지점에서부터 수색을 시작할 거니까 다들 그렇게 알아. 세 개 조로 나눈다. 탐문은 영식이 너희 팀이 하고, 대리기사 당일 행적 조사는 철호 팀이 맡는다. 그리고 곽수진!"

"네!"

수진은 허리를 꼿꼿이 세우며 대답했다.

"넌 어디 싸돌아다니지 말고 다른 실종사건과 연관성 없는지 그거나 알아봐. 알겠어?"

"알겠습니다."

수진은 조용히 대답했다. 결국 알짜배기 수사는 다른 놈들이 맡게 됐다.

"자, 빨리 움직여."

"네!"

반장의 말에 모두 일어나 밖으로 나갔다. 수진도 양 형사와 함께 움직였다.

"그래도 대리기사의 마지막 위치를 찾았다니 실마리가 좀 풀리겠어요."

양 형사의 말에 수진은 또 한숨을 쉬었다.

"하아. 그러면 뭐 하냐? 너나 나나 사무실에 틀어박혀서 짱구나 굴리고 있어야 할 텐데."

"제가 여기저기 전화 돌릴 테니까 선배님은 좀 쉬세요."

"고맙다. 난 수사 자료 보고 있을게."

수진은 실종자들의 인적 사항 등이 적힌 두툼한 서류 뭉치를 들고 자기 자리로 향했다. 그리고는 습관처럼 서랍에서 에너지드링크를 꺼내 캔을 땄다. 치익, 하는 소리를 듣는 것만으로도 머리가 조금은 맑아지는 것 같았다. 에너지드링크를 한 모금 마신 뒤 서류를 넘겼다. 눈앞이 침침했다. 간밤에도 몇 시간 자지 못했다. 일어나 보니 소파 위였고 소희는 여전히 안겨 있었다. 소희를 어린이집에 보내고 부랴부랴 준비해 출근을 한 것만으로도 진이 다 빠졌다.

"버티자. 버티는 거야, 곽수진."

그렇게 중얼거리며 지그시 입술을 깨물었다. 그리고는 실종된 벤처 회사 대표와 관련한 자료를 뒤적였다.

"이름 최동현. 43세. 이너피스 콘텐츠 대표. 여긴 뭐 하는 곳이야?"

"아! 거기요? 마음의 안정, 명상 그리고 뭐더라……. 아무튼 그런 쪽 관련해서 책도 내고 음악도 만들고 구독 서비스도 하고 뭐 그런 곳이더라고요."

수진의 말을 듣고 있던 양 형사가 바로 알려 줬다.

"마음의 안정을 찾아준다는 회사의 대표가 사라졌으니 그쪽도 뒤숭숭하겠네."

최동현이 실종된 건 한 달 전이었다. 퇴근 후 약속이 있다고 했던 사람이 집으로도, 회사로도 돌아오지 않았다. 차는 회사 지하 주차장에 그대로 있었다. 사라진 건 최동현 본인과 휴대폰뿐이었다. 이너피스 콘텐츠는 잘 굴러갔고 언론에도 자주 등장할 만큼 최동현 역시 승승장구하고 있었다. 한마디로, 도피하거나 자살할 이유 같은 건 찾을 수 없다는 뜻이었다.

"최동현 휴대폰 신호가 마지막으로 잡혔던 곳이, 보자……. 도산공원 쪽이잖아. 여기 맛집 많지? 밥 먹으러 갔던 걸까?"

수진은 양 형사를 향해 물었다.

"아무래도 그렇겠죠? 누구랑 만났는지 알기만 하면 쉽게 해결할 텐데요."

"그러게 말이다. 통신 기록에도 별 건 안 나왔다며?"

"네. 그날 약속에 대한 건 아무것도 없었어요."

"더럽게 수상하네."

수진이 서류를 몇 장 더 넘기는데 사진 한 장이 툭, 하고 떨어졌다. 수진은 그걸 주워 들었다. 최동현이 자신의 사무실에서 환하게 웃고 있는 사진이었다. 최동현은 중년의 나이가 무색하게 피부가 팽팽했고 얼굴에도 활력이 넘쳤다. 사진으로만 봐도 에너지가 뿜어져 나오는 것 같았다.

"이런 사람이 어디로 사라진 거야."

수진은 작게 중얼거리며 사진을 서류 사이에 끼워 넣었다. 그 순간 꺼림칙한 감각이 머릿속을 스쳐 지나갔다. 머리에 이물감이 가득했다. 분명 뭔가가 있는데 그게 무엇인지 알 수 없었다.

뭐지?

고개를 갸우뚱하며 다시 사진을 꺼내 들었다. 최동현의 얼굴을 들여다봤다. 미소 띤 그 얼굴을 아무리 봐도 이물감은 사라지지 않았다.

"선배. 점심 먹어야죠?"

양 형사가 물었지만 수진은 손을 들어서 막았다.

"잠깐만."

"왜요?"

"여기 뭔가 있어."

수진의 말에 양 형사는 입을 다물었다. 수진은 최동현의 얼굴에서 벗어나 사무실 풍경을 살폈다. 사무실은 깔끔하고 정갈했다. 따뜻한 느낌이 드는 나무 책상과 책장 그리고 고풍스러운 분위기의 진열장 등이 돋보였다. 책장에는 원서로 보이는 책들이 꽂혀 있었다. 진열장에는…….

순간, 수진의 눈이 커졌다.

"이, 이거?"

진열장 맨 아래 구석에 놓인 흰색 항아리가 시선을 잡아끌었다. 유골함처럼 보이기도 하는 항아리는 사무실 인테리어와 어울리지 않았다.

"뭘 찾으셨어요?"

양 형사가 물으며 다가왔다. 수진은 사진 속 항아리를 가리키며 말했다.

"보여? 이 흰색 항아리?"

"네. 이게 왜요?"

"똑같은 게 그 대리기사 집에도 있었어!"

기억해 냈다. 어제 방문했던 바로 그 집 식탁에도 같은 항아리가 놓여 있었다. 그때도 웬 유골함인가 싶어 눈여겨봤던 게 생각났다. 비록 사진이지만 분명 같은 크기와 재질의 항아리로 보였다.

수진은 대리기사 집의 항아리 겉면에 적혀 있던 글자도 떠올렸다. 흘림체였지만 알아볼 수 있었고, 그랬기에 그 뜻을 짐작하며 잠시 호기심을 품기도 했었다.

만성활력.

분명히 그렇게 적혀 있었다.

"그거는요, 애 아빠 영양제예요. 효능이 좋다고 들었다면서 어느 날 가지고 왔어요. 대리 뛰면서 만난 고객이 알려줬나 보더라고요. 저도 처음엔 무슨 항아리를 들고 오나 했죠. 근데 만성활력 그거 먹고 난 후로는 사람이 달라지긴 했어요. 평소에 피곤하다는 말을 달고 살던 사람인데 피곤은 커녕 매일 힘이 넘치더라고요. 하루에 대리를 몇 탕이나 뛰어도 힘든 줄 모르겠다고 하던 사람인데……. 지금은 어디서 뭘 하는지. 흑."

대리기사, 이규석의 아내는 끝내 울음을 터트렸다. 수진은 양 형사에게 눈짓을 보냈다. 이쯤에서 전화를 끊으라는 뜻이었다.

"네. 알겠습니다. 마음 많이 아프시죠? 저희도 지금……."

수진은 양 형사가 설명하는 걸 흘려들으며 자리를 떴다. 밀려오는 졸음을 쫓기 위해서라도, 생각을 정리하기 위해서라도 걸을 필요가 있었다. 자판기에서 차가운 에너지드링크한 캔을 뽑은 뒤 옥상으로 향했다. 그러고는 늘 앉는 자리인물탱크 옆 벤치로 향했다. 거기가 제일 구석이라 마음이 편했다. 졸기에도 편했고.

"만성활력이 영양제란 말이지."

의외의 정보를 알게 되었지만 김이 샌 것도 사실이었다. 드디어 실종자들 사이의 연결 고리를 찾았다 싶었는데 그게고작 영양제라니……. 널리고 널린 게 영양제였다. 물론 '만성활력'이라는 건 처음 들어 봤지만 효능이 좋다고 하니 수진만 모를 뿐 제법 괜찮은 제품인 모양이었다. 중요한 건 영양제가 실종사건과 관련 있을 확률은 제로에 가깝다는 점이었다.

"효능이 그 정도로 좋다면 나도 한번 먹어 볼까?"

수진은 차오르는 실망감을 애써 누르며 휴대폰으로 '만성활력'을 검색했다. 아무것도 나오지 않았다. '만성피로'에관한 검색 결과는 수두룩하게 떴지만 그 어디에도 만성활력이라는 영양제는 찾을 수 없었다.

"뭐지? 신제품인가?"

만성활력 영양제, 만성활력 약, 만성활력 보조식품 등 여러 키워드를 넣어 검색을 해도 걸리는 건 없었다. 수진이 에너지드링크 마시는 것도 잊고 한참 그러고 있을 때 양 형사에게서 전화가 걸려 왔다.

"어디세요?"

양 형사가 바로 물었다.

"옥상."

"지금 확인했는데, 최동현 사무실에 있는 것도 만성활력 그거 맞답니다. 어떻게 할까요?"

"양 형사 네가 이너피스인지 뭔지 하는 거기 가서 만성활력 좀 가져와 봐. 아니다. 내가 갈게. 가서 확인해 보고 싶은 것도 있으니."

"그럼 같이 가요, 선배."

"우리 둘 다 자리 비운 거 나중에라도 반장이 알면 또 잔소리 퍼부을 거야."

"하긴. 그렇기는 하겠네요."

"그러니까 내가 후딱 다녀올 테니까 넌 사고 치지 말고 얌전히 있어."

"사고는 선배 전문이잖아요."

"이 자식이!"

"조심해서 다녀오세요. <u>흐흐.</u>"

양 형사는 능글맞은 웃음을 흘리며 전화를 끊었다. 그런 후배가 밉지 않았다. 오히려 든든했다. 수진은 에너지드링크를 한 번에 들이킨 뒤 가볍게 두 뺨을 때렸다. 싸한 느낌이 척추를 타고 온몸을 휘돌았다. 분명히 존재하는 제품인데 검색이 되지 않는 데는 그만한 이유가 있을 것이다. 불법 의약품이라 암암리에 돌고 있을 수도, 아니면 마약일 수도 있다. 둘 중 어느 쪽이건 좋은 건수임에는 확실했다. 만약 마약류라면 실종과 엮일 여지도 있었다. 강남 일대에서 유통되는 신종 마약과 연쇄 실종. 그렇게만 된다면 판이 커진다.

"좋아."

수진은 슬며시 어금니를 깨물었다. 모처럼 의욕이 넘쳤다.

이너피스 콘텐츠에 도착하자마자 경찰이라는 걸 밝히고 대표실로 향했다. 이너피스 콘텐츠는 직원이 40명 정도 되는 제법 큰 규모의 벤처 회사였다. 요즘 유행이라는 개방형 사무실 전체에 음울한 기운이 감돌고 있었다.

"여깁니다."

자신을 팀장이라 소개한 여자가 대표실 문을 열어 줬다.

"감사합니다."

대표실에 들어간 수진은 바로 그 항아리를 발견했다. 겉면에는 역시 '만성활력'이라 적혀 있었다. 만성활력 항아리를 꺼내 들여다보는 수진에게 팀장이 물었다.

"아까 남자 형사님 전화를 받은 것도 전데요, 그게 대표님 실종과 연관이 있을까요?"

"이 약에 대해 아세요?"

수진은 그렇게 되물었다.

"약이요? 아뇨. 약이라는 것도 처음 알았어요. 하지만 그 항아리가 특이해서 누가 가져왔다는 건 기억해요."

팀장의 대답에 수진은 흥분했다.

"이걸 가져온 사람이 있다고요? 누군지 아세요?"

"누군지는 모르지만 남자였는데요, 대표님이 그분께도 대표라고 불렀어요. 아! 그날 대표님 스케줄이 기록으로 남아 있을 테니까 좀 찾아볼게요."

"알겠습니다. 전 이걸 좀 가지고 갈게요. 말씀처럼 이 약이 실종과 관련이 있을지도 모르거든요. 최 대표님 스케줄 확인하시면 여기로 연락 좀 주세요."

수진은 팀장에게 명함을 내밀었다.

"네. 그렇게 하겠습니다."

명함을 받아 든 팀장을 향해 수진이 다시 물었다.

"그런데요, 최근에 최 대표님이 뭔가 달라지거나 했나요? 유독 힘이 넘쳤다거나……."

"그랬어요. 맞아요. 늘 피곤해하셨는데 몇 달 전부터 굉장히 활력 있어 하셨어요. 거의 맨날 야근을 했는데도 힘들다는 말 한 번 안 하셨죠. 회사가 여기저기 알려지고 안정되기 시작한 것도 그때쯤이었어요."

"흠. 그렇군요. 그럼, 연락 부탁드립니다."

수진은 서둘러 이너피스 콘텐츠에서 나왔다. 빨리 이 수상한 약에 대해 알고 싶었다. 국과수에 성분 분석을 의뢰한다면 분명 뭔가가 나올 것 같았다. 수진이 항아리를 조심스레 들고 막 택시를 탔을 때였다. 남편에게서 전화가 걸려 왔다.

"미안한데, 내가 바빠서 소희 데리러 못 갈 것 같아."

남편은 대뜸 그렇게 말했다.

"그럼 어떡해? 오늘 당신이 데리러 가는 날이잖아! 나도 지금 바쁘다고."

"중요한 미팅이 잡혔다니까. 그리고 엄마는 너잖아!"

"뭐? 소희는 나만 키워?"

목소리가 커졌다. 뜨거운 무언가가 울컥 올라왔다. 남편은 늘 이런 식이었다. 육아고 집안일이고 한 발짝 물러서서 수진의 책임으로 돌렸다.

"미안하다니까! 바빠서 일단 끊을게."

"여보!"

전화는 끊어졌다. 수진은 치밀어 오르는 분노를 참으며 휴대폰을 꽉 쥐었다.

"어디로 갈까요?"

택시 기사가 룸미러로 수진을 보며 물었다.

"강남경찰서……. 아니요. 주소 말씀드릴게요."

기사에게 어린이집 주소를 불러준 후 수진은 머리를 대고 눈을 감았다. 피로가 걷잡을 수 없이 밀려왔다. 품에 끌어안은 만성활력 항아리의 차디찬 기운을 느끼며, 수진은 잠에 빠져들었다.

소희는 겨우 잠들었다. 남편은 아직 들어오지 않았다. 수진은 냉장고에서 꺼낸 에너지드링크를 마시며 책상 앞에 앉아 있었다. 만성활력은 백색의 가루였다. 냄새도 나지 않았다. 혹시나 해서 살짝 찍어 먹어 봤지만 마약 같지는 않았다. 항아리 자체에도 특이한 구석은 없었다. 그저 지나치게 서늘할 뿐이었다.

"이게 그냥 영양제면 영 실망인데."

수진은 혼잣말을 했다. 그때였다. 휴대폰으로 문자메시지 하나가 날아들었다. 이너피스 콘텐츠의 팀장이었다.

[안녕하세요? 오후에 말씀드렸던 대표님 스케줄 확인해서 연락드립니다. 그날 저희 대표님을 찾아왔던 분 성함과 연락처입니다. 우태민 010-XXXX-XXXX.]

"우태민……."

수진은 당장 연락을 할까 하다가 참았다. 밤이었다. 지금은 누군가에게 연락해도 마땅한 정보를 얻기 힘든 시간이었다. 오히려 경계심만 품게 할 뿐이다. 게다가 너무 피곤해서…….

응?

생각 외로 몸이 가벼웠다. 분명 지쳐서 정신을 못 차릴 시간인데 피곤하지 않은 건 물론이고 머리도 맑았다. 에너지드링크 때문은 아니다. 에너지드링크는 그저 졸리는 걸 조금 늦춰줄 뿐 이렇게 피로를 가시게 하지는 않는다.

"설마?"

수진은 만성활력 항아리를 새삼 노려봤다. 손가락으로 찍어 그야말로 혀끝에 대 본 게 다였다. 그 정도로 이런 효과가 생길 리는 없었다.

"정신 차려. 곽수진."

수진은 이제는 습관이 된 그 말을 또 중얼거렸다. 하지만 분명 평소와는 다른 의미였다. 지금은 졸리지도 않고 정신도 말짱했다. 오히려 지나치게 활력이 넘쳐 이상할 정도였다. 심장이 뛰고 머리가 팽팽 돌아갔다. 방금까지 목이며 어깨가 쑤셨는데 그 통증마저 사라졌다. 불안할 정도였다. 그렇지만 기분 좋은 게 더 컸다. 상쾌했다. 뭐든 할 수 있을 것 같았다.

"도대체 뭐지?"

찜찜하면서도 지금의 이 좋은 상태를 그냥 흘려보내고 싶지 않았다. 수진은 컴퓨터를 켜고 '우태민'을 검색했다. 만성활력과는 반대로 우태민에 대한 정보는 차고 넘쳤다. 떡하니 사진도 올라와 있었다. 최근에는 '젊은 기업인 상'을 받았다는 뉴스도 떠 있었다. 그것만이 아니었다. 우태민은 대학이나 기업체에서 강연도 많이 하는 것 같았다.

"파라다이스 대표 우태민이라."

기사 제목만 봐도 우태민이 잘나간다는 사실은 틀림없어

보였다. 수진은 우태민에 대한 여러 정보를 집중해서 읽어 내려갔다. 파라다이스라는 회사에 대해서도 계속 검색했다. 그러는 사이 남편이 퇴근해 왔지만 수진은 신경도 쓰지 않았다. 남편은 혼자 변명을 늘어놓다가 수진이 대답을 하지 않자 안방으로 들어가 버렸다. 한 마디를 남긴 채.

"어쩐 일로 생기 넘쳐 보이네."

그 말이 왠지 비꼬는 듯이 들려 화가 났지만 수진은 꾹 눌러 삼켰다.

다음 날, 출근과 동시에 수진이 제일 먼저 한 일은 우태민에게 연락을 하는 것이었다. 몇 번 전화를 걸었지만 우태민은 받지 않았다. 수진은 문자메시지를 남겼다.

[강남경찰서 강력계 곽수진 형사입니다. 만성활력과 관련해 질문드릴 게 있습니다.]

"선배. 만성활력인지 뭔지 하는 건 가져왔어요?"

담배 냄새를 풍기며 다가온 양 형사가 물었다.

"아⋯⋯. 그게, 깜박하고 집에 놓고 왔지, 뭐야. 근데 그거 별거 아니었어. 진짜 영양제더라고."

"어이구. 설레발쳐서 반장님한테 보고했으면 또 잔소리 들을 뻔했네요."

"그러게."

수진은 어색하게 웃었다. 왜 거짓말을 한 건지 자신도 알 수 없었다. 아니, 알고는 있었다. 출근 전에 만성활력을 먹고 왔다. 아침이 되자 간밤의 활력은 사라지고 견딜 수 없는 피로가 몰려왔다. 손가락 하나, 눈꺼풀 한 번 움직이기도 힘들 정도였다. 거의 기듯이 일어난 수진은 혹시나 하는 마음에 그 흰색 가루를 반 숟가락 정도만 입에 털어 넣고 물을 마셨다. 그러자 거짓말처럼 힘이 솟아났다. 단지 정신만 차리게 하는 각성 효과와는 분명 달랐다. 온몸의 세포 하나하나가 생기를 얻는 것 같았다. 졸지 않을 자신이 있어 모처럼 차도 가지고 나왔다.

"그런데요, 선배. 오늘 표정도 그렇고 전체적으로 컨디션이 엄청 좋아 보이네요. 하하."

양 형사가 웃어 보인 후 자기 자리로 갔을 때였다. 수진의 휴대폰이 진동했다. 확인하니 우태민이었다.

[우태민입니다. 궁금한 게 있으시면 언제든 저희 회사로 와주십시오.]

"흠. 이렇게 나온다는 거지?"

수진은 그 메시지를 몇 번이나 다시 봤다. 자신은 거리낄 게 없다는 것처럼도 읽혔고, 만성활력에 대해 안다는 뜻으로도 읽혔다. 어느 쪽이든 만나 볼 가치가 있을 것 같았다.

"야. 나 잠깐 나갔다 올게."

양 형사에게 속삭인 후 대답도 듣지 않고 바로 움직였다. 원래라면 반장에게 보고를 해야 하지만 그러기에는 아직 일렀다. 게다가 만성활력 이야기를 믿어줄 것 같지도 않았다. 조금 더 확실한 단서를 잡고 말해도 되지 않을까 싶었다.

우태민의 회사 파라다이스는 강남에 있었다. 주소 정도는 어젯밤에 이미 다 알아 놓았다. 수진은 막히는 도로를 달려 파라다이스로 향했다. 으리으리한 빌딩의 3개 층을 쓰고 있는 파라다이스는 적어도 겉으로 보기에는 대표 우태민처럼 잘나가는 것 같았다.

수진은 안내 데스크 직원을 따라 대표실로 향했다. 파라다이스는 이너피스 콘텐츠보다 훨씬 규모가 컸다. 직원도 더 많았다. 다들 바쁘게 움직이고 있었다. 인터넷 정보로는 상조 제품 제작과 유통이 파라다이스의 주 업무였다. 그것만으로 강남 한복판에서 이런 정도로 사업을 하다니 우태민의 수완이 제법 괜찮구나 싶었다.

"어서 오십시오. 파라다이스 우태민입니다."

우태민은 사진보다도 훨씬 더 깔끔한 인상의 남자였다. 수진은 우태민과 가볍게 악수를 나눈 뒤 소파에 앉았다. 우태민을 닮아 더없이 깔끔한 사무실 내부에는 군더더기라고는 찾아볼 수 없었다.

"만성활력에 대해 어떤 점이 궁금하십니까?"

먼저 입을 연 쪽은 우태민이었다. 직구였다. 그것도 한가운데로 꽂히는 묵직한 직구. 수진은 우태민의 성향을 대충 파악했다. 그는 직구로 승기를 잡는 투수였고, 그렇다면 수진 역시 볼을 고를 이유 따윈 없었다. 그저 힘껏 휘두르면 될 일이었다. 한때 야구광이었던 수진에게 이런 승부는 익숙했다.

"알고 계실 겁니다. 강남 일대에서 연쇄 실종사건이 일어나고 있다는 거. 전 그 사건이 만성활력과 관련 있다고 생각합니다."

"재미있는 가설이군요."

우태민은 전혀 재미있어하는 것 같지 않았다.

"우태민 대표님은 만성활력과 어떤 관계죠? 최동현 씨에게 만성활력을 준 사람, 우태민 대표님 맞죠?"

"오랜 친구에게 영양제를 선물했습니다만, 그것도 죄가 됩니까?"

"평범한 영양제가 아니라서 문제겠죠?"

"어떻게 아십니까? 만성활력이 평범한 영양제인지 아닌지. 혹시 드셔보셨습니까?"

이번에는 안쪽 깊숙이 파고드는 직구, 그것도 스트라이크였다. 허를 찔린 수진은 대꾸할 말을 찾으며 머리를 굴렸다. 그 틈을 놓치지 않고 우태민이 다시 물었다.

"실종된 사람들 모두 만성활력을 복용했다고 해서 그게 곧 실종의 이유가 될 수는 없죠. 안 그렇습니까?"

순간, 정신이 번쩍 들었다. 우태민은 너무 많은 공을 던졌다. 그리고…… 마지막은 분명 실투였다.

"잠깐. 저는 실종된 사람들이 모두 만성활력을 복용했다는 이야기를 한 적이 없는데요? 그러고 보니 지금 조사해봐도 되겠네요. 만약 사실이라면, 대표님이 어떻게 알고 있었는지 해명해야 할 겁니다."

내내 무표정했던 우태민의 얼굴에 처음으로 균열이 일었다. 수진은 승기를 잡았다고 확신했다. 그 순간이었다. 눈앞이 핑 돌았다. 곧 익숙한 그 느낌이 찾아왔다. 피로감. 말로는 설명할 수 없는 거대하고 묵직한 피로감이 수진을 내리눌렀다. 온몸의 기운이 쑥 빠져나갔다. 서 있을 힘도, 우태민을 노려볼 힘도 없었다. 수진은 비틀거렸다.

"왜 그러십니까?"

우태민이 부축하려 했다. 수진은 사력을 다해 뿌리쳤다.

"놔! 건드리지 마. 우, 우태민 당신을……."

수진은 도움을 청하려고 휴대폰을 꺼냈다. 단축 번호를 누르자 양 형사에게로 연결됐지만 정작 수진이 한마디도 할 수 없었다. 입이 떨어지지 않을 만큼 피곤했다. 수진은 소파에 비스듬히 누웠다. 더는 몸을 가눌 수가 없었다.

"피로하죠? 스트레스가 심해서 그렇습니다. 스트레스 요인만 제거하면 피로감을 확실히 날려 버릴 수 있죠. 만성활력이 그 역할을 해 주는 겁니다. 하하."

……하하.

우태민의 메마른 웃음을 들으며 수진은 의식을 잃었다.

"잘한다. 명색이 형사라는 놈이 애먼 사람 사무실에 가서 쓰러지기나 하고. 너 왜 여기저기 민폐 끼치고 다녀? 엉?"

응급실에서 깨어나자마자 경찰서로 복귀한 수진에게 반장은 어김없이 한 소리를 했다.

"반장님. 그게 아니고 선배가……."

"야! 넌 어디서 끼어들어? 선배가 지랄 똥을 싸면 너라도 뒤치다꺼리를 제대로 해야 할 거 아냐? 너도 인마, 이번에 승진할 생각은 꿈에도 하지 마! 알았어?"

불똥은 양 형사에게로 튀었다. 양 형사는 머리만 벅벅 긁었다. 수진이 참다못해 나섰다.

"애먼 사람 아닙니다. 우태민 그 사람, 이번 실종사건과 분명 연관이 있습니다."

"그 연관이라는 게 도대체 뭐야? 어디서 갑자기 튀어나온 거냐고?"

"그게……."

수진은 말을 꺼내지 못하고 망설였다.

"너희 둘, 나 몰래 뭐 하고 다닌 거야? 설명해 봐!"

"우태민은 최동현 씨와 친구 사이입니다. 그걸 파악해서……."

"그럼 우태민과 다른 실종자들은 무슨 사이인데?"

반장의 목소리는 더 커졌다.

"그걸 조사해 보려고 했습니다."

수진은 그렇게 말을 하면서도 자기 이야기가 궁색하다는 생각을 했다. 만성활력을 빼니 빈구석이 너무 많았다. 물론 만성활력을 넣는다고 해서 반장이 쉽게 믿어 줄 것 같지도 않았지만.

"아까도 말했지만 관련 없는 선량한 시민 건드리지 말고 시키는 일이나 제대로 해. 우태민 씨, 그 흔한 교통 법규 위반 딱지 한 번 낸 적 없는 사람이야. 이번에도 그냥 좋게 넘어가겠다고 하더라. 다행인 줄 알아!"

반장의 말을 듣고 있는데도 다시 머리가 멍하고 눈이 감겼다. 수진은 자기도 모르게 관자놀이를 눌렀다. 그러면서 비틀거리고 말았다.

"선배. 괜찮아요?"

양 형사가 그런 수진을 재빨리 붙잡았다.

"얼씨구. 하여간……. 퇴근이나 해. 나는 오늘도 야근이니까."

반장은 쯧, 혀를 한 번 차고는 벌겋게 달아오른 얼굴로 자리를 떴다. 수진은 양 형사의 부축을 받으며 밖으로 나갔다.

"괜찮아. 난 그냥 갈 테니까 너도 들어가 봐."

수진의 말에 양 형사가 볼멘소리를 했다.

"아니, 왜 만성활력인가 뭔가 그 약 이야기는 안 하세요?

그리고 만성활력이랑 우태민은 무슨 관련이 있는 겁니까? 왜 저한테도 다 비밀로 하세요? 선배가 말하기 곤란하면 제가 그 대리운전 기사 이규석 씨 집에 가서 만성활력 가지고 올게요."

"지금은 너무 피곤하니까 내일 이야기하자."

"선배! 잠깐만요. 그 상태로 운전 못 해요."

"택시 탈 거야. 어차피 차도 파라다이스에 있어."

"그래도 걱정되니까 차 키 여기 두고 가세요."

"하아. 알았어."

수진은 자동차 열쇠를 꺼내 책상에 내려놓고는 휘적휘적 걸음을 옮겼다. 목이 탔다. 몸이 바싹 말라 버린 것 같았다. 에너지드링크가 당겼다. 아니다. 만성활력이었다. 그 텁텁한 가루를 털어 넣으면 지독한 갈증도 해소될 것 같았다.

어떻게 집으로 왔는지 기억도 나지 않았다.

"전화도 안 받고 종일 뭐 한 거야?"

남편은 수진을 보자마자 언성부터 높였다. 소희는 울면서 다리에 달라붙었다. 남편의 잔소리는 이어졌다.

"어린이집에서 당신이랑 연락이 안 된다고 나한테까지 전화를 했잖아. 내가 오늘 얼마나 바쁘고 정신이 없었는데……."

"시끄러!"

수진이 내지른 소리에 남편은 물론이고 소희도 입을 다물었다. 찰나의 순간에 흐른 그 침묵이 마음에 들었다. 수진은 방으로 들어가 만성활력 항아리를 열었다. 숟가락을 가져올 여유도, 물 한 잔을 떠 올 여력도 없었다. 수진은 손을 집어넣어 만성활력을 한 움큼 쥔 뒤 그대로 입에 가져갔다. 가루가 침에 녹아 목구멍을 타고 들어가자, 대번에 효과가 나타났다. 우선 침침했던 눈이 확 밝아졌다. 어지럼증도 사라지고 무엇보다 온몸에 힘이 들어왔다. 수진은 손가락에 묻은 만성활력 가루도 샅샅이 핥아 먹었다.

"아!"

수진은 안도에 찬 탄성을 내뱉었다. 이제는 뭐든 할 수 있을 것 같았다. 다시 거실로 나갔다.

남편과 소희의 시선이 수진에게 머물렀다. 수진은 두 사람에게 눈길 한 번 주지 않고 현관으로 향했다.

"엄마 어디 가?"

소희가 물었다. 수진은 대답하지 않았다.

남편이 소리를 질렀고 수진은 그제야 힐끔 뒤를 돌아봤다.

"일하러 가."

"당신 미쳤어? 지금 뭐 하는 거야?"

"엄마! 가지 마."

남편과 소희 모두 목소리를 높였다. 수진은 그 말들을 무시한 채 현관문을 열고 밖으로 향했다.

상쾌한 밤공기가 머리카락을 쓸어 넘겼고 수진은 그제야 미소를 지었다.

"곽수진. 또 왜 왔어?"

반장이 짜증 섞인 목소리로 물었다. 수진은 아무 말 없이 자기 자리로 향했다. 두고 갔던 자동차 열쇠만 챙겨 곧장 파라다이스로 갈 생각이었는데 반장과 마주치고 말았다. 반장이 지금까지 남아 있으리라고는 생각하지 못했다.

"이젠 대답도 안 해? 응?"

반장은 마뜩잖은 표정으로 목소리를 높였다.

"금방 갈 겁니다."

수진이 대답하자 반장은 픽, 하고 웃었다. 비웃음이었다.

"꼴에 자존심은 있어 가지고 내가 몇 마디 한 걸로 꽁해 있기는."

수진은 우뚝 멈춰서 반장을 노려봤다. 서서히 분노가 치밀었다. 반장은 슬리퍼를 질질 끌며 돌아서서는 자기 자리로 향했다. 그러면서 말을 이었다.

"넌 인마. 내 눈에 흙이 들어가기 전에는 승진은 꿈도 꾸지 마. 누군 뭐 안 힘든 줄 알아? 애 있는 게 뭔 유세라고 그 난리야, 쯧."

대꾸를 하려다가 참았다. 수진은 자동차 열쇠를 거칠게 움켜쥔 뒤 복도로 향했다. 그런 수진의 뒤에 대고 반장이 끝내 한 마디를 더했다.

"내일부터 나오지 마. 그냥 집안일이나 해!"

"씨발."

수진은 입술을 깨물었다.

다시 택시를 타고 파라다이스에 도착해 자신의 소나타에 오르고 나서야 수진은 짜증을 풀 수 있었다. 한결 기분도 좋았다.

'드라이브나 할까?'

수진이 그런 생각을 하며 소나타의 시동을 막 걸었을 때였다. 우태민이 지하 주차장에 모습을 드러냈다. 우태민은 아무것도 모른 채 벤츠에 올라 운전대를 잡았다. 그 모습을 본 순간 수진의 머릿속으로 어떤 예감이 스치고 지나갔다.

뒤를 쫓아야 한다!

이유를 설명할 수는 없지만 지금이 아니면 기회를 영영

놓칠 것 같았다. 형사의 직감이건 여자의 직감이건 뭐든 좋았다. 아무튼 그 모든 것들이 바로 지금이라고 외치고 있었다.

우태민의 벤츠는 미끄러지듯 지하 주차장을 빠져나갔다. 수진도 소나타를 몰고 그 뒤를 따랐다. 졸리지 않았다. 졸리기는커녕 모든 신경 세포가 생생하게 살아 있어 무서울 정도였다. 우태민의 벤츠 번호판은 물론이고 거기에 난 자잘한 흠집까지 똑똑히 보였다. 고양감이 걷잡을 수 없이 커졌다. 지금 상태라면 뭐든 할 수 있을 것 같았다.

우태민은 자유로로 진입해 일산 쪽으로 달렸다. 퇴근 시간이 조금 지나서 그런지 도로에는 차가 별로 없었다. 수진은 지나치게 붙는 걸 조심하며 벤츠 뒤를 따랐다. 미행은 1시간 정도 이어졌다. 우태민의 벤츠는 일산을 지나 고양시 외곽으로 빠지더니, 가로등이 드문드문 서 있는 한적한 도로에서 우회전을 해 안으로 진입했다. 그 길의 끝에 커다란 건물이 있다는 걸 눈으로 확인한 수진은 계속 직진을 한 뒤, 차를 세웠다.

차 안에서 몇 분간 기다린 후 수진은 조용히 내렸다. 도로는 어둠과 정적에 휩싸여 있었다. 휴대폰 조명에 의지한 채 왔던 길을 되돌아 걸었다. 저만치 떨어진 곳에 바로 그 건물이 보였다. 건물에서는 빛 한 점 새어 나오지 않았다. 아무래도 수상했다.

우태민이 강남에서 여기까지, 그것도 밤중에 달려올 일이란 과연 무엇일까?

모르기는 몰라도 뒤가 구린 일임에는 틀림없어 보였다. 수진은 발소리를 죽인 채, 하지만 잰걸음으로 움직였다. 벤츠가 지나간 길로 접어들자 건물의 형체가 똑똑히 보였다.

허름한 공장 같았다. 딱히 누군가가 지키고 있는 것 같지는 않았다. 수진의 휴대폰이 진동한 것은 그 공장 입구로 막 들어섰을 때였다. 전화를 걸어 온 이는 양 형사였다. 수진은 소리를 죽여 받았다.

"야. 나중에 걸어. 나 지금 바빠."

"선배. 만성활력 그 약, 도대체 뭐예요?"

"뭐?"

"제가 지금 다 연락해 봤는데 실종자들 모두 만성활력을 섭취하고 있었어요. 이거 알아내고 반장님께 보고하려 했는데 연락이 안 돼요. 그래서 선배한테 전화한 거예요."

"그, 그래?"

"선배는 알고 있죠? 이 약이 실종과 어떤 관계가 있는지. 우태민과 만성활력은 또……."

"야! 나 지금 끊어야 해. 나중에 설명해 줄게."

"선배! 선배!"

수진은 전화를 끊어 버렸다. 벤츠가 공장 입구 공터에 서 있었다. 우태민이 이곳에 왔다는 건 분명한 사실이었다. 공장 주위를 둘러봤다. 이상하게도 창문이 없었다. 그건, 안에 뭐가 있는지 직접 들어가지 않고는 확인할 방법이 없다는 뜻이었다. 마침 안으로 이어진 철문이 조금 열려 있었다. 마치 기다리고 있기라도 했던 것처럼. 수진은 망설이지 않고 안으로 들어갔다.

어두컴컴했다. 비린내와 매캐한 불 냄새가 뒤섞여 후각을 자극했다. 한 걸음씩 옮길 때마다 어둠과 악취가 그만큼 짙어졌다. 건물 내부는 몇 개의 방으로 나뉜 것 같았다. 첫 번째 방에는 아무것도 없었다. 그저 문이 하나 나 있을 뿐이었다. 그 문 너머에서 희미하지만 규칙적인 소리가 들렸다. 수진은 가만히 귀를 기울였다.

드르륵. 드르륵. 드르륵.

도무지 그 정체를 짐작할 수 없는 소리였다. 살며시 문을 밀었다. 소리도 없이 열렸다. 주황색 조명 아래 사람들 여럿이 서 있었다. 모두 여자고, 외국인들이었다. 커다란 작업대 앞에 일렬로 늘어선 여자들은 흰색 그릇 안에 있는 뭔가를 역시나 흰색인 절굿공이로 열심히 빻고 있었다. 그들의 동작은 미리 짜기라도 한 듯 일정했는데 그때마다 바로 그 소리가 났다.

드르륵. 드르륵. 드르륵.

여자들은 수진이 다가가도 누구 하나 눈길을 주지 않았다. 영혼이 없는 로봇처럼 무표정한 얼굴로 같은 동작을 반복할 뿐이었다. 수진은 그들을 살피며 천천히 발걸음을 옮겼다. 드르륵. 드르륵. 드르륵. 그 소리와 함께 그릇 안에서 분쇄되고 있는 것은 하얀 덩어리였다.

"이게 뭐죠?"

수진이 물었지만 아무도 대답하지 않았다. 그때였다. 고통에 가득 찬 비명이 울려 퍼졌다.

"으아악!"

흠칫 놀란 수진이 고개를 돌린 순간, 반대편 문이 벌컥 열리며 한 사람이 달려 들어왔다. 역시 찢어질 듯한 비명을 지르며.

"으아악!"

그는 남자였고, 수진이 아는 사람이었다.

"이규석 씨?"

수진은 당황했다. 실종됐던 대리운전 기사의 갑작스러운 등장 때문만은 아니었다. 이규석은 벌거벗은 상태였고 온몸이 피투성이였다. 특히 가슴 쪽 상처가 깊고 선명했다. 아니, 그 정도로는 충분히 설명할 수 없었다. 가슴은 아예 활짝 열려 있었다. 살을 도려내던 중에 도망쳐 나온 듯, 미처 잘려 나가지 않은 피부가 옷깃처럼 펄럭였다. 검붉은 피가 바닥에 후드득 떨어졌다.

"으아! 으아!"

이규석은 고통과 두려움에 찬 비명을 연달아 쏟아 내며 주위를 두리번거렸다. 공황에 빠진 것 같았다. 작업대 앞의 여자들은 이규석에게 눈길 한 번 주지 않았다. 드르륵. 드르륵. 드르륵. 같은 동작으로 하얀 덩어리를 빻을 뿐이었다. 그 사실이 이규석의 처참한 몰골보다 더 섬뜩하게 다가왔다.

"이규석 씨. 진정하세요. 경찰입니다!"

수진은 비틀거리는 이규석을 향해 조심스레 다가갔다. 그 순간 이규석이 우뚝 멈춰 섰다. 그는 수진을 바라봤지만 눈동자에는 초점이 없었다. 이규석은 더듬거리며 입을 열었다.

"이, 이젠 스트레스를 받지 않아요."

"네?"

"피로하지도 않아요."

"이규석 씨!"

"활력…… 활력이 넘쳐요."

"진정하고……."

313

수진이 그렇게 말하며 한 발 더 다가간 순간 이규석은 풀썩 주저앉았다. 동시에 이규석이 달려 들어왔던 그 문으로 또 다른 남자가 모습을 드러냈다. 이번에도 수진이 아는 사람이었다.

"조제를 하다 보면 가끔 이런 일이 생깁니다."

"우태민!"

수진이 분노를 담아 소리쳤지만 우태민은 조용히 웃을 뿐이었다. 그는 별일 아니라는 투로 다시 말을 이었다.

"그래도 위생에는 문제없으니 걱정하지 마십시오."

"무슨 개소리야?"

권총도, 수갑도 없었다. 하지만 눈앞의 비쩍 마른 사내를 제압하는 것쯤은 자신 있었다. 수진은 우태민을 향해 성큼 다가갔다. 우태민은 미동도 않고 서서 수진에게 물었다.

"만성활력, 어땠습니까?"

"뭐?"

수진은 멈칫했다.

"효능이 대단하죠? 피로감도 사라지고 온몸에 힘이 넘치지 않습니까? 뭐든 할 수 있을 것 같지 않습니까? 그리고…… 실제로 뭐든 하셨지 않습니까? 하하."

"입 다물어! 뭘 안다고……."

"만성활력을 한 번이라도 섭취한 사람은 눈빛이 달라지거든요."

눈빛?

그 순간 수진은 깨달았다. 우태민의 눈동자가 이상할 정도로 번들거리고 있다는 것을.

"닥쳐! 우태민. 연쇄 실종사건의 용의자이자 이규석 씨 살인미수 사건의……."

"알고 싶지 않습니까? 만성활력에 대해서."

수진은 말을 잇지 못한 채 마른침만 삼켰다. 그런 수진을 향해 우태민이 한 마디를 더했다.

"알아야 계속 섭취를 하시죠."

그 말에 수진은 한 가지 사실을 알아챘다.

"일부러 여기까지 날 유인했어."

"맞습니다. 제 사무실에서 처음 뵀을 때 알았거든요. 만성 활력에 맛을 들였다는 걸. 그래서 형사님께 설명해 드리고 싶었습니다. 이 뛰어난 약에 대해."

"좋아. 그럼 묻겠어. 만성활력은 실종자들과 어떤 관련이 있지?"

수진은 쓰러진 이규석을 힐끔 보며 물었다. 이규석은 이제 미동도 하지 않았다. 정신을 잃었나? 아니면 죽은 건가? 솔직히 별 관심이 가지 않았다. 지금 수진에게 자극이 되는 것은 우태민의 말, 그리고 그 말 속에 들어 있을 만성활력에 관한 이야기뿐이었다.

"실종자들은 모두 연쇄 살인마들입니다."

우태민은 표정 하나 변하지 않고 덤덤히 말했다.

"뭐라고?"

"그래서 처리할 수밖에 없었습니다. 물론 그들의 희생 덕분에 새로운 만성활력을 얻게 됐지만요."

"무슨 소리를 하는 거야?"

수진의 생각과 달리 목소리가 크게 나오지 않았다. 우태민은 대답 대신 빙글 돌아서서 문을 열었다. 그러자 다른 방의 풍경이 드러났다. 그 방은 수십 개는 돼 보이는 초가 불을 밝히고 있었다. 수진은 홀린 듯 그 방으로 다가갔다. 방안에는 가면을 쓴 사람 여럿이 서 있었다. 모두 도살장에서

나 쓸 법한 예리한 칼을 들고. 게다가…… 방에는 벽부터 천장까지 부적이 붙어 있었다. 가운데 자리 잡은 긴 테이블 위에는 피와 살점이 가득했다. 이규석이 어디서 도망친 건지 단번에 알 수 있었다. 수진은 그 끔찍하면서도 기괴한 광경에 눈을 떼지 못했다. 그런 수진의 뒤에 대고 우태민이 말했다.

"익히 경험하셨겠지만, 만성활력을 섭취하면 피로를 잊게 됩니다. 활력이 샘솟죠. 그 이유는 아주 자연스럽게 스트레스 요인을 해소할 수 있기 때문입니다. 물론 이전 버전은 약간의 문제가 있었습니다. 스트레스 요인을 해결해야만 비로소 활력을 얻으니 무분별하게 살인을 일삼게 되더군요. 하지만 새로운 버전은 섭취 즉시 활력을 얻습니다! 하하. 끊임없는 연구의 결과라고 할까요? 물론 아직 해결해야 할 문제는 있습니다. 저처럼 매우 능숙하고 꼼꼼한 사람들은 이 만성활력의 효능을 잘 누리지만 그렇지 못한 사람도 분명 존재하니까요. 만성활력의 주요 성분인 살인자의 뼛가루가 피와 죽음을 원하기에 자칫 거기에 무분별하게 응하면 그야말로 어설픈 살인마가 되어……."

"잠깐! 살인자의 뭐? 뼛가루?"

수진은 되물었다. 역하거나 혐오스럽지는 않았다. 화가 나지도 않았다. 조금 놀라기는 했지만 그게 다였다. 지금의 이 말도 안 되는 상황을 너무나도 침착하게 받아들이고 있는 자신이 낯설게 느껴질 정도였다.

"네. 만성활력은 살인자에게 주술을 걸어 그를 죽인 뒤 골수를 뽑아내고 뼈를 분리한 뒤 그걸 빻아 만듭니다. 거기에다가 여러 약재를 섞으면 만성활력이 되는 겁니다. 그리고…… 만성활력을 먹은 사람 역시 살인을 통해 스트레스를 풀게 되는 겁니다. 바로 형사님처럼."

"나, 나는……."

"댁에 가시기 전에 거기에 튄 피부터 지우셔야겠네요. 하하."

우태민은 수진의 셔츠를 가리켰다. 수진은 흰색 셔츠에 오물처럼 튄 반장의 피를 내려다봤다.

뾰족하게 깎은 연필을 목에 찔러 넣자 반장은 풍선에서 바람이 빠지는 것 같은 소리를 내며 맥없이 주저앉았다. 너무나도 간단해 싱거울 정도였다. 죽은 반장을 처리하는 일 역시 어렵지 않았다. 옥상으로 끌고 가 물탱크에 버리면 그만이었다. 어떻게 거구인 반장을 둘러멜 수 있었는지, 누구에게도 들키지 않고 옥상에 올라갈 수 있었는지, 생각할수록 말이 안 되는 일이었지만 이제는 알 것 같았다. 모든 게 다 만성활력 덕분이었다.

"어떻게 하면 만성활력을 계속 제공받을 수 있지?"

몇 분간의 침묵 끝에 수진이 물었다. 저항감은 없었다. 반장을 죽였다는 걸 인정하자 이상할 정도로 마음이 편했다. 지금 이 순간의 넘치는 활력과 상쾌한 기분을 무엇과도 바꾸고 싶지 않았다. 아니, 앞으로도 영원히 활력을 유지하고 싶었다.

"저는 파라다이스라는 회사를 통해 만성활력 유통을 하고 있습니다. 제조하는 이곳을 담당하는 이들은 또 따로 있죠. 형사님께서는 홍보를 해 주시고 뒤처리를 맡아 주시면 어떨까 합니다."

우태민이 말했다.

"그렇게만 하면……."

"그렇게만 하면 만성활력을 무상으로 제공해 드리겠습니다."

됐다. 끝이다. 더없이 만족스러운 결말이었다. 우태민은 웃으며 손을 내밀었다. 수진이 그 손을 마주 잡고 악수를 하려는 순간, 누워 있던 이규석이 튕기듯 일어나 달리기 시작했다. 이규석은 해체 직전의 고깃덩어리라고 하기에는 놀라울 정도로 빨리 뛰어 방을 빠져나갔다. 아주 잠깐이지만 우태민의 얼굴에 당황하는 표정이 떠올랐다. 우태민은 가면 쓴 사람들을 보며 외쳤다.

"빨리 잡아!"

"잠깐."

수진이 우태민을 향해 웃어 보였다. 그러고는 말을 이었다.

"내가 해결하지."

수진은 이규석을 쫓아 달렸다. 활력이 넘치다 못해 온몸이 터질 것만 같았다. 주체할 수 없는 힘을 느끼며 수진은 괴성을 질렀다.

"아아아!"

연쇄 실종사건은 종결됐다. 실종된 이들을 끝내 찾지 못했고 경찰은 사건성이 없다는 결론을 내렸다. 수사를 지휘하던 강력계 반장 역시 실종이 됐다는 사실에 언론이 득달같이 달려들었지만 아무것도 캐내지 못했다. 나중에서야 실종된 이들 모두 신변을 비관해 왔다는 증언들이 쏟아졌고, 사건은 그렇게 묻혔다.

사건 종결 한 달 후, 강남경찰서 강력반에는 다른 악재가 생겼다. 이번에는 갓 승진한 경감이 실종됐다. 반장의 실종 직후부터 눈에 띄는 활약으로 강력 사건을 연달아 해결해

표창을 앞두고 있던 시점이었다.

"곽 경감님 도대체 어떻게 된 걸까요?"

"난들 알아? 남편이고 딸이고 다 버리고 이렇게 감쪽같이 사라지다니."

"반장님도 그렇고 이번에는 곽수진 경감까지, 이거 굿이라도 해야 하는 거 아냐?"

"반장이랑 수진이랑 그렇고 그런 사이라서 둘이 도망간 거라는 소문도 있던데……."

"에이. 아무리 그래도 그런 말씀은 하지 마세요!"

버럭 소리를 지른 이는 양 형사였다.

"미, 미안. 그런 뜻이 아니라……."

"양 형사 앞에서 그런 이야기 하면 어떡해? 지금 제일 힘든 놈이 양 형산데."

"하기야 그렇게 따르던 선배가 실종됐으니."

양 형사는 홱 돌아서서는 복도로 나갔다. 뒤에서 안타깝다는 듯 혀를 차는 소리가 들렸다.

"쯧쯧. 양 형사 저 녀석, 요즘 활력 넘치고 좋았는데 이번 사건으로 기죽지 않아야 할 텐데."

양 형사는 고개를 푹 숙인 채 어깨까지 들썩이며 걸었다. 마치 울음을 꾹꾹 눌러 참아내는 사람처럼.

아무도 몰랐다. 양 형사가 실은 필사적으로 웃음을 참고 있다는 사실을, 주체할 수 없는 기운에 잰걸음으로 걷고 있다는 사실을……

반딧불의 산

전건우

그 산은 사람을 미치게 만든다.

형화산(螢火山)이라는 번듯한 이름이 있었지만 마을 사람들은 그 산을 '광인고개'라 불렀다. 고갯마루를 채 넘기도 전에 미쳐서 돌아온다는 의미였다. 물론, 산이 험해서 그런 건 아니었다. 산에 대한 명확한 기준이 없다고는 하지만 올라갔다 내려오기까지 몇 시간이 걸리는 내로라하는 산들에 비한다면 형화산은 분명 '고개' 수준이기는 했다. 그렇다고 산세가 가파른 것도 아니었고 숲이 울창하지도 않았다.

다만 형화산에는 귀신불이 돌아다닐 뿐이었다.

정말로, 그뿐이었다.

내가 산에서 귀신불을 처음 봤던 건 국민학교 1학년 때였다. 그 나이 무렵의 기억은 워낙 휘발성이 강해서 대부분 사춘기 전에 사라지기 일쑤지만 그날 밤, 그러니까 아버지와 함께 형화산에 올랐던 그때의 기억만큼은 여전히 선명하다.

선명하다 못해 눈만 감으면 바로 그 시절을 떠올릴 수 있을 정도로 머릿속에 각인돼 있다.

그 밤, 아버지는 엄마 몰래 나를 깨웠다. 아버지 입에서는 희미하게 술 냄새가 났다.

"철아. 철아. 일어나 봐."

"아빠……."

나는 눈을 비비며 일어났다. 졸음이 쏟아졌지만 낮에 아빠와 했던 약속이 떠올라 겨우 정신을 차렸다. 아버지와의 약속, 더군다나 그게 엄마에게는 비밀로 하는 약속이라면 그건 꼭 지켜야 했다. 아무리 어려도 그 정도 눈치는 있었다. 그런 일들은 대개 진짜 재미있는 경우가 많았으니까.

"산에 갈 준비됐니?"

아버지가 물었고 나는 고개를 끄덕였다. 아버지가 말하는 산은 물론 광인고개였다. 그때는 형화산이라는 어려운 이름은 몰랐다. 내 또래 친구들은 광인고개라 부르지도 않았다. 특히 내 앞에서는. 우리들 사이에서 산은 '반딧불의 산'으로 통했다. 산어귀 냇가에서 반딧불이를 쉽게 볼 수 있었기 때문이었다. '형화(螢火)'가 반딧불이를 뜻하는 한자어라는 것도 어른이 된 후에야 알았다.

"따뜻하게 입어라."

"응."

아버지는 자상했다. 특히 술에 취하면 더 그랬다. 그래서 나는 술 냄새 풍기는 아버지가 좋았다. 잘 때 입는 내복 위에 솜 점퍼를 걸치고 아버지를 따라나섰다. 혹시 엄마가 깰까 봐 마루를 걸을 때는 뒤꿈치를 살며시 들었다. 마루는 조금만 힘을 주어 디뎌도 삐걱, 하고 앓는 소리를 냈다.

"이제 올라가자."

마당에 내려선 아버지는 내 손을 잡고 말했다. 아버지의 크고 두툼한 손이 내 작은 손을 감쌌다. 우리 집은 산 입구에 있었다. 대문만 열면 거기가 바로 형화산 앞이었다. 그럴 수밖에 없었다. 형화산은 대대로 우리 집 선산이었으니까. 물론 원하는 사람은 아무나 산에 오를 수 있었다. 그때만 해도 그랬다. 대신에 이런 팻말은 세워 놓았다.

'주의! 산에서 입은 사고에 책임지지 않습니다.'

아버지와 나는 그 팻말을 지나 산을 올랐다. 모두가 잠든 늦은 밤에 돌아다니는 건 처음이었다. 그것도 산에 간다니, 생각만 해도 짜릿했다. 어릴 때는 그 정도 일로도 설렐 수 있다.

우리는 곧 냇가를 지났다. 늦가을이라 제법 쌀쌀했지만 반딧불이들이 보였다. 작고 붉은빛이 허공에서 춤추고 있었다. 나도 모르게 멈춰 서서 손을 뻗었다. 그러자 아버지가 속삭였다.

"더 멋진 걸 보여 줄 테니 어서 가자."

멋진 것. 그렇다. 그날 밤의 야간 산행은 아버지가 내게만 아주 멋진 걸 보여 주겠다고 해서 성사됐다. 나는 반딧불이보다 더 멋진 게 산에 있을까 싶었지만 아버지를 믿기로 했다. 그래서 다리가 아픈 데도 꾹 참고 걸었다.

조금 더 가자 묘지가 나왔다. 묘지에는 우리 가문의 어르신들이 묻혀 있다고, 일전에 아버지가 설명해 줬다. 그런 게 바로 선산이라는 것도 비록 어린 나이였지만 알고 있었다. 밤에 무덤 옆을 지나는 게 무섭긴 했지만 아버지가 있어 괜찮았다. 게다가 우리 조상님들이 해코지를 할 것 같지는 않앉다. 특히 작년에 돌아가신 할아버지라면 더욱더. 묘지 맨 끝에 있는 것이 바로 할아버지 무덤이었다. 할아버지는 아주 무서웠지만 어린 나에게만은 한없이 부드러웠다. 내가 엄마에게 혼이 나 울고 있을 때면 슬쩍 박하사탕이나 양갱을 쥐어 주곤 했다.

"철아. 여기까진 올라와 봤지?"

아버지가 물었다.

"응."

"조금 더 올라가야 하니까 힘내라. 그리고 절대 아빠 손 놓치면 안 된다."

나는 고개를 끄덕였다. 아버지의 그 말에 다시 힘이 났다. 처음에는 추웠지만 계속 올라가다 보니 땀이 흘렀다. 바람이 많이 불지 않아 다행이었다. 산에는 가끔 돌풍이 일곤 했다. 그럴 때마다 우우우, 하는 소리가 났다. 아버지는 그게 바람이 나뭇잎을 스치는 소리라고 했지만 어린 나에게는 더없이 오싹하게 들렸다.

우리는 한동안 묵묵히 걸어 올라갔다. 비쩍 마른 나무들 사이로 오솔길이 나 있었다. 길이 험하지는 않았지만 어린 나는 너무 힘들었다. 숨이 차올라 잠시 쉬어 가자고 이야기하려던 그 순간, 아버지가 걸음을 멈췄다. 그러고는 위쪽 어딘가를 가리켰다.

"다 왔다."

나는 아버지의 손끝을 따라 고개를 돌렸다. 거기에는 평평한 들판이 펼쳐져 있었다. 그 들판에 드리운 어둠은 유독 짙어 보였다. 그날 밤은 분명 달이 떴는데도 하늘이 아주 컴컴했다. 게다가 무척 조용했다. 한밤의 산에는 여러 소리가 넘쳐났다. 귀뚜라미가 울었고 밤새가 날개를 퍼덕거렸고, 냇가를 지날 때는 개구리 소리도 들렸다. 그런데…… 그 들판으로 들어서자마자 모든 소리가 사라졌다. 귀가 먹먹했다. 귀에 물이라도 들어간 것 같았다. 나도 모르게 아버지 손을 꼭 잡았다. 그러자 아버지가 말했다.

"걱정할 것 없어. 안으로 조금 더 들어가자."

아버지에게 거의 매달리다시피 해서 들판 안으로 들어갔다. 이름 모를 풀들이 높게, 아주 높게 자라 있었다.

"아무것도 안 보여."

내가 말했고, 아버지는 내 어깨에 손을 올려놓았다.

"기다려 봐."

시간이 흘렀다. 나는 아버지 말대로 가만히 기다렸다. 슬슬 지겨워질 때쯤 그것들이 갑자기 나타났다.

처음에는 반딧불이라 생각했는데 아니었다. 훨씬 크고 푸르스름했다. 어떤 건 고무공만 했고, 또 어떤 건 축구공보다 컸다. 그런 것들이 긴 꼬리를 살랑이며 허공을 날아다녔다. 빠르게, 또는 느리게. 한 가지 공통점이라면 모두 반짝반짝 빛난다는 사실이었다. 그리고 하나같이 정말 아름다웠다.

"저게 뭐야?"

내가 묻자 아버지는 빙긋 웃으며 대답했다.

"귀신불."

"귀신불?"

그 말을 듣자 갑자기 오싹해졌다. 마을 사람들이 선산을 두고 무슨 말을 하는지 나도 잘 알았다. 아무나 오를 수 있었지만 아무도 오르지 않는 산이 바로 형화산이었다. 그 이유가 바로 귀신불 때문이었고. 귀신불에 홀리면 정신이 쏙

달아나 나무에서 떨어진 옆 마을 최 씨 아저씨처럼 된다고, 그러면 약도 없다고 사람들은 말하곤 했다. 학교 가는 길에 가끔 만나는 최 씨 아저씨는 늘 입을 헤벌린 채 침을 흘리고 다녔다. 나도 최 씨 아저씨처럼 될까 봐 얼른 눈을 가렸다. 아버지 목소리가 들렸다.

"괜찮다. 봐도 돼."

나는 손가락을 벌리고 다시 하늘을 올려다봤다. 귀신불들은 푸른 꼬리를 길게 남기며 까마득히 높은 곳까지 솟아올랐다가 미끄럼을 타듯 금세 슝 하고 내려오기도 했다. 제자리에서 뱅글뱅글 도는 귀신불도 있었다. 그러자 형들이 쥐불놀이를 하려고 깡통에 불을 붙여 돌릴 때처럼 환한 빛의 고리가 생겼다. 귀신불이라는 걸 알지만 그 모습은 정말 신기하고 예뻤다.

"멋지다."

나도 모르게 중얼거리자 아버지가 귀신불을 가리키며 말했다.

"다른 사람이 귀신불을 보면 홀려서 정신을 뺏길 수도 있어. 하지만 우리는 괜찮단다."

"우리?"

"응. 우리. 이 산을 지켜야 하는 우리 가문 남자들."

"그럼 엄마는?"

"엄마는 안 된단다."

아버지는 무덤덤한 표정으로 말했다. 엄마는 산을 싫어한다고 생각했는데 그게 아니었다. 무서워하는 거였다. 나는 또 궁금했다.

"왜 우리는 괜찮은 거야?"

"그건 차차 설명해 줄게. 오늘은 너한테 귀신불을 보여 주고 싶었다. 나도 너만 할 때 할아버지 손을 잡고 처음 귀신불을 봤거든."

아버지가 그 말을 하는 사이 귀신불들은 한데 모여 큰 덩어리가 되더니 점점 커졌다. 그러다가 그야말로 순식간에 휙 사라졌다.

"저것들은 진짜 귀신인 거야?"

나는 그날 밤의 마지막 질문을 했다. 아버지는 듣는 사람이 없는데도 속삭이듯 말했다.

"아니. 저것들은 모두 살아 있단다. 그러니 귀신이라 할 수는 없지."

아버지는 알 듯 모를 듯 그렇게 말했고, 그 말이 반은 맞고 반은 틀렸다는 걸 나는 훗날에야 알게 됐다.

그날 이후 가끔 아버지와 함께 산에 올랐고 귀신불을 봤다. 자주 그러지는 못했다. 엄마가 워낙 싫어했기도 하거니와 아버지도 조심하는 눈치였다. 아버지는 지나가는 말로 이런 이야기도 했다.

"엄마 말이 맞아. 너무 어릴 땐 산의 기운이 독이 될 수도 있지. 네가 고등학생 정도 되면 귀신불이 아니라 더한 것도 볼 수 있어. 더 멋진 것. 그러니 산과 조금씩 친해지면 돼."

귀신불보다 더 멋진 건 뭘까? 너무 궁금했지만 고등학생이 된다는 건 까마득히 먼 미래의 일이었다. 그랬기에 오히려 금세 흥미를 잃어버렸다. 그 나이의 아이에게 10년 후는 가늠할 수도 없는 시간이었다.

시간이 지나면서 차츰 귀신불도 시시해졌다. 물론 귀신불을 본다는 건 친구들에게 비밀이었고 그래서 짜릿하고 은밀한 기쁨을 느끼기도 했지만 그런 감정 역시 오래 가지는 못했다. 거기다가 산에 간다고 해서 귀신불을 매번 볼 수 있는 것도 아니었다. 어떤 날에는 졸린 눈을 비비며 한참을 기다려도 나타나지 않았다. 그럴 때면 아버지는 이렇게 말했다.

"오늘은 기분이 안 좋은가 보구나."

그런 일이 몇 번 반복되면서 나도 더는 귀신불을 기다리지 않게 됐다. 사실 그 시절에는 귀신불 말고도 흥미를 가질 만한 게 차고 넘쳤다. 마을의 친구나 형들과 그냥 우르르 몰려다니기만 해도 재미있었다. 하루가 금방 지나갔다. 학교에 다녀와서 책가방만 내려놓고 다시 밖으로 달려 나갔고 그러면 또 얼마 지나지 않아 저녁 먹을 시간이 됐다. 형화산 위로 주황빛 노을이 맺히기 시작하면 아이들은 모두 집으로 돌아갔다. 그런 나날들이, 평화롭고 잔잔하게 흘러갔다. 그리고 나는 4학년이 됐다.

내가 4학년이 됐던 그해는 그 전과 조금 달랐다. 아니, 많이 달랐다. 그것도 아주 많이. 주민 대부분이 논과 밭을 일구며 평범하게 살아가던 마을에 생각지도 못한 소식이 날아든 것이었다.

그건 마을 옆으로 도로가 난다는 소식이었다.

4학년의 세계 안에서 도로란 읍내에 나가야지만 볼 수 있는 차도를 의미했다. 읍내의 차도는 말이 차도지, 실은 사람이나 자전거가 더 많이 지나다녔다. 가끔 누군가가 자동차를 보면 그게 자랑거리가 될 정도였으니, 도로가 난다는 이야기에 왜 마을 사람 모두가 관심을 보이는지 알 수 없었다. 그래도 그게 꽤 중요한 문제라는 건 어렴풋이 깨닫고 있었다. 특히 우리 가문에는.

"난 반대야! 도로가 선산을 지난다니 그게 말이 돼?"

아버지는 마을 회의에서 그렇게 소리쳤다. 도로가 난다는 발표 후에 마을에서는 거의 매일 밤 회의가 열렸다. 그리고 아버지는 그때마다 같은 이야기를 했다. 절대 찬성할 수 없다고.

"이것 봐요, 철이 아버지. 마을 생각도 해야 할 것 아냐? 아무리 선산이 중요해도."

"맞아! 정부에서 땅값 넉넉히 쳐준다잖아. 그럼 평생 고생 안 하고 살아도 된다니까."

"그래요. 다시 생각해 봐요. 철이 아버지."

마을 사람들이 그런 소리를 해도 아버지는 절대 물러서지 않았다.

"다들 왜 이래? 형화산이 그냥 산이야? 응? 내가 선산만 지키자고 이러는 줄 알아?"

그러면 또 마을 사람들은 입을 다물었다. 아버지는 마을 회의에 꼭 나를 데리고 갔는데 난 늘 조마조마했다. 그리고 안타까웠다. 마을에 아버지 편은 한 명도 없는 것 같았다. 한번은 이런 일도 있었다. 평소처럼 아버지가 언성을 높이고 마을 사람들이 꿀 먹은 벙어리가 됐을 때 누군가가 조용히 한마디를 했다. 이장님네 첫째 아들인 동일 삼촌이었다.

"어휴. 겁나게 답답하네. 요즘 그런 미신을 누가 믿는다고……."

"뭐? 미신? 동일이 너 지금 미신이라고 했냐?"

아버지는 버럭 화를 냈다. 그러자 동일 삼촌도 참고 있지 않았다.

"미신이 아니면 뭐요? 형님, 비행기가 하늘을 나는 세상입니다. 그런데 저 조그만 산에 집채만 한 괴물이 산다는 게 가당키나 한 얘기요? 산을 안 지키면 괴물이 내려와 세상을 쑥대밭으로 만든다는 게 말이 되는 거냐, 이거요."

아버지는 눈을 크게 뜨고 입을 벌린 채 말을 잇지 못했다. 나는 아버지의 그런 표정을 처음 봤다. 괴물이라는 말에도, 아버지의 표정에도 나는 충격을 받았다. 다른 사람들도 놀랐는지 동일 삼촌을 나무랐다. 잠시 후, 간신히 정신을 차린 아버지가 동일 삼촌에게 말했다.

"너는 모를 것이다. 산에 뭐가 있는지. 하지만 그 입은 조심해. 그러다 동티나니까."

기세등등하던 동일 삼촌은 갑자기 겁먹은 표정으로 고개를 숙였다. 그러고는 들릴 듯 말 듯 중얼거렸다.

"미, 미안해요."

그날 밤 집으로 돌아오는 길에 나는 계속 아버지 눈치를 살폈다. 물어보고 싶은 게 너무 많았지만 입이 떨어지지 않았다. 아버지는 내 마음을 읽었는지 집에 거의 다 왔을 때 조용히 말했다.

"철아. 아버지 하는 말 잘 들어. 우리 가문은 무슨 일이 있어도 산을 지켜야 해. 그것이 우리들 운명이다. 산을 못 지키면 큰일이 나. 용맥이 뒤틀려 버리면 아무도 감당할 수가 없어."

용맥이 뭔지는 몰랐지만 정작 내가 궁금한 건 따로 있었다.

"선산에 진짜 괴물이 살아?"

나는 조심스레 물었다. 물끄러미 나를 내려다보던 아버지는 고개를 한 번 끄덕했다. 그러고는 툭, 한 마디를 덧붙였다.

"산에 살지만 산에는 없어."

당시의 나는 그게 무슨 뜻인지 알 수가 없었다.

아버지의 강한 반대에도 도로 공사는 착착 진행됐다. 주민들의 동의가 있어야 한다는 말이 무색하게 그해 가을쯤에는 측량 기사들이 마을에 들어오기 시작했다. 어쩌면 아버지만 빼고 마을 사람 모두가 몰래 동의를 한 걸지도 모를 일이었다. 아무리 어려도 그런 것쯤은 어렴풋이 알 수 있었다. 아버지가 사람들과 이야기를 잘 하지 않게 됐다는 것도…….

사건은 겨울이 되기 전에 터졌다. 측량 기사 셋이 선산에 몰래 올라간 것이다. 그러고는…… 내려오지 않았다. 해가 질 때까지.

"뭐? 왜 아무도 안 말렸어?"

아버지는 그 사실을 뒤늦게 알았다. 그날도 읍사무소에 가 진정서를 넣고 왔기 때문이었다.

"안 말리고 뭐 했느냐고? 응?"

집으로 찾아온 이장님과 마을 사람들은 노발대발하는 아버지를 보며 아무 말도 하지 못했다. 아버지는 그냥 화를 내는 게 아니었다. 그 사람들, 그러니까 측량 기사 아저씨 셋을 걱정하고 있었다. 그랬기에 나는 오히려 더 무서웠다. 뭔가 아주 안 좋은 일이 생길 것만 같았다.

"지금이라도 올라가서 찾아보자고."

이장님이 말했다. 아버지는 잠시 망설이다가 고개를 끄덕했다.

"찾아보는 건 좋은데, 이건 명심해야 해. 묘지 위로는 나만 올라가는 거야. 무슨 말인지 알지?"

사람들은 조용했다. 알겠다는 뜻인 것 같았다. 아버지는 벗었던 외투를 다시 입고 손전등까지 챙긴 뒤 집을 나섰다. 엄마는 내내 불안한 표정을 지었다. 아버지가 그런 엄마에게 말했다.

"걱정하지 마. 별일 없을 거야."

그러고는 나를 보고 내 머리를 쓰다듬었다.

"철아. 산에서 무슨 소리가 들리더라도 넌 절대 올라오면 안 된다. 알겠지?"

아버지가 그렇게 엄한 표정을 짓는 건 처음이었기에 나는 바로 고개를 끄덕였다. 아버지의 크고 따뜻한 손이 내 머리를 떠나자 곧 선득한 바람이 날아들었다. 목덜미에 소름이 돋았다. 안 가면 안 돼? 아버지에게 그렇게 말하고 싶었지만 입이 떨어지지 않았다.

마을 사람들과 아버지가 산에 올라가고 1시간 정도가 지났다. 엄마는 빨래를 개고 있었지만 정신은 온통 산에 가 있는 것 같았다. 아버지의 남방을 몇 번이나 갰다가 펼쳤다가 다시 개는 걸 나도 보고 있었다.

"산에 뭐가 있어?"

나는 엄마에게 물었다. 엄마와 산 이야기를 한 것은 그때가 처음이었다. 이후로도 다시는 없었다.

"나는 아무것도 못 봤다."

엄마는 퉁명스레 말했다. 나는 내친김에 더 물어보고 싶었다.

"진짜 괴물이 있어?"

"철아."

"응?"

"엄마는 산이 싫다."

그때만큼은 엄마가 진심을 다해 말한다는 걸 알 수 있었다. 엄마는 아버지의 남방을 또 개면서 멍하니 창밖을 바라봤다. 창 너머로 짙은 어둠이 펼쳐져 있었다. 산에서 내려오는 어둠이 아닌가 싶었다. 나는 한 번 더 물었다.

"산이 왜 싫어?"

"저 산이 네 할아버지도, 네 아버지도 다 망쳐 놓았거든. 할아버지의 할아버지도 똑같았겠지. 아주 먼 옛날부터 그랬어. 그리고…… 엄마는 산이 너도 망칠까 봐 무섭고 싫다."

엄마가 그런 말을 했을 때였다. 산에서 소리가 들렸다. 도저히 말로는 설명할 수 없는 끔찍한 소리였다. 나는 그때껏 그 비슷한 소리도 들어 본 적이 없었다. 경운기 수백 대가 한꺼번에 시동을 걸고 움직인다면 그런 소리가 날까? 아니면 하늘이 무너지고 땅이 꺼진다면 그런 소리가 날까? 도무지 짐작도 할 수 없었다. 그저 소리에 압도되어 꼼짝도 못한 채 웅크리고만 있었다. 반대로 엄마는 벌떡 일어나 창가로 갔다.

"산이 운다."

엄마가 중얼거렸다. 겁에 질린 목소리였다. 엄마가 그렇게 떠는 걸 나는 처음 봤다.

"아빠 괜찮을까?"

내가 물었지만 엄마는 대답하지 않았다. 대신에 점퍼를 입고 목도리를 챙겼다. 나는 놀라서 또 물었다.

"어디 가?"

"파출소에."

"왜?"

엄마가 읍내에 있는 파출소에 간다니 덜컥 겁이 났다.

"경찰한테라도 도움을 구해야지!"

"엄마!"

엄마는 다른 말도 하지 않고 바로 달려 나갔다. 나는 안절부절못하다가 창문으로 다가가 밖을 내다봤다. 눈발이 희끗희끗 날리고 있었다. 산에는 이미 며칠 전에 온 눈이 쌓여 있을 터였다. 아버지와 마을 사람들이 내려올 기미는 보이지 않았다. 도저히 그냥 기다릴 수는 없었다. 결국 나도 밖으로 나갔다. 매서운 바람이 몰아쳤지만 춥다는 생각도 하지 못했다.

"아빠!"

들릴 리 없다는 걸 알면서도 어둠에 대고 외쳤다. 산은 거기 그대로 버티고 있었다. 나는 무작정 달려 올라갔다.

꽁꽁 언 냇가를 지날 때까지 한 번도 쉬지 않았다. 숨이 찼다. 도저히 견딜 수 없어 멈춰 선 후 크게 숨을 쉬었다. 찬바람이 밀려들었다. 목구멍이 아팠다. 숲에서 무언가가 움직인 것은 바로 그때였다. 내가 숨을 몰아쉬다가 허리를 들었던 그때.

"아빠? 이장님?"

내가 물었지만 그것은 대답하지 않았다. 비틀거리며 다가올 뿐이었다.

"으으."

이상한 소리를 내면서. 나는 주춤주춤 뒤로 물러났다. 눈이 내리기 시작하면서 달빛도 모습을 감췄다. 그것은 어둠과 같이 움직였다.

"누, 누구세요?"

물러서다가 돌멩이에 발이 걸렸다. 균형을 잃고 엉덩방아를 찧었다. 찌릿한 통증이 꼬리뼈를 타고 온몸으로 퍼져 나갔다. 하지만 신음도 내지 못했다. 그것이 성큼 다가왔기 때문이었다. 다음 순간, 그것은 내 위로 덮쳐왔다.

"으악!"

나는 그제야 비명을 질렀다. 뜨겁고 축축한 무언가가 내 얼굴을 적셨다. 더운 기운이 훅 끼쳤다. 나는 그것 밑에 깔려서 발버둥 쳤다.

"철아!"

아버지 목소리가 들렸다. 나는 소리쳤다.

"아빠!"

울음이 터져 나왔다.

"살려 줘!"

잠시 후 발소리가 들렸다. 손전등 불빛도 어른거리는 것 같았다. 나를 덮친 그것은 더 이상 움직이지 않았다. 누군가가 통나무처럼 변한 그것을 내게서 떼어냈다. 다음 순간 나는 정신을 잃었다. 그래도 똑똑히 봤다. 그것이 무엇인지.

그것은…… 머리가 반쯤 뜯겨 나간 사람이었다.

측량 기사 셋은 모두 죽었다. 두 명은 묘지 근처에서 사지가 뜯긴 채 발견됐고 나머지 한 명이 바로 나를 덮쳤던 것이었다. 나는 정신을 잃었다가 깨어난 후 그 말을 들었다. 경찰은 죽은 셋을 두고 산짐승의 습격을 받았다고 했다는 것도 알게 됐다. 어른 셋을 죽일 수 있는 산짐승이 선산에 살리 없었다. 선산에는 그 흔한 여우 한 마리 없었다.

그건 괴물의 짓이었다.

나는 사흘 내내 앓다가 일어났다. 눈을 감으면 그 끔찍한 모습이 떠올라 잠을 잘 자지 못했다. 아버지는 그런 내게 아무 말도 하지 않았다. 밤사이 내가 끙끙 앓을 때면 가만히 손을 잡아 줄 뿐이었다. 나 역시 아버지에게 아무것도 묻지 않았다. 왠지 그래야 할 것 같았다.

그런 사고가 있었는데도 도로 공사는 멈추지 않았다. 마을 사람 중에는 이미 집과 논밭을 다 팔고 도시로 떠난 사람도 있었다. 마을은 점점 비기 시작했다. 아버지는 한숨만 푹푹 쉬었고 엄마는 말이 없어졌다. 그사이 해가 바뀌었다. 나는 5학년이 됐다. 그때쯤 내 키가 훌쩍 자랐다. 조금 있으면 아버지를 따라잡을 것 같았다. 하지만 그런 일은 일어나지 않았다.

그해 초여름, 저 멀리 어느 마을에서인가부터 공사가 시작됐다는 소문이 들려 왔다. 얼마 지나지 않아 우리 마을에도 공사 장비가 속속 들어오기 시작했다. 안 그래도 황폐하게 변한 마을을 그 쇳덩어리들이 차지하자 나는 점점 무서워졌다. 그것들은 여름날 매미보다 큰 소리를 냈고 내가 올려다봐야 할 정도로 거대했다. 한 번 움직일 때마다 우르르, 땅이 울렸다.

"안 된다. 산은 건드릴 수 없다!"

아버지는 매일 아침 공사 현장으로 나갔다. 나가서는 혼자 그렇게 소리쳤다. 물론 아무도 귀를 기울이지 않았고 그 사이 사람 떠난 빈집들은 하나둘 부서져 흔적도 없이 사라졌다. 원래 논이었던 곳이 며칠 사이 평평한 땅으로 바뀌어 나는 깜짝 놀라기도 했다. 아버지는 다른 일은 아무것도 하지 않았다. 밥도 거의 먹지 않고 땡볕에 서서 계속 외치기만 했다. 결국 어느 날 밤 이장님이 찾아왔다. 나는 자는 척하며 아버지와 이장님이 나누는 이야기를 엿들었다.

"이젠 더는 못 버텨. 각하가 직접 지시해서 추진하는 일이라고 공무원들도 사정 봐줄 수 없다잖아."

"그렇다고 저 산을 미는 걸 그냥 둬요?"

"그럼 어떻게 해? 저치들이 우리 이야기를 믿을 것 같아? 돈이라도 챙겨 줄 때 받아서 여길 떠야지."

"안 돼요! 안 된다는 거 아시잖아요? 저 산이 어떤 산인지, 저 산에 뭐가 있는지⋯⋯."

"어허! 그만 좀 해!"

"네?"

"아닌 말로, 나도 본 게 하나 없잖아. 안 그래? 여태 자네 가문 남자들이 하는 이야기만 들었지, 누구 한 명 눈으로 확인한 사람이 있어?"

"뭐라고요? 산에 용맥이 수십 개나 지난다는 걸 정말 몰라서 그래요?"

"아니⋯⋯. 내 말은, 다른 사람을 설득하기 그만큼 힘들다는 거지."

"안 믿어주면 할 수 없죠."

"뭐 어떻게 하려고?"

"다 생각이 있어요. 산지기가 산을 못 지키면 그게 산지기가 아니죠. 놈들이 산 근처에 얼씬도 못 하게 할 겁니다!"

아버지 목소리가 너무 비장하게 들려 나는 불안했다. 뭔가 몹시 나쁜 일이 일어날 것만 같았다. 괜히 산이 미웠다. 싫었다. 엄마 마음을 알 것도 같았다. 용맥인지 뭔지 몰라도 그것 때문에 아버지가 점점 이상하게 변해가는 것도 무서웠다.

다음 날부터 아버지는 산 입구에 커다란 철문을 세우기 시작했다. 철문 위에는 뾰족뾰족한 가시가 솟아 있었다. 보기만 해도 오금이 저릴 정도로 날카로운 가시였다. 철문을 다 세운 뒤 아버지는 쇠사슬을 가로질러 큼지막한 자물쇠까지 채웠다. 자물쇠가 내 주먹보다 컸다.

"철아. 이거 목에 걸고 있어."

아버지는 자물쇠에 어울리는 큰 열쇠에다가 줄을 매달아 내 목에 걸어 줬다.

"왜 나한테 주는 거야?"

내가 묻자 아버지는 머리를 한 번 쓰다듬어 준 후 말했다.

"산은 내가 지킬 테니 돌보는 건 철이 네가 해야 한다. 지금은 도대체 이게 무슨 상황인가 싶을 거다. 아버지가 아무리 설명해 봐야 넌 이해 못 할 것이고. 나중에, 네가 마음이 내킬 때 다시 산을 찾아라. 그리고 너 혼자 산을 올라라. 그러면 모든 걸 알게 될 거다."

"아빠. 난 어디 안 갈 거야. 아빠랑 엄마랑 마을에 계속 살 거라고. 왜 그런 말을 하는 거야?"

나는 아버지의 말을 이해할 수 없었다. 하지만 아버지는 더 이해할 수 없는 말을 한 뒤 훌쩍 집을 떠났다.

"철아. 그 일들은 일어나게 돼 있단다. 처음 봤을 땐 아빠도 이해를 못 했는데 이젠 왜 그래야 하는지 알겠구나."

그날 오후, 아버지는 서울행 기차에 몸을 실었다. 나는 그 사실을 까맣게 몰랐다. 엄마도 몰랐다. 그리고 아버지는…… 대통령 각하가 산다는 청와대 앞에서 몸에 불을 붙였다.

도로는 선산을 지나지 않고 옆으로 돌아 이어졌다. 아버지의 죽음 이후 그렇게 결정됐다. 그게 아버지가 그토록 말한 선산을 보호하기 위해서인지, 아니면 시끄러운 여론을 무마하기 위해서인지 나로서는 알 길이 없었다. 이후 공사가 어떤 식으로 진행됐는지도 모른다. 엄마와 나는 논밭을 팔고 받은 보상금으로 마을을 떠나 서울로 이사했기 때문이었다. 엄마는 산이 지긋지긋하다고 했고 나 역시 마찬가지였다. 아버지를 그리워하는 마음이 선산에 대한 미움으로 탈바꿈한 건 당연한 일이었다. 그래도 아버지가 걸어 준 열쇠 목걸이만은 몸에서 떼지 않았다. 그건 아버지가 남긴 거의 유일한 유품이었다.

세월이 흘렀다. 엄마와 나, 우리 둘은 갖은 고생을 하면서도 악착같이 버텼다. 우리는 산에 대해 한마디도 하지 않았고 명절 때도 절대 찾지 않았다. 나는 나이를 먹어가며 열심히 공부해 좋은 대학에 들어갔고 역시 좋은 회사에 다니게 됐다. 그래도 아버지를 보고 싶어 하는 어린 시절의 나는 전혀 자라지 않았다. 내 마음속의 소년은 그 시절 그대로 성장을 멈췄다.

그리고 엄마가 돌아가셨다.

"건강해라."

엄마의 유언은 그게 다였다. 엄마는 마지막 순간까지 산의 '시옷 자'도 꺼내지 않았다. 그렇다고 해서 나까지 선산의 존재를 완전히 잊거나 무시한 건 아니었다. 도서관에 틀어박혀 용맥에 관한 자료를 찾기도 했다. 그 결과는 실망스러웠다.

용맥이라는 건 한마디로 말해 땅의 기운이 흐르는 자리였다. 지리산이나 한라산 등 유명한 산에는 어김없이 용맥이 흐른다고 했다. 이른바 영험한 기운이라는 건데, 비슷한 개념으로 서양에는 '레이 라인(Ley Lines)'이라는 게 있었다. 서양의 고대 유적이 이 레이 라인 위에 세워졌다는 자료를 읽으며 나는 썰렁하기 그지없는 선산을 떠올렸다. 자료는 부실했고 관련 서적은 몇 권 없었다. 그나마도 세계의 불가사의니 미스터리니 하는, 허무맹랑한 내용을 다루는 책에나 몇 줄 나올 뿐이었다.

"여러 개의 레이 라인이 겹치는 곳에는 차원의 뒤틀림이……."

거기까지 읽고 책을 덮었다. 그게 마지막이었다. 산에 관해 조사를 한 건. 형화산에 관한 자료는 아예 존재하지도 않았다.

나는 결혼을 했다. 운이가 태어난 건 이듬해였다. 정신없이 살았다. 운이는 쑥쑥 자랐다. 며칠씩 출장을 갔다가 오면 어느새 성큼 자라 있어 신기했다. 바쁘고 피곤하긴 했지만 행복한 날들이었다.

운이의 커 가는 모습을 볼수록 아버지 생각이 났다. 어린 운이는 옛날 사진 속 나와 꼭 닮은 모습이었다. 그리고 나는 나이가 들수록 아버지를 닮아 갔다. 늦은 밤 집으로 돌아와 거울 앞에 서면 피곤함에 전 내 얼굴 속에 아버지가 있었다. 선산에 대해 부쩍 생각하게 된 것도 그때쯤부터였다. 게다가 꿈도 자주 꾸게 됐다. 어린 시절, 아버지와 함께 귀신불을 봤던 때의 기억이 꿈속에서 되살아났다. 더불어 아버지가 마지막으로 했던 말도 문득문득 떠올랐다.

"철아. 그 일들은 일어나게 돼 있단다. 처음 봤을 땐 아빠

341

도 이해를 못 했는데 이젠 왜 그래야 하는지 알겠구나."

아버지는 무슨 뜻으로 그런 말을 했던 걸까? 그게 궁금했다. 처음 봤다는 건 또 무엇이고 무슨 이유로 그토록 선산을 지키려 했던 걸까? 그런 의문도 머릿속 한 편에 내내 머물러 있었다.

그래서였을까? 선산에 한번 가 보고 싶었다. 가서, 내 눈으로 확인하고 싶었다. 아버지가 본 것이 무엇인지.

운이가 다섯 살이 되었을 때, 나는 드디어 아내와 함께 선산을 찾았다. 특별한 계기가 있었던 건 아니었다. 휴일을 맞이해 교외로 소풍이라도 갈까 하다가 문득 고향과 선산을 떠올렸다. 물론 지금에 와서 생각해 보면 그것 역시 이미 정해진 일이었구나 싶다.

도로가 난 덕분인지 서울에서 산까지 채 세 시간도 걸리지 않았다. 내가 나고 자랐던 옛 마을은 사라진 지 오래였다. 도로가 관통해 어디가 어디인지 분간할 수도 없었다. 다만 도로 옆으로 새로운 마을이 들어서 있었고 선산까지 가려면 그곳을 가로질러야 했다.

"어쩐 일이래요? 선산이 있다고 한 번도 얘기한 적 없으면서."

아내는 창밖으로 휙휙 지나는 풍경을 보며 물었다. 운이는 아내 품에 안겨 자고 있었다. 나는 운전대를 잡은 채 짐짓 **별일** 아니라는 듯 대답했다.

"워낙에 작은 산이라서…… 나도 잊고 있었어."

궁색한 변명이었지만 아내는 더 묻지 않았다.

나는 산 입구 철문 앞에 차를 세웠다. 아버지가 생전에 마지막으로 세운 바로 그 철문. 벌겋게 녹이 슨 것만 빼면 철문은 웅장한 자태 그대로였고 자물쇠 역시 굳게 입을 다물고 제 역할을 잘 수행하고 있었다. 나는 지난 수십 년간, 그러니까 아버지가 돌아가신 이후로 이 산에 아무도 발을 들여놓지 않았다는 걸 알 수 있었다. 그건 일종의 감이자 확신이었다. 산이 누군가의 침입을 허락했을 리…… 없다. 왠지 그런 생각이 들었다.

"여기야? 이 산으로 소풍 가?"

운이는 눈을 동그랗게 뜨고 물었다.

"그래. 이 안으로 들어가면 돼."

나는 운이에게 대답하며 목걸이를 풀고 열쇠를 뺐다. 자물쇠가 열리지 않으면 어쩌나 했지만 기우였다. 열쇠를 넣고 돌리자마자 자물쇠는 기다리고 있었다는 듯 부드럽게 열렸다. 그때부터 심장이 뛰었다. 쇠사슬을 걷어 내고 문을 열었을 때는 너무 긴장해 현기증이 일 정도였다.

"어머. 예쁘다."

아내는 문을 지나 산으로 들어서며 감탄했다. 산은 내가 기억하던 모습 그대로였다. 너무 변함이 없어 살짝 소름이 돋을 정도였다. 시간이 멈춘 것 같았다. 아무리 사람의 발길이 안 닿았다 해도 나무 한 그루, 풀 한 포기까지 그 옛날과 똑같아 보이는 건 분명 이상한 일이었다. 내가 이상하거나 아니면 산이 이상하거나. 어쩌면 둘 다일 수도 있었다.

"조금 올라가면 냇가가 나와. 거기서 운이랑 놀고 있어."

나는 아내에게 말했다.

"당신은요?"

"별일 없는지 살펴볼 겸 위에 올라갔다 내려올게."

"아빠. 같이 가."

그렇게 말하는 운이의 머리를 쓰다듬으며 나는 말했다.

"이 다음에 운이 더 자라면 아빠랑 같이 올라가자."

나는 고개를 끄덕이는 운이를 뒤로 하고 성큼성큼 산을 올랐다. 싱그러운 봄날의 산은 내가 보기에도 무척 아름다웠다. 여러 색깔의 나비들이 날아다녔다. 나무들 사이로 시원한 바람이 불었다. 어릴 때와 달리 냇가를 금세 지났다. 지금도 반딧불이가 많은지 궁금했다. 어두워지려면 아직 멀었다. 해가 높이 떠 있었다.

오랜 세월 누구 하나 지나지 않았는데도 정상까지 이어지는 산길은 여전히 뚜렷해 헤맬 일은 없었다. 사실 헤맨다고 해 봐야 거기서 거기이긴 했다. 어른이 되어 오르는 선산은 어릴 때보다 훨씬 낮고 야트막했다. 그랬기에 내가 귀신불을 보던 들판에 가까워질수록 한 줌의 기대감조차 모두 날아가 버렸다. 용맥이 실재하고 그게 형화산을 지난다 해도 이렇게 작은 산에서는 아무런 힘도 발휘하지 못할 것 같았다.

묘지를 지나 들판에 다다랐다. 들판에는 여전히 풀이 가득했는데 그것 말고는 별것 없었다. 밤이 아니니 당연히 귀신불도 보이지 않았다. 나는 손수건으로 목덜미에 맺힌 땀을 닦으며 들판 너머를 바라봤다. 들판을 가로질러 조금 더 올라가면 정상, 그러니까 고갯마루가 나왔다. 거기까지 올라가 본 적은 없었다. 거기는 늘 아버지만의 영역이었으니까.

막 고갯마루에 접어들었을 때였다. 나는 뭔가가 이상하다는 걸 깨달았다. 왠지 귀가 먹먹했다. 숨을 쉬기도 힘들었다. 보이지 않는 무언가가 다리를 옭아매는 것 같았다. 내내 꼿꼿한 자세를 유지했는데 처음으로 무릎에 손을 짚었다.

하아.

긴 숨을 토해 냈지만 그 소리가 잘 들리지 않았다. 침을 삼켜 봐도 마찬가지였다. 늙은 개처럼 헐떡대다가 문득 공기 중에 산소 농도가 옅다는, 참으로 말도 안 되는 생각을 했다. 나는 올라온 길을 돌아봤다. 어느새 짙은 안개가 끼어 있었다. 안개는 저 아래 펼쳐져야 할 들판과 그 밖의 다른 풍경들을 크게 베어 문 후 모른 척 딴청을 피우고 있었다. 형화산에 안개라니……. 말도 안 되는 이야기였다. 그것도 이런 봄에, 그것도 이런 오후에.

돌풍이 불어온 것은 내가 안개를 노려보고 있을 때였다. 몸이 휘청거릴 정도의 센 바람이었는데도 안개는 미동조차 없었다. 그때부터 슬슬 불안감이 싹텄다. 나는 고개를 돌렸다. 정면에도 이미 안개가 포진해 있었다. 빈틈 하나 없는, 그래서 물 한 방울 샐 것 같지 않은 촘촘한 안개였다. 일단은 걸음을 옮겼다. 내 계산으로는 정상까지 몇 미터 남지 않았고 고갯마루로 올라간다면 안개 역시 걷힐 것 같았기 때문이었다. 하지만 오판이었다. 아무리 올라가도 산길은 끝나지 않았다. 시간이 얼마나 흘렀는지 손목시계가 보이지 않으니 확인할 수도 없었다. 나를 둘러싼 공기가 차가웠다. 나도 모르게 점퍼를 여몄다.

그때였다.

저만치 멀리서 불빛들이 다가왔다. 크고 둥근, 그리고 푸른색 불빛.

"귀신불이다!"

반가움에 그렇게 소리쳤다. 귀신불은 수십 개로 늘어나더니 곧 다가와 나를 에워쌌다. 그러고는 마치 길을 인도하는 것처럼 긴 꼬리를 남기며 둥실둥실 떠서 앞으로 날아갔다.

"같이 가!"

나는 귀신불을 놓칠세라 필사적으로 따라갔다. 얼마나 더 올라갔을까, 이번에는 발밑이 진동했다.

두두두!

그런 울림이 땅과 하늘 사이를 가득 뒤덮은 순간, 바로 그 소리가 울려 퍼졌다. 공기를 찢고, 바람을 흝고, 사람의 정신을 쏙 빼놓는 소리.

산이 우는 소리였다.

나는 그 자리에 멈춰서 귀를 막고 몸을 움츠렸다. 내 안의 소년이 떨고 있었다. 소리는 포악한 손으로 나를 내리누르는 것 같았다. 계속 듣고 있으면 미쳐 버릴지도 모른다! 그런 생각과 함께 괴로워할 때쯤 거짓말처럼 소리가 사라졌다. 안개도 자취를 감췄다. 내 눈 앞에 펼쳐진 것은 한없이 넓고 어두운 하늘이었다. 별도, 달도 안 보이는 완전히 새까만 밤하늘을 올려다보며 나는 눈만 껌벅였다.

언제 밤이 된 건지, 왜 다른 풍경은 하나도 안 보이는지 그 어느 것도 알 수 없었다. 마치 우주 한가운데 뚝 떨어진 것 같았다. 너무나도 광활한 풍경을 마주하자 감탄이 나온다기보다는 두려움이 앞섰다. 하지만…… 그때 내가 느낀 두려움은 나중에 엄습한 절대적인 공포에 비한다면 어린애 수준이었다.

귀신불이 다시 모여들었다. 그것들은 내 주위를 빙글빙글 돌더니 까만 하늘을 가로지르며 일제히 날아갔다.

"안 돼!"

나는 사라지는 귀신불을 향해 소리쳤다. 순식간에 다시

어두워졌고 이번 어둠은 고독감과 고립감을 동반한 아주 농익은 놈이었다. 산 아래로 내려가야 한다고 생각하면서도 선뜻 움직이지 못했다. 끝없이 펼쳐진 하늘 그 자체가 하나의 눈이 돼 나를 내려다보고 있는 것 같았기 때문에. 그러니까 까만 하늘은 상상도 할 수 없을 만큼 거대한 생명체의 검은자위였다. 적어도 그 순간에는 그런 생각을 아주 진지하게 했다. 그 생각은, 그리 틀린 것만은 아니었다.

귀신불이 어둠 끝으로 사라지고 몇 분이나 흘렀을까, 아득히 먼, 그야말로 거리를 가늠할 수도 없을 정도로 멀리 떨어진 어딘가에서 빛이 반짝였다. 찬란한 빛이었고 그것은 아주 빠른 속도로 가까워졌다. 그 빛이 다가오는 걸 보며 나는 얼어붙었다. 조금도 움직일 수 없었다. 빛은, 모든 귀신불을 다 합친 것보다 컸다. 내 머릿속에는 지구를 향해 날아와 공룡을 멸절시켰다는 거대한 유성의 이미지가 떠올랐다.

저 빛이 나를 집어삼키고 이 세상을 태울 것이다!

그런 확신이 휘몰아쳤다. 하지만 아니었다. 빛은 내 머리 위 십여 미터 정도 상공에 그대로 멈춘 채 꼼짝도 하지 않았다. 하늘을 가득 채운 빛의 테두리 바깥으로 희미하게 무언가가 보였다. 나는 눈을 가늘게 뜨고 올려다봤다. 순간 풍압이 일었다. 아까의 돌풍과는 비교도 안 될 위력에 나는 납작 엎드렸다. 그러면서 보게 됐다. 아니, 알게 됐다. 빛의 덩어리 양옆으로 거대한 날개가 펄럭이고 있다는 것을.

그것은 날고 있었고, 분명 생명체였다.

"으으."

신음을 참으려 해도 도저히 그럴 수가 없었다. 그것은 본

347

능이 토해 내는 신음이자 무의식이 뱉어 내는 고통의 신호였다. 그렇게라도 신음을 흘리지 않으면 바로 미쳐 버릴 것 같았다.

구형의 빛은 이제 깜박이기 시작했다. 나는 그 빛이 크기를 가늠할 수조차 없는 날개 달린 생물의 외눈이라는 사실을 깨달았다. 빛과 어둠의 교차에 어느 정도 익숙해져서인지 이제는 그 생물의 몸통과 그 아래로 뻗은 한 쌍의 다리까지 다 보였다. 외눈 바로 밑에는 길고 날카로운 부리도 뻗어 나와 있었다. 하지만 나는 곧 내가 보는 것이 그 생명체의 극히 일부분밖에 안 된다는 걸 알아챘다.

내게 보여 주고 싶은 부분만 보여 주는 거야.

그런 생각을 했다. 그리고 그건 사실인 것 같았다. 아니면 내가 보고 감당할 수 있는 만큼만 보여 주는 것일지도 몰랐다.

나는 혈액을 타고 온몸을 휘도는 극한의 공포를 느끼는 동시에 일종의 경외감에 사로잡혀 그것을 올려다봤다. 꿈이라는 생각은 전혀 하지 않았다. 내 정신이 그토록 명징했던 적은 처음이었다. 그런 만큼 모든 게 다 선명했고 확실했으며 또한 지극히 현실적이었다.

신탁을 기다리는 제사장처럼 엎드린 나는 그것의 일부분을 본 것만으로도 자연스레 많은 걸 알게 됐다. 내가 한 번도 접하지 못했던 지식이 머릿속으로 마구 흘러 들어왔다.

나를 굽어보는 그 존재는 다른 차원에서 왔다. 용맥이 교차하는 곳에는 차원의 문이 열리고 그 틈을 지나 이세계의 존재들이 방문한다. 귀신불은 그 존재의 수하이자 길잡이였다. 오래전, 아득히 먼 옛날부터 그랬다. 이 땅에 문명이 들어서기 전부터, 그리고 사람들이 살기 전부터. 사람들은 차원을 건너온 존재들을 두고 때론 신이라 불렀고, 때론 악마라 불렀으며, 때론 괴물이라 불렀다. 보통의 사람들은 그것들의 형체를 보는 것만으로도 정신이 붕괴돼 미치게 되지만 우리 가문 남자들은 달랐다. 그것들에게 선택받았다. 그랬기에 대대로 산지기가 돼 미지의 존재들과 인간 사이를 중재해왔다. 산지기가 할 일은 딱 하나였다. 존재들을 섬기고 그들에게 이 차원의 이야기를 들려주는 것. 그렇다. 낯선 존재들이 넘어오는 이유는 우리의 차원이 궁금하기 때문이었다.

그 모든 지식과 정보가 머리로 들어와 온몸의 신경 세포 하나하나를 훑고 지나는 동안 나는 내내 엎드린 채였다.

최초의 압박감이 조금은 희미해졌을 때, 나는 살며시 고개를 들었고 그 존재와 눈이 마주쳤다.

그 순간이었다.

내 영혼이 한 번에 빠져나가 허공에 뜨는 기분이 들었다. 동시에 '어떤 말'이 울려 퍼졌다. 눈앞으로는 '어떤 장면'이 빠르게 재생됐다. 그건 내가 보고 듣는 게 아니었다. 느끼고 체험하는 것이었다. 이미 기록돼 있는 두루마리를 그저 펼치는 것이었다. 바꿀 수 없는 운명의 선 위를 걷는 것이었다.

그 선 위에 운이가 있었다.

귀신불을 처음 보고 놀라는 운이가 있었고, 운동회 때 넘어져 다리를 다치는 운이가 있었고, 대학교에 들어가 첫 연애를 하는 운이가 있었고, 힘들게 공무원 시험 준비를 하는 운이가 있었고, 사업을 하다가 망하는 운이가 있었고, 내게 거짓말을 하며 돈을 받아 내 엉뚱한 곳에 투자하는 운이가 있었다.

그 선 위에 내가 있었다.

귀신불을 보고 놀란 운이를 달래는 내가 있었고, 다리를 다친 운이를 업고 집으로 돌아오는 내가 있었고, 술에 취해 들어온 운이의 등을 쓸어 주는 내가 있었고, 운이에게 힘내라며 용돈을 건네는 내가 있었고, 전답을 팔아 운이의 사업 자금으로 주는 내가 있었다.

그리고…… 모든 걸 잃고 내게 찾아와 선산을 팔자고 조르는 운이가 있었다. 나는 화를 내며 운이를 뿌리치다가 산에서 추락했다. 운이는 그런 나를 찾지 않고 산을 떠났다.

나는 그런 일들을 알게 됐다. 그 뒤에 또 어떤 운명이 놓여 있는지도…….

"내가 뭘 해야 하는지 알겠어."

나는 그렇게 중얼거렸고 그 순간 아버지 역시 나와 같은 경험을 했음을 깨달았다. 아버지는 봤다. 스스로 몸에 불을 지르는 모습을. 무슨 이유로 그래야 하는지는 몰라도 그 일이 일어나야 한다는 건 알고 있었다. 그러고 그대로 했다.

내 영혼은 점점 높이 떠올랐다가 갑자기 아래로 떨어졌다.

"으악!"

비명이 터져 나왔고 나는 정신을 잃었다.

나는 들판에 누운 채 눈을 떴다. 해는 여전히 중천에 떠 있었다. 터덜터덜 냇가로 내려갔을 때 아내가 말했다.

"벌써 다녀왔어요?"

"응. 산이 낮아. 많이."

나는 그 말을 하며 운이를 봤다. 운이는 냇물에 손을 넣어 물고기를 잡으려 하다가 나를 향해 고개를 돌렸다.

"아빠!"

운이가 달려와 안겼다. 나는 운이를 안아 올렸다. 머리카락에서 햇빛 냄새가 났다. 녀석의 보드라운 뺨에 내 얼굴을 비볐다. 운이는 간지럽다며 까르르 웃었다. 온몸에 힘이 하나도 없고 머리는 멍했지만 운이의 웃음을 듣자 정신이 들었다.

"아빠. 저 위에는 뭐가 있어?"

운이가 물었다.

"알고 싶니?"

"응!"

"사실은…… 괴물이 산단다."

나는 운이의 귓가에 속삭였다.

"정말? 무서운 괴물?"

"아니. 세상 모든 걸 다 아는 괴물."

내 말에 운이는 호기심 어린 표정을 지었다. 나는 그런 운이에게 웃으며 말해 줬다.

"나중에 운이한테도 소개해 줄게. 아빠는 그 괴물이랑 벌써 친구가 됐거든."

나는 운이를 안고 산에서 내려갔다. 언젠가 다리를 다칠 아이를, 첫사랑에 가슴 아파할 아이를, 공부를 하느라 끙끙댈 아이를, 사업이 안 돼 피가 마를 아이를, 내게 거짓말을 하느라 조마조마해할 아이를, 코인에 돈을 몽땅 넣고 전전긍긍해 할 아이를, 내게서 산을 빼앗으려는 아이를, 내가 죽기를 바랐던 아이를, 내가 치매에 걸린 줄 알았던 아이를, 끝내 자신의 운명을 받아들여 이 산을 지키게 될 아이를 안고…… 산에서 내려갔다.

"여보. 우리 여기로 내려와 살까?"

내가 넌지시 물었지만 아내는 별다른 대꾸를 하지 않았다.

"일 그만두고 이런 곳에서 농사나 지으며 살면 좋겠어."

한 번 더 그렇게 말하자 아내는 희미하게 웃으며 대답했다.

"산이 예쁘네요."

다시 철문을 지나 자동차로 다가갈 때 이번에는 운이가 내게 물었다.

"아빠, 나 사랑해?"

"그럼."

나는 망설이지 않고 대답했다. 그럴 수밖에 없었으므로. 나는 아들을 사랑할 수밖에 없었다. 그 일은 일어나게 돼 있으니까.

작가의 말

작가의 말

신진오

처음 이 각색 작업을 맡았을 때 고민이 많았다. 웹툰을 소설로 각색하는 작업이 처음이기도 했고, 무엇보다 웹툰의 재미를 어떻게 하면 소설로 옮겨올 수 있을까 하는 걱정이 앞섰기 때문이다. 두려움 반 기대 반으로 시작했던 작업은 나중엔 나 자신도 놀랄 정도로 완전히 이 작업에 몰두해 있었다. 지나고 나니 꽤 즐거운 작업이었구나 하는 생각이 들었다.

하지만 이 작품이 독자에게 그만큼의 재미를 보장할지는 솔직히 잘 모르겠다. 어쩌면 이 글을 쓰는 중에도 겸손을 잃지 않으려는 나의 본능이 마음에도 없는 말을 하게끔 시킨 것일 수도 있지만, 그렇더라도 독자의 비평은 늘 두렵고 예측하기 어렵기에 나는 최대한 이 책에 대한 내 평가를 자제하려한다.

작품 자체에 대한 평가와는 별개로, 오직 작가로서 글을 쓰며 느꼈던 내 감정은 솔직히 흥미롭다, 였다. 개인적으론 소설을 쓸 때 나 스스로 재미를 느끼지 못하면 독자도 다르지 않다고 생각하기에, 이 '재미'라는 요소는 항상 내 글쓰기의 중요한 기준이 되어 왔다. 작업할 때 재미가 없다면 그것은 내 기준에 실패한 작품이다. 그런 의미에서 이번 각색 작업은 훌륭하다고까진 할 순 없지만, 그래도 실패작이란 소릴 들을 정도는 아니라고 본다. 물론 이것도 작품의 평가와는 별개다.

각각의 작품을 각색하면서 느꼈던 내 생각을 몇 자 적어 보자면, 가장 먼저 썼던 「헤이, 마몬스」는 내가 맡은 작품의 전체적인 각색 방향을 제시했다고 할 정도로 아주 좋은 출발이었다. 솔직히 첫 작업부터 막히면 어쩌나 하는 걱정이 컸는데, 다행히도 이 작품을 먼저 하면서 그런 우려를 깨끗이 날려 버렸다. 또한, 개인적으로 가장 흥미롭게 읽은 작품이기도 했고, 무엇보다 내 작품 스타일과 맞아서 작업 내내 큰 어려움 없이 집필했던 것 같다. 원작과 큰 차이라면, 소설은 현재와 과거를 수시로 넘나들면서 이야기가 진행된다는 점인데, 왠지 그래야만 독자에게 생각해 볼 거리를 더 제시할 수 있을 것 같아서였다. 덕분에 소설로서 이야기가 좀 더 풍부해져서 그 결정이 옳은 선택이었다고 생각한다.

　「네발 달린 짐승」은 다른 세 작품과 비교했을 때 주인공의 개성과 성격이 가장 두드러진 작품이었다. 그래서 주인공 희정의 캐릭터를 설정하는 단계에서 고민이 무척 많았다. 자칫 이야기에 매몰되어 캐릭터의 입체감이 사라지거나 반대로 개성이 너무 강해서 이야기의 흐름에 방해가 되지 않을까 싶어서였다. 캐릭터와 이야기 사이의 균형을 유지하려고 노력했고, 꽤 나쁘지 않게 결과물이 나왔다고 생각한다.

　「딩동 챌린지」는 이제는 꽤 고전화된 방식의 스토리텔링을 보여 준다. 작업하면서 레퍼런스로 삼은 작품들로 〈링〉과 〈착신아리〉, 〈데스티네이션〉, 〈트루스 오어 데어〉 등을 꼽을 수 있다. 그 외에 비슷한 작품들이 있겠지만, 가장 많은 영감을 준 것은 이 네 작품이다. 개인적으로 〈링〉과 〈착신아리〉는 내가 가장 좋아하는 일본 호러영화들이며, 오랫동안 나에게 많은 영향을 끼쳐 왔다. 「딩동 챌린지」는 이런 과거 걸작 호러

영화들을 떠올리게 하는 부분이 있어서, 작업하는 동안 무척 즐거웠던 기억이 난다. 부디 독자들도 나와 비슷한 감정을 느꼈길 바란다.

네 번째 작품인 「얼룩」은 솔직히 가장 각색하기 어려웠던 작품이었다. 그래서 일부러 맨 마지막에 작업했고, 다행히도 다른 작품들이 잘 풀리는 바람에 그 덕을 좀 본 것 같다. 최근에 관심을 많이 가졌던 아동 학대라든지, 고독사, 사회 안전망에서 벗어난 소외계층에 대한 문제의식 등이 이 작품을 쓰는 데 큰 도움이 됐다. 물론 이런 심각한 사회 문제를 작품에 억지로 끼워 넣는 것을 나는 별로 좋아하지 않는다. 그래서 「얼룩」을 쓸 때는 다른 작품보다 더 신경을 써야 했고, 수정도 여러 번 거칠 수밖에 없었다. 그런데도 작품 안에 그것들을 완벽하게 녹여 냈는지는 아직도 의문이다. 솔직히 썩 만족스럽진 않다. 하지만 내가 작품을 통해 전하려는 의도가 왜곡되거나 과장되진 않아서 그래도 절반은 성공했다고 생각한다.

이상으로 투우드림의 〈테이스츠 오브 호러〉 웹툰 중 네 작품을 각색하며 느꼈던 짧은 소회를 마치려고 한다. 작가로서 새로운 도전은 늘 흥미롭고 설레는 일이다. 내게 모든 글쓰기 작업은 다 소중하지만, 이처럼 다른 매체의 작품을 소설화하는 작업은 더욱 특별한 경험이라 할 수 있다. 부디 이번 각색 작업이 원작자들에게 누가 되지 않기를 바라며, 아울러 독자들도 이번 기회에 호러 장르에 대한 다양한 재미를 느껴보기를 진심으로 바라는 바이다.

작가의 말

전건우

저는 단맛을 그리 선호하지는 않지만 편의점에 갔다가 간혹 츄파춥스를 집어 올 때가 있습니다. 주로 소설을 쓰다가 막혀서 기분 전환이 필요할 때 그러는 편인데요, 계산대 앞에 놓인 커다란 양철통에서 그 귀여운 막대사탕 하나를 스윽 집어 듭니다. 특정한 맛을 고르지는 않습니다. 오늘은 어떤 맛을 먹게 될까, 하고 기대하는 심리야말로 츄파춥스가 주는 가장 큰 기쁨이니까요. 츄파춥스에는 팝콘맛도 있고, 바나나맛도 있다는데 저는 아직 먹어 보지 못했습니다. 100개가 넘는 각기 다른 맛의 츄파춥스를 모두 먹어 보는 게 작은 소망이기도 합니다. 모양은 같으나 맛은 다 다른 츄파춥스처럼, 호러라는 장르 역시 여러 '맛'을 지니고 있습니다. 딸기맛처럼 붉은빛 가득한 호러가 있는가 하면, 콜라맛처럼 톡 쏘는 호러도 있죠. 의외로 바닐라맛처럼 달콤한 호러도 있습니다. 이번 기회에 절친한 신진오 작가와 함께 다양한 맛의 호러를 선보일 수 있게 되어 매우 기쁩니다. 맵거나 짜거나, 혹은 달콤하거나 시큼한 서로 다른 맛의 이야기 여덟 개가 독자 여러분의 구미를 당길 수 있길 바랍니다. 또 다른 맛이 궁금하다면 언제든 말씀해 주세요. 제가 준비한 이야기의 양철통 안에는 무궁무진한 맛의 '공포'가 들어있으니까요!

Special Thanks to

김용균

김은빈

소서림

스토리플러스

스튜디오투유

슥수

신기원

아이뉴컴퍼니

악어스튜디오

안상훈

안세하

안홍식

YAKSU

ELLA

윤은경

이노피

이원용

정승영

KIRTY

투유드림 웹툰운영본부

황지성

후안무치

제0회 호러만찬회 참석자 명단

———— 알라딘 북펀드 후원자 ————

GmejiG	민솔연	이솔빈
Griet	민영근	이스안
lodacal	박소라	이정엽
강경희	박소해	이종호
강도곤	박은희	이지선
권 민	박해인	임수연
기동 번개	박혜림	전미진
김경현	백소현	전유진
김경희	백승연	정서우
김다인	서운하	정소현
김보연	선다은	정승환
김수아	손은숙	정준혁
김영근	수잔	조선희
김은수	스토리플러스	조영주
김정우	신도형	조은하
김종일	신이연	최하영
김채원	아나스타샤	풍류남아
김휘	안영지	햇과 시백
남창숙	에몽스토리	향기
노병화	연진	혜윤
다크거북	예슬이야	호러는 진한 초코렛
덕후도 풍년	예휘	황지애
두산감자	요쿠	효주
리지	유택근	흑안개
명예이과	은월	외 12인

초대에 응해 주신 모든 분께 감사드립니다.

호러만찬회

초판 발행	2023년 6월 12일
지은이	신진오 전건우
원작	카카오페이지 웹툰 〈테이스츠 오브 호러〉 - 스토리플러스 TOH크루
기획	(주)투유드림
IP 총괄	신도형 조민욱
IP 책임	박혜림
IP 제작	김하명 조민욱 김은지
IP 브랜딩	홍은혜 유수정 텍수LEE
IP 비즈니스	손영민 강희주
경영지원	최성호 박영현 박인영 이지수
디자인	그리너리케이브
북-음	최희영
인쇄	TPA 코리아
배본	문화유통북스
발행인	유택근
발행처	(주)투유드림
출판등록	제2021-000064호
주소	(02810) 서울특별시 성북구 종암로13길 16-10
대표전화	02-3789-8907
이메일	txty42text@gmail.com
인스타그램	@txty_is_text
홈페이지	http://www.toyoud.com
ISBN	979-11-982390-2-0 (03810)
정가	15,800원